Plötzlich ist alles anders

»Über den ängstlichen Gedanken,
was uns etwa morgen zustoßen könnte,
verlieren wir das Heute, die Gegenwart
und damit die Wirklichkeit.«
(Hermann Hesse)

Birgit Klemm

Plötzlich ist alles anders

Bibliografische Information der Deutschen Nationalbibliothek:
Die Deutsche Nationalbibliothek verzeichnet diese Publikation in der Deutschen
Nationalbibliografie; detaillierte bibliografische Daten sind im Internet über
http://dnb.dnb.de abrufbar.

© Oktober 2017 - Birgit Klemm

Herstellung und Verlag: BoD – Books on Demand, Norderstedt

ISBN: 9783744889193

Vorweg:

Zufälle können das Leben entscheidend verändern - auf die eine oder andere Weise.

Übrigens bilanzieren viele Menschen von Zeit und Zeit ihr bisheriges Leben, um zu überschauen, wie es in der Zukunft weitergehen würde, »wenn alles normal läuft«. Das vorliegende Buch stellt ein Beispiel dafür dar, »wenn es eben nicht normal weiterläuft«.

Völlig unvermittelt kann das plötzlich der Fall sein.

Entscheidend ist nur, damit auch fertig zu werden.

***

Zu meiner Situation:

in der genannten Zeit war ich inzwischen über fünfundzwanzig Jahre in meinem Beruf als Lehrerin tätig (gern tätig!).

Es nahte im Sommer 2009 ein Urlaub, im Grunde wie jeder andere. Nach den Ferien sollte es mit neuem Schwung weitergehen, wie sonst auch immer ...

Insofern hat diese Geschichte einen äußerst banalen Beginn. Jedoch endet diese Banalität sehr bald, plötzlich und ungeahnt.

***

Die erste Auflage dieses Buches verfasste ich übrigens unter dem Pseudonym Katrin Schwarz, einfach deswegen, weil für den Sachverhalt weder konkrete Personen noch bestimmte Orte von Bedeutung sind. Dem trage ich nun insofern Rechnung, dass ich diese Namensänderung im Folgenden beibehalte.

>**Der Zufall ist der einzige legitime Herrscher**

des Universums.«

(Napoleon I.)

Juli 2009

Urlaubsbeginn – einfach schön. Man hat alles noch vor sich, überlegt, was man gern alles unternehmen möchte, wünscht sich hier und da auch Überraschungen. Bereits eine solche Aussicht genießt man.

Die anderthalbe Woche auf Fuerteventura war seit Monaten gebucht, und wir sehnen sie allmählich herbei. Die Kanaren kennen wir schon recht gut von mehreren Kurzurlauben im Februar in den vergangenen Jahren, und nun wollen wir es erstmals im Sommer probieren. Mit allzu hohen Temperaturen ist selbst in dieser Jahreszeit glücklicherweise kaum zu rechnen wegen des Meeresklimas. Allzu große Hitze schreckt uns eher ab.

Es soll ein »Urlaub zum Abhängen« werden, und so entschieden wir uns für Fuerteventura, wo lange und menschenarme Strände zu erwarten sind. Strandwanderungen, baden, wo es einem gerade einfällt, sonnen ... Keiner fragt danach, wie die Zeit vergeht, weil das total uninteressant ist. Keine Verpflichtungen in irgendeiner Weise. Einfach alles Denkbare, was scheinbar wichtig erscheint, vergessen. Und sehen, was sich ergibt. Vorfreude! Aber der Weg zur Urlaubsinsel gehört ja nicht zu den kürzesten ...

***

Der Wecker klingelt, natürlich so früh, dass man in solch einem Moment eigentlich beim Aufstehen noch gar kein Mensch ist. Zwei Uhr! Am Vorabend einschlafen kann ich bei solchen Gelegenheiten nie gut, weil ich mir dessen bewusst bin, dass die Nacht zeitig zu Ende sein wird. So wie auch momentan wieder. Das Frühstück - oder besser: das, was jetzt den Magen füllen soll - wird heruntergewürgt. Eine Buttersemmel und eine Tasse Kaffee, gerade so.

Dann heißt es: auf nach Nürnberg, zum Flughafen. Das bedeutet knapp zwei Autostunden. Da wir beide die Sicherheit in vielerlei Hinsicht jeglicher Herumhetzerei vorziehen, machen wir uns rechtzeitig auf den Weg. Das Auto stellen wir im Parkhaus ab und begeben uns zum Flughafen.

Die Uhr sagt, dass noch genügend Zeit bis zum Abflug bleibt. Wir suchen uns zunächst Sessel zum Ruhen und schlafen ein Stück so lange und so gut, wie es diese Umstände erlauben - oder was man so Schlafen nennt. Und irgendwann beginnen wir schließlich mit Wanderungen durch den Flughafen. Von den Fenstern in Richtung Flugfeld aus kann man das Treiben beobachten - herumlaufende Leute sowie einige Busse und Lotsenfahrzeuge. Flugzeuge sind jetzt mitten in der Nacht keine zu sehen, denn der Flugbetrieb beginnt erst wieder im Morgengrauen.

Dann checken wir endlich ein. Das große Gepäck wird gewogen, entgegengenommen und verschwindet anschließend gen Flieger. Mit dem Handgepäck nähern wir uns der Sperre. Kosmetikartikel und sonstige Kleinflüssigkeiten müssen neuerdings in einem dafür vorgesehenen Plastbeutel untergebracht werden - gut sichtbar zum Vorzeigen! Getränke dürfen wir auch nicht mehr mitführen. Denn überall wäre ja Platz für eine verborgene Bombe ... Irgendwie fühlt man sich wie ein potenzieller Schwerverbrecher. Und diejenigen, die diese Maßnahmen für den »Normalverbraucher« erzwungen haben, lachen darüber, weil sie schon längst neues ersonnen haben, um das alles zu umgehen und weiteren Terror in die Welt zu bringen. Das wird mir in solchen Situationen immer wieder bewusst. - Die Erinnerung: Das ging einmal viel kürzer und reibungsloser vonstatten. Wem verdanken wir solche »Fortschritte«?!

Sämtliche Gegenstände müssen schließlich in einer Plastschale abgelegt werden - die Handgepäckstücke, Fotoapparate, ebenso Uhren, Gürtel und Schmuckstücke. Alles wird durchleuchtet, und man selbst muss sich genauestens in Augenschein nehmen lassen. Manche »dürfen« sogar ihre Schuhe ausziehen. Absolute Kontrolle eben.

Als wir vor ein paar Jahren nach der Gepäckkontrolle einmal stehen blieben und den Bildschirm betrachteten, auf dem die zu prüfenden Handgepäckstücke als bunte Objekte vorbeiwanderten, schätzten wir ein, dass das recht hübsch anzusehen sei. Schnell drängte man uns weiter. Da dürfe man nicht zusehen!

Eine gute halbe Stunde vor dem Abflug beginnt schließlich das Einsteigen. Rchtig angekommen - diesmal übrigens mit Fensterplatz - machen wir es uns so gemütlich wie möglich. Als wir uns in der Luft befinden, erscheint ab und an eine Einblendung am Monitor, wo wir uns gegenwärtig befinden. Man kann ablesen, in welcher Höhe wir fliegen und was für eine Temperatur draußen herrscht. Die Anzeige wechselt ständig zwischen den gewohnten Maßen Meter und Grad Celsius einerseits und den englischen Einheiten Feet und Grad Fahrenheit andererseits. Schließlich sind die viereinhalb Stunden Flugzeit um; leichte Abweichungen gibt es immer wegen Windstärke und -richtung.

***

Bei der Landung bietet sich das erwartete und bekannte Bild: im Meer die Insel Fuerteventura mit den braungelben Bergkegeln, die aussehen wie hingeschüttete Erdhügel. Hier und da entdeckt man weiße Häuser oder Häusergruppen.

Aus dem Flugzeug heraus gelangen wir über verschiedene Gänge in die Gepäckhalle, wo am »Karussell« nach und nach für alle die mehr oder weniger voluminösen Gepäckstücke erscheinen und entnommen werden können.

In der Empfangshalle halten wir Ausschau. Denn dort finden wir, wie wir das schon kennen, einige Leute, die hier bereit stehen und große Schilder hochhalten. Es handelt sich um Angestellte der einzelnen Reisegesellschaften, bei denen die Urlauber ihre Reise gebucht haben. Sie sind hier, um darüber zu informieren, in welchen Bus von den vielen, die sich vor der Halle befinden, jeder einsteigen muss, um zu seinem Hotel zu gelangen. Also suchen wir das richtige Schild, und von der freundlichen Frau hören wir, dass wir Ausschau nach dem Bus mit der Nummer 45 halten sollen. Mit den Koffern begeben wir uns dorthin.

Als sich schließlich alle Leute, die in unsere Richtung mitfahren wollen, im Bus befinden, fahren wir von Puerto del Rosario aus gen Süden. Es dauert mit gelegentlichen Stopps bei verschiedenen Hotels, wo jemand aussteigt, weit mehr als eine Stunde, bis wir endlich das ersehnte Ziel »Jandia« erreicht haben.

Unser Quartier befindet sich an der Hauptstraße, in der zweiten Reihe. Straßenlärm ist nicht zu befürchten, denn wir wohnen in der fünften Etage. Vom Fenster aus blicken wir über die Gebäude hinweg direkt auf den Leuchtturm von Jandia. Also haben wir außerdem noch einen wunderbaren Ausblick.

Die hiesige Umgebung kennen wir, da wir im Februar vor zwei Jahren bereits schon einmal hier den Urlaub verlebten. Da gab es zum Beispiel damals eine Bar, die leckere Sangria im Angebot führte. Schon, wenn wir zuschauen konnten, wie der locker auftretende Kellner das Getränk in dem Krug zusammenmischte: Er langte nach oben ins Regal und füllte aus einigen der vielen Flaschen, die dort standen, etwas in den Halbliterglaskrug, natürlich zuletzt auch Rotwein und Früchte – und es schmeckte verdammt gut! Hmmm! Ob es diese Bar noch gibt??

Wir machen zunächst einen Rundgang in die recht vertraute Gegend - Strand, Laden- und Kneipenstraße. Die Preise haben sich erwartungsgemäß weiter ordentlich erhöht. Nach einem schönen Abendbrot und einem darauf folgenden Verdauungsspaziergang durch die abendlichen Straßen trollen wir uns ins Bett.

***

Am folgenden Vormittag gibt es zunächst um zehn Uhr eine Zusammenkunft der neuen Gäste. Ganz so neu sind wir zwar nicht mehr, aber Möglichkeiten anzuhören, was man so unternehmen könnte, und dazu ein Gläschen Sekt zu trinken - das geht immer.

Der Entschluss erweist sich als gut: Zum einen gibt es Gelegenheit, gleich einen Jeep buchen, um in einigen Tagen an die Südspitze der Insel fahren zu können. Beim letzten Mal hatten wir auf Grund der Piste dorthin, die man ausdrücklich nicht mit den normalen Mietautos benutzen sollte, das lieber sein lassen. Wir kamen auch zur Erkenntnis, dass es sich um keine originelle Idee handelte, den Weg laufen zu wollen. Zum einen war das viel zu weit. Immer die Straße entlang zu wandern erschien uns außerdem wenig verlockend - von anderen Pfaden ganz zu schweigen; die gab es so gut wie überhaupt nicht.

Noch eine Sache gefällt uns recht gut: Eine Fahrradtour, bei der wir - eine geringe Anzahl von Teilnehmern - auf hochgelegene Stellen gebracht würden. Während der Bergabfahrt mit dem Rad könnten wir uns die Landschaft ansehen. Unten würde uns der Fahrer wieder aufsammeln und alle Mitfahrer zum nächsten Punkt bringen - da capo. Das soll am kommenden Freitag stattfinden.

Heute schultern wir anschließend die Rucksäcke und brechen auf zum Strand. Dort schlendern wir am Meer entlang in Richtung Norden, via Costa Calma. Bis dahin wollen und werden wir sowieso nicht kommen, aber die zurückgelegte Strecke ist ja auch völlig egal.

Das wird eine schöne Wanderung. Nur auf eines müssen wir aufpassen: die Sonne. Denn bereits am Anfang des Urlaubs einen Sonnenbrand abbekommen, das wäre weniger gut. Hier genügt dafür schon eine halbe Stunde in der prallen Sonne. Also sollte man sich möglichst nicht immer an der gleichen Stelle bescheinen lassen.

Wenn wir erst einmal keine Lust mehr verspüren weiterzulaufen, wird alles abgelegt - zum Sonnenbaden und um zwischendurch zur Abkühlung ins Wasser zu gehen. Hier wird es unwesentlich, was man anhat oder nicht und hier sind nur wenige Leute unterwegs - eben so richtig schön. Wir bewegen uns allmählich in Richtung Norden und kehren am frühen Nachmittag auf die gleiche Weise wieder zurück. Gegen Abend kommt noch ein Anruf ins Hotel für uns, dass die geplante Fahrradtour anstelle am Freitag schon morgen stattfinden soll.

Nach dem Abendessen wollen wir uns in der Dunkelheit an den Strand begeben. Es ist angenehm kühl. Aber nicht zu kühl dafür, jetzt noch einmal ins Wasser zu gehen. Das tun wir auch. Und natürlich hat Ralf den Fotoapparat dabei für verschiedenste Aufnahmen. Es wird ein richtig schöner Abend.

***

Am nächsten Tag kommt gegen neun Uhr der Tourleiter Thomas zum Hotel, um uns, wie die anderen Teilnehmer auch, mit dem Auto abzuholen. Schließlich ist die schöne kleine Gemeinschaft von sieben Personen zusammengekommen: zwei Bayern aus Nürnberg, zwei Chemnitzer (Vater und Sohn), eine junge Dame und wir beiden.

Hinten am Transporter hängt ein Wagen, auf dem wir neun Mountainbikes entdecken. Während der Fahrt stellen sich alle kurz vor, und natürlich wird jeder gleich mit dem Vornamen angesprochen.

Es handelt sich also um zwei Rentner aus Nürnberg, ein Chemnitzer Maschinenbauer mit seinem Sohn, eine Versicherungsagentin und wir zwei Lehrer.

Erste Station: ein Platz im nächstgelegenen kleinen Ort, wo wir unsere Räder ausprobieren, auch der Sitzhöhe wegen, die sich leicht einstellen lässt. Thomas weist darauf hin, dass die Bremsen recht griffig sind. Besonders vorsichtig sollte deswegen die Vorderbremse bedient werden. Jeder bekommt außerdem eine gelbe Warnweste und einen Helm.

Dann geht es auf zur ersten Etappe. Zunächst fahren wir auf den Berg, von wo aus sich ein schöner Blick auf die Umgebung eröffnet. Der weitere Weg führt uns hin zur einer kleinen Kirche, welche wir besichtigen. Weiter geht der Kurs per Rad bergab in Richtung eines Stausees, den wir bereits in der Ferne ausmachen können. Leider erreiche ich dieses Ziel nicht. Irgendwo abwärts bremse ich etwas scharf, und wegen der guten Bremsen, die augenblicklich und straff reagieren, stürze ich über den Lenker vom Rad und lande auf dem harten Asphalt der Straße.

!!!

Ich stehe gleich wieder auf und schaue an mir herunter. Bewegen funktioniert, stelle ich fest. An Knien und Armen entdecke ich Hautabschürfungen. Die bluten und tun weh, aber das würde mit der Zeit vergehen. Bloß Mist, dass ich jetzt den ganzen Urlaub mit diesen Schürfwunden herumlaufen muss!

Thomas und natürlich Ralf sind gleich da und erkundigen sich nach meinem Befinden. Da mir nicht richtig gut ist, verfrachten sie mich zunächst in den Wagen, und ich bekomme Cola zu trinken wegen der Flüssigkeitszufuhr und um Unterzuckerung zu vermeiden. Eine trockene Semmel findet sich ebenfalls.

Irgendwie trete ich dann mal kurz »weg«, meine jedoch danach: »Es wird schon gleich wieder gehen!«

Ich will keinen großen Zirkus veranstalten, sondern möchte, dass möglichst schnell alles weitergehen kann. Und wenn nicht jetzt - spätestens auf der übernächsten Etappe will ich wieder mit dabei sein! Draußen am Wagen laufen die anderen vorbei und winken mir kurz zu.

Ja, ich komme dann gleich!

Zur Sicherheit und weil ich bewusstlos war, bringt mich unser Tourleiter mit dem Auto in die nächstgelegene Krankenstation, und die dortige Ärztin beginnt mit Untersuchungen. Mir ist nach wie vor nicht richtig wohl. Das kommt vom Sturz.

»Es geht schon gleich wieder«, denke ich und sage das vielleicht auch. Filmriss.

***

Montag., 6. Juli

Kurz vor dem Ende kracht es hinter mir, und als ich mich umdrehe, ist Katrin mit dem Rad gestürzt. Sie flucht, wollte vielleicht den Fotoapparat aus der Hosentasche ziehen und zog dabei unachtsamerweise die Vorderbremse. (Es ist 11 oder 12 Uhr.) Sie sieht ziemlich zerschunden aus: Sonnenbrille kaputt, Blut beim linken Auge, auch an Nase, Kinn, Armen und Beinen. Wir fragen (ich, Thomas), wie es ihr geht. Sie meint, dass sie in Ordnung sei bis auf die Schürfwunden. Wir gehen zum Auto. Katrin soll erst einmal ausruhen. Sie schimpft über das Missgeschick und verhält sich völlig normal, schaut bloß immer wieder ihre Wunden an. Zehn bis fünfzehn Minuten später wird ihr aber schlecht, und sie wird für kurze Zeit bewusstlos. Schnell kommt sie danach wieder zu sich, und ich tröste sie. Sie soll sich nun auf die Sitzbank des Autos legen, um so mehr Blut in den Kopf gelangen zu lassen, denn im Moment hat sicherlich ihr Blutdruck wieder einmal einen äußerst niedrigen Wert. Thomas untersucht den Helm und zeigt ihn mir anschließend: keinerlei Schäden zu finden! Also existiert anscheinend keine Kopfverletzung. Wir fahren noch bis zum Treffpunkt am Staudammende (von hier aus sollte nämlich eine Wanderung stattfinden). Ich beruhige Katrin und erkundige mich dauernd nach ihrem Befinden. Sie äußert sich wenig, reagiert aber auf die gestllten Fragen.

Sie wird nochmals kurz bewusstlos. Thomas gibt Katrin Wasser und ein Stückchen Semmel. Anschließend steuert er, nachdem die anderen derweil losgewandert sind, hinunter zur nächstgelegenen Krankenstation. Er holt er im Laden des Ortes noch eine Büchse Cola,

damit Katrin etwas Zuckerhaltiges zu trinken bekommt. Er erkundigt
nun nach einem Arzt, und wir begeben uns in die Arztstation.
Katrin bekommt eine Liege angeboten. Ihre Wunden versorgt die
Schwester. Eine junge Ärztin misst den Blutdruck - natürlich niedrig! -
und drückt den Bauch ab. Katrin geht es zunehmend schlechter, und sie
muss sich übergeben. Sie möchte auch nicht mehr aufstehen.
Eine knappe Stunde später erscheint ein Notarztwagen und bringt
Katrin nach Gran Tarajal in die Klinik, denn hier in der Krankenstation
können sie nun nichts Wirksames mehr unternehmen.
Da ich nicht weiß, wie es weitergehen soll und wie ich fortkomme,
gibt es große Probleme. Thomas befinde sich mittlerweile wieder bei
den anderen. Iich verfüge zwar über seine Telefonnummer, jedoch fehlt
mir ein Telefon. Wir haben weder eine Uhr noch Dokumente noch
Handy dabei, lediglich insgesamt fünfzig Euro.
Nach langem Disput, bei dem ich im Grunde nur herumstehe,
bekomme ich schließlich glücklicherweise die Erlaubnis, im
Ambulanzwagen mitzufahren. Während der Fahrt spricht die Notärztin
Katrin oft an. In Gran Tarajal wird Katrin hineingebracht, und ich soll
woanders in einen Warteraum gehen. Überall fragt man natürlich
wegen der Krankenversicherungskarte. Jedoch die liegt im Hotel!
Trotzdem geht alles unbürokratisch und problemlos vonstatten, und ich
werde dauernd informiert. Aber Spanisch kann ich überhaupt nicht,
und mein Englisch reicht nur für das Gröbste.
Man teilt mir schließlich mit, dass es nötig sei, Katrin ins Hospital in
Puerto de Rosario zu bringen, weil sie nur noch wenig reagiert. Man
holt mich zu ihr, und ich entdecke nun, dass sie die Augen kaum
bewegt - sie zeigen zur Seite. Ich soll sie veranlassen, Arme und Beine
zu bewegen. Rechts funktioniert das ganz gut, aber bei der
Aufforderung, den linken Arm anzuheben, hebt sie das linke Bein hoch,
und erst später reagiert ihr Arm.
Ich gebe ihr noch einen Kuss, und dann muss ich sie verlassen, denn
ab jetzt darf ich nicht mehr mitfahren darf (SMH - Schnelle
medizinische Hilfe).
Die Krankenhausangestellten helfen mir dabei, dass ich nun nach
Puerto del Rosario gelange. Es sind jedoch über vierzig Kilometer, und

um ein Taxi zu bezahlen, besitze ich kein Geld. Doch es gibt einen Linienbus Moro Jable - Puerto del Rosario, und eine freundliche Frau, die ihren Mann eben in die Ambulanz gebracht hat oder selbst zum Arzt will, fährt mich bis zur Bushaltestelle. Alle sind sehr nett und helfen mir.

In Puerto del Rosario zeigt mir der Busfahrer den Weg zum Hospital (Bus Nr.3), und so kann ich mich gegen 17 Uhr dorthin begeben. Aangekommen, frage ich nach der Notaufnahme, und nach einigen Fehlversuchen gelange ich endlich dorthin.

An der Rezeption befindet sich glücklicherweise ein freundlicher Mann, mit dem ich mich englisch verständigen kann.

Thomas konnte mittlerweile unsere Reisefirma informieren, welche nun beauftragt wird, mir einen Dolmetscher zu schicken (die Mitarbeiter dürfen in Krankenhäusern nicht übersetzen, da müssen spezielle Dolmetscher her!). Gegen 23 Uhr soll dieser kommen. Jedoch da erscheint niemand.

Doch ich darf Katrin wenigstens sehen. Sie liegt in der Intensivstation (U.C.I.) an fahrenden Kabeln und Schläuchen und wird beatmet.

Erstaunlicherweise nehme ich alles gefasst auf. Müdigkeit verspüre ich auch keine, trotz aller Aufregung. Verstehe von einem Arzt, dass es eine Computertomographie (CT) gab und keine Auffälligkeiten erkennbar sind. Mit dieser Auskunft und nach einem kurzen Streicheln von Katrin lasse ich mir an der Rezeption ein Taxi rufen und fahre so die insgesamt rund neunzig Kilometer nach Jandia zum Hotel. Dort heule ich zum ersten Mal, kann aber anschließenderstaunlich fest schlafen. Übrigens stelle ich fest, dass ich außer dem Frühstück, vier Kitkat-Riegeln und Pepsi-Cola nichts zu mir genommen habe. Das Taxi muss ich in der Unterkunft bezahlen (115 €). Mehrmals spreche ich in dieser ganzen Zeit über Telefon mit einer Angestellten unserer Reisefirma, selbst nachts um 24 Uhr. Im Grunde weiß ich jedoch momentanrecht wenig.

***

Dienstag, 7. Juli

Um sieben Uhr werde ich vom Hoteldienst geweckt, bin aber schon längst selber wach. Hunger verspüre ich überhaupt keinen. Trotzdem würge ich das Frühstück herunter; vielleicht hat wenigstens der Kaffee etwas genützt.

Diese elende Ungewissheit.

Ich habe unsere beiden Kinder Benjamin und Lisa-Marie mehrfach versucht anzurufen. Es ging zunächst aber niemand ans Telefon. Nach vielen Versuchen meldet sich endlich Benny. Erst einmal bei Benny ausgeheult (jedes Mal, wenn ich daran denke, kommen mir die Tränen). Die Handy-PIN ist zum Glück vorhanden. Damit bin ich endlich in de Lage zu telefonieren und erreichbar.

Auto gemietet circa um elf Uhr und dann gleich zu Mud gefahren (etwa 85 bis 90 km und 1:20 h Fahrzeit). Zwischendurch muss ich an irgendeiner Stelle kurz anhalten und durchatmen, weil ich nicht mehr weiterfahren kann. Welche Geschwindigkeit hier überhaupt vorgeschrieben ist, interessiert mich momentan kein Stück. Ich befürchte nur, dass ich mir auch noch die Birne einfahre. So geht es nicht weiter! Schließlich setze ich die Fahrt etwas langsamer und überlegter fort.

Angekommen, frage ich an der Rezeption im Krankenhaus nach Katrin und erhalte die Auskunft, dass Mud sich nicht mehr auf UCI befindet! Das klingt erst einmal gut, und so gehe ich glücklich zum Haupteingang und will das Zimmer erfragen. Doch ich werde wiederholt zur UCI geschickt. Also auf zur Intensivstation! Ich beantrage auch gleich den Hospital-Dolmetscher (soll 8 bis 15 Uhr da sein). Wenigstens eine klitzekleine gute Sache.

Als ich sie dann tatsächlich besuchen darf, wird Mud gerade aus der UCI zum Fahrstuhl gefahren (voll angeschlossen). Und so warte ich ohne Auskunft, bis der Übersetzer kommt und mir mitteilt, dass Katrin zu einem zweiten CT gebracht worden ist. Wenn das Ergebnis vorliegt, kann ich mit dem Arzt sprechen.

Warten … warten … warten …

Dann bringen sie Katrin wieder mit tausenden Geräten, und ich warte weiter. Irgendwann kommt der Dolmetscher, und ich werde in die UCI gelassen. Der Doktor teilt mir mit, dass ein zweites CT gemacht worden ist und eine Lumbalpunktion. Beides sei als unauffällig zu betrachten, aber da wäre ein großer Schlaganfall aufgetreten, vom hinteren Hals zum Hinterkopf hoch, also Blutleere und Verstopfung. Und ihre linke Seite sei dadurch beschädigt.

**

Ich nehme das alles emotionslos entgegen, als ob man ein Buch liest. (Beim Hinschreiben - inzwischen Mittwoch, 8.7., 23.50 Uhr - bin ich richtig erschrocken, dass ich das einfach so schlucke.)
Katrin sei nicht so richtig ansprechbar gewesen und derzeit zur Beruhigung in ein künstliches Koma versetzt worden. Ich darf dann noch einmal zu ihr und rede mit ihr und streichle sie am Kopf und an den Armen, erzähle ihr von Lisa und Benny und dass alles wieder gut werden wird. Wie sie so daliegt, links Geräte, rechts Geräte, tausende Zuleitungen und Stromanschlüsse links und rechts über der Brust ...
Viele Pflaster, die die Anschlüsse halten, und verschiedene Beutel mit Flüssigkeiten. Ich rede und rede so dahin und streichle und streichle sie - und da wackelt sie etwas!
Als ich wieder im Hotel bin, creme ich mich ein und gehe noch eine Stunde zum Strand, baden und sonnen. Zwischendurch kommen mir ab und an die Tränen.
Anschließend begebe ich mich zum Abendbrot.
Es schmeckt sogar, erstaunlich!
Zwei der Mitfahrer - die beiden Bayern - treffe ich beim Essen, und ich erzähle ihnen alles. Danach gehe ich aber wieder. Ich bin nicht für Mitgefühl und Trost von anderen, das gibt mir kaum etwas. Ich ziehe mich in so einem Fall lieber zurück.
Nach dem Abendessen gammle ich noch ein bisschen herum. Nun mache ich mich daran, Muds Anziehsachen zu waschen. Dazu nehme ich endlich alles aus dem braunen Müllsack heraus, wohinein sie alles in Gran Tarajal befördert haben. Den BH mussten sie mit der Schere aufschneiden, weil Katrin da schon nicht mehr so recht bei Sinnen war. Jetzt wird mir erst richtig bewusst, dass ich den ganzen Montag mit dem Müllsack herumgelaufen bin und muss erneut heulen.

Nachdem die Sachen zum Trocknen aufgehängt sind, ziehe ich mich an, um Mud wieder zu besuchen. Es ist zwanzig Uhr, und ich begebe mich zum Auto. Im Hotel sitzt gerade die Betreuerin unseres Reiseunternehmens, und ich sage ihr, dass ich zu Katrin fahre. Gegen halb zehn bin ich dann im Hospital, wo ich auch den Mitarbeiter vom Vortag treffe, mit dem eine so gute Verständigung in Englisch möglich gewesen war, und er weist mir gleich den Weg zur UCI. Ich rede wieder mit Katrin und streichle sie. Zwischendurch muss mich kurz zur Seite wenden, weil ich nicht mehr kann. Nach fünf bis zehn Minuten nehme ich für heute Abschied und fahre durch die dunkle Fuertenacht bei Vollmond zurück ins Hotel.

Es könnte so schön sein, wenn wir zusammen wären.

Als ich das Zimmer betrete, piept das Handy - eine SMS von Benny und Lisa, die mir eine gute Nacht wünschen. Schön, alle denken an uns! - Bevor ich ins Bett gehe, öffne ich noch die eine Flasche süßen Lanzarotewein und trinke zwei Gläser davon. Ich schlafe dann ziemlich fest und ohne Träume.

***

Donnerstag, 9. Juli

Und wieder fängt so ein mieser Tag an. Sonne pur, überall Pärchen zum Frühstück, und diese Musik, die im Grunde schön ist, aber mich jetzt einfach nur belastet. Ich bringe immerhin ein Brötchen mit Marmelade hinter und wenige kleine Gebäckstückchen.

Unten baden gerade zwei Leute im Pool.

Wie geht das mit uns beiden weiter? Wird Katrin überhaupt sprechen können? Langsam weicht dem Verstand doch die Emotion, und ich denke über vieles nach.

Ich habe mir vorgenommen, heute auf Fotopirsch zu gehen, um mich abzulenken. So vergeht wenigstens die Zeit.

Was kann die Insel für unser Unglück?

Hoffentlich ist Katrin bald verlegungsfähig, der Tagesablauf hier erscheint mir belastend, es gibt kein Mittagessen. Aber in dieser Situation schmeckt mir sowieso nichts. Beim Frühstück verspüre ich jedenfalls nie Appetit. Es ist alles so öde.

Ich heule lieber erst einmal, denn Katrin fehlt mir so. Zu hoffen habe ich nur, dass sie wieder ansprechbar sein wird ist und selbst sprechen kann.
Bitte, bitte, bitte!!!

***

17 Uhr. Ich befinde mich wiederum im Hotel, habe eben die Krankenversicherung informiert und noch einmal mit dem ADAC telefoniert, ob Katrin schnellstens nach Deutschland verlegt werden darf. Der Besuch heute wirft mich gleich wieder zurück.
Beim Besuch habe ich Katrin bestimmt eine Dreiviertelstunde gestreichelt und mit ihr geredet. Sie atmete eigenständig und wackelte mitunter zwischendurch, und ab und zu kamen Schluckaufs. Sonst befand sie sich jedoch fest im Koma.
Der Arzt teilt mir anschließend mit, dass sie sie aufwecken wollen. Das künstliche Koma wird abgesetzt; das kann schneller oder langsamer gehen mit dem Aufwachen. Sollte sie nach 24 Stunden, also morgen, noch nicht erwacht sein, gibt es ein neues CT, um die Ursache herauszufinden, denn haben wir es mit einem echten Koma zu tun.
Hoffentlich wacht sie auf!!!
Die weiteren Auskünfte klingen ebenfalls keineswegs gut. Der ganze Körper sei in Mitleidenschaft gezogen worden, die linke Hand ist völlig out. Es kann aber auch alles andere geschädigt sein. Hoffnung, Hoffnung, bitte, es reicht, womit haben wir das verdient?! Es muss doch nicht das Schwerste passieren. Gibt es nicht dennoch Besserung? Ich hoffe, ja. Katrin soll sich bewegen und laufen können! Selbst wenn die linke Hand nicht funktioniert, erreicht man trotzdem eine genügende Lebensqualität.
Ich will weg von hier, und zwar heim. Die Ärzte bemühen sich sehr, jedoch man kann ja nur über den Dolmetscher mit ihnen sprechen. Jedenfalls darf ich bis Sonntag Abend Katrin noch einmal kurz besuchen, aber ab Montag nicht mehr. Danach steht mir bloß noch die »normalen« Besuchszeiten zur Verfügung. Also ist es notwendig für mich umzuziehen, oder aber wir dürfen nach Hause. Auf alle Fälle muss

der Arzt dem ADAC die Flugtauglichkeit bescheinigen. Nur unter dieser Voraussetzung dürfen wir weg.

Katrin, du musst aufwachen!!!

Wenn ich dich heute Abend besuche, will ich mit dir reden, du sollst mich erkennen - das Weitere schaffen wir dann schon.

Ich sitze auf dem Balkon, und unten ist lustiges Treiben. Warum können wir nicht dabei sein? Ich muss erst mal weinen.

So, es geht wieder.

Vorhin habe ich alle Fotos durchgesehen. Darunter sind auch die letzten »gesunden« Aufnahmen von uns beiden - auf der Brücke zum Leuchtturm, am Nachtstrand und zu Beginn der Fahrradtour. Weshalb nur dieseFahrradtour!? Warum habe ich nicht meinen Fuß auf die Schwelle der Kirche gestellt und mir etwas gewünscht?

Alles Quatsch, nur Aberglauben. Irgendein Gott gibt keine Hilfe.

Das hier ist der Beweis.

Wir leben eigentlich gottgefällig, haben uns und andere lieb, versuchen stets nur Gutes, und nun!? Andere leben wie die Axt im Walde, kommen scheinbar überall durch, und die werden geschützt, nicht die Guten.

Es wäre doch schön, wenn sich wenigstens unsere beiden Kinder hier befänden. Ich befürchte nur, wir würden uns nur gegenseitig vollheulen. Und ich selbst bin gegenwärtig stark genug, zumindest jetzt noch. rgendwie packe ich das schon. Denn der Härtetest folgt ja erst noch - die Umstellung auf Katrins Behinderung.

Aber wir müssen das schaffen, und Katrin muss endlich aufwachen! Bitte, bitte, bitte!

Noch nie habe ich gerne Briefe geschrieben oder Tagebuch, indessen bietet mir so etwas nun die einzige Möglichkeit, die Probleme aus dem Kopf herauszubringen. Nehmen wir einfach an, dass es hilft ...

Nicht einmal mit Freunden möchte ich über das alles reden.

Mir fällt eben ein, wie Katrin im Meerwasser lag, die Füße nach oben. Sie war so glücklich! - Es muss doch noch ein Vorwärts existieren! Heute Abend ist Katrin wach - so muss das einfach sein! Es besteht bei mir dringender Bedarf, endlich Positives zu vernehmen. Wir warten alle darauf.

***

Eben kehre ich von der Abendtour zurück. Leider schläft Katrin immer noch. Selbst Streicheln und gutes Zureden nützen nichts. Ich bin allmählich ratlos, was ich machen soll. Als ich dann ins Auto steige, verspüre ich nur Kälte und Leere. Wozu bin ich eigentlich drei Stunden durch die Dunkelheit gefahren? Im nächsten Augenblick erschrecke ich jedoch heftig wegen eines solchen Gedankens. Wie herzlos von mir!

Aber ich bin inzwischen an meinen Grenzen angelangt. Und das schreibe auch ich so per SMS an Lisa und Benny. Die wünschen mir und Mud immer alles Gute.

Trotzdem sitze ich allein hier und kann und will nicht weg - nur mit Katrin! - Katrin, wach auf! - Ich brauche dich!

***

Freitag, 10. Juli

Ich schlafe tief und fest bis früh halb sechs. Dann hole ich mir den Moelv (unser kleines, spezielles Reisemaskottchen) und dämmere mit ihm bis kurz vor acht weiter. Wenigstens einer noch anwesend!

Ich fühle mich heute leer und ausgepumpt. Hoffentlich kommt wieder etwas Stärke in meinen Körper! Durchs Frühstück jedenfalls nicht, denn ich bringe erneut kaum einen Bissen runter. Danach gehe ich an den Strand und rede mir Hoffnung ein. Es muss da zumindest ein Fünkchen Positives geben. Katrin, wache auf, lass mich nicht allein, das schafft allmählich keiner mehr!

Die langen Fahrten strengen mich äußerst an, und ich fühle mich irgendwie zittrig.

Deshalb habe ich auch unsere Reisebetreuerin angerufen, ob ich eventuell woandershin verlegt werden kann, damit diese Touren weniger weit sind.

Hoffentlich bist du bald transportfähig, Katrin. Wache auf, dann wird alles besser. Wir müssen endlich nach Hause, ich will zu Lisa und Benny. Da können wir uns gegenseitig helfen!

Wenn ich die vielen Pärchen sehe, möchte ich ihnen zurufen: ›Seid lieb zueinander, möglichst immer! Es kann mitunter ganz schnell anders werden ...‹ Das haben wir ja gesehen.

Was sind dagegen die zahlreichen Probleme in der Welt?
Katrin und ich haben es wenigstens schon eine lange Zeit schön
miteinander gehabt; unsere Kinder sind unterdessen auch groß und
sehr lieb. Das gibt mir momentan einen kleinen Trost, der mir über
einiges hinweghilft. Aber trotzdem ist es schwer, und immer erneut
falle ich in die Einsamkeit zurück, besonders beim Anblick der vielen
lustigen Urlauber.
Jetzt muss ich die Lage jedenfalls so akzeptieren!
So, die Uhr zeigt zehn Uhr. Ich werde auf die Reisebetreuerin
warten und mich gegen elf Uhr wieder auf Autotour begeben.
Katrin, sei bitte wach, wenn ich da bin. Aber ich glaube selbst nicht
daran. Es wäre zu schön, um wahr zu sein!

*** *

Leider schläft Katrin immer noch, als ich zur Besuchszeit erscheine.
In fünfzehn Minuten soll ein neues CT gemacht werden, um eventuell
die Ursache dafür zu finden.
Katrin ist bereits an mobile Geräte angeschlossen. Wenn ich sie
streichle, zuckt sie mit dem linken Bein und hebt ihren Oberkörper
etwas hoch. Dann kommt fünfmal ein Schluckauf, und zwischendurch
gähnt sie sogar. Jedoch sie wacht nicht auf. Zwischendurch piept es
manchmal Dauerton, doch man beruhigt mich und stellt am Apparat
herum.
Da kommt der Anruf für das CT. Ich muss deswegen fort, aber die
Ärztin meint, in einer halben Stunde wüssten sie Bescheid.
Zunächst gehe ich in die Stadt und kaufe mir als Imbiss zwei Riegel
und ein paar Äpfel.
Als ich wieder vor der UCI sitze, erscheint gerade ein Arzt mit
Dokumenten und fordert mich auf, noch fünf Minuten Geduld zu
haben, bis der Dolmetscher kommt. Als Antonio, der Dolmetscher, da
ist, sagt mir der Doktor, dass man eine Verstopfung und
Flüssigkeitsansammlung im Gehirn gefunden hätte, die
höchstwahrscheinlich das Aufwachen verhinderte. Sie können das aber
hier nicht operieren. Katrin müsse deshalb in den folgenden Stunden
nach Las Palmas auf Gran Canaria ins Hospital Insular ausgeflogen

werden, wo man neurologische OP´s durchführt. Sie wird dann auch dort bleiben und soll in der Folge möglichst bald gen Deutschland reisen.

Damit entfallen meine nächtlichen Besuche. Ich informiere sofort die Reiseleitung und soll so bald wie möglich ebenfalls nach Gran Canaria. Man kümmert sich unterdessen um das dortige Hotel. Bevor ich das Krankenhaus verlasse, begebe ich noch einmal an Katrins Bett, küsse und streichle sie. Erneut so ein Abschied!

Ein Pfleger reicht mir ein Tuch, weil mir schon wieder die Tränrn kommen und die Schwestern erkundigen sich, ob ich Tee oder Wasser möchte. Alle sind äußerst mitfühlend.

Dann muss ich allerdings schnell zurück ins Hotel. Ich telefoniere noch mit den Kindern, frage, was ich jetzt tun soll??

Lisa sagt, hinterherfliegen und bei Mud sein, wenn sie aufwacht. Es sind ja sonst ausschließlich Spanier da, alles nur Fremdsprache. Also organisiere ich über unsere Reisegesellschaft die Überfahrt - der letzte Flug nach Gran Canaria startet gegen 21:50 Uhr.

Im Hotel angekommen, beginne ich sofort mit dem Packen, den großen Koffer mit Mudsachen. Heulend räume ich alles zusammen: Die schönen Röcke und Blusen, nie getragen, die Unterwäsche, Strümpfe und so weiter - rein damit! Wird Katrin das nun jemals anziehen können??? Kann sie laufen, sprechen? Nur Ungewissheit.

Jedenfalls wird wieder etwas unternommen. Halb sechs bin ich mit dem Einpacken fertig. Waschzeug, Kosmetik - kaum benutzt!!

Ich schaue in die Schränke - alles ist jetzt leer. Auch die Bücher, die Katrin lesen wollte, sind verpackt. Ach, fast noch das Schlafshirt vergessen; das lag nämlich unter dem Kopfkissen. Und der Moelv, der mich heute Morgen tröstete!

So, alles drin. Hinuntergehen zur Rezeption. Ich bezahle die Rechnung, frage nach einem Bus zum Flugplatz - 18.15 Uhr. Gehe los, allein. Es kommt kein Bus, zumindest ist er an der Buswarte ausradiert. Also Taxi - für neunzig Euro! Das fährt aber so schnell, dass ich schon halb acht am Flughafen ankomme.

Zwischenzeitlich hat man mir ein Hotel in Hospitalnähe versorgt. Und auch der ADAC ist informiert über die Lage.

Ich gehe an den Binter-Schalter (Kanarenflüge mit grünen Propellerflugzeugen) und versuche, ein Ticket zu kaufen. Trotz Verständigungsschwierigkeiten (nur Spanisch) geht es schnell (19,1 kg Zusatzgepäck, 68 € Flug). Check-in, Flugzeug besteigen. Sitzplatz suchen - hier kein Problem, denn die Maschine ist nur locker gefüllt. Um 20.20 Uhr fliegen wir ab.

Eine halbe Stunde später Landung in Gran Canaria, mit Taxi (35 €) zum Hotel Astoria. Mitten in der Stadt Las Palmas mit typischen Straßen, Müllabfuhr um 24 Uhr ...

Abends noch ein Bier auf der Dachterrasse getrunken (Bier + Wasser 2,55 €).

Inzwischen habe ich die Reisegesellschaft und den ADAC informiert, und diese rufen umgehend zurück und melden sich auch in der Klinik. Katrin ist da und wird bereits operiert. Da keimt bei mir wieder Hoffnung auf. Morgen wird es ein Treffen mit der Reisebetreuerin im Krankenhaus geben, und beide (ADAC und Reisegesellschaft) wollen vormittags anrufen. Ich fühle mich tatsächlich keineswegs allein, und dieser andauernde Stress bringt mich kaum aus der Fassung, es prallt alles bisher gut von mir ab.

Katrins Krankheit ist ebenfalls noch nicht in mir drin, in der jetzigen Situation gut so. Der Zusammenbruch kommt dann eventuell zu Hause; hoffentlich gibt es gar keinen!

Diese kühle Distanz hat nichts mit unserer Liebe zu tun. Ich liebe Katrin über alles, und oft kommen mir die Tränen wegen ihres Schicksals. Aber noch ist nichts sicher, und die heutige Medizin kann man als gut bezeichnen. Und trotz äußerer Abwesenheit bin ich immer bei dir, meine liebe Katrin.

***

»MAN ERLEBT NICHT DAS, WAS MAN ERLEBT, SONDERN WIE MAN ES ERLEBT.«

(Wilhelm Raabe)

Da ist ein Platz. Überall laufen Leute herum. Momentan bin ich irgendwie allein und stehe hier. Wo steckt Ralf? Er wollte doch eigentlich wiederkommen, damit wir zusammen ...

Ja, was wollten wir denn?

Wo ich mich hier befinde, davon habe ich sowieso keine Ahnung. Ich könnte ja mal jemanden fragen. Aber das geht überhaupt nicht, denn niemanden lässt sich ansprechen; es reagiert einfach keiner. Alle wuseln nur herum. Was tun die Leute hier eigentlich? Wer sind sie überhaupt? Wo bin ich hier?

Eine irre und komische Situation.

Es muss auch irgendwie gegen Abend sein, denn wir haben fast Dunkelheit.

Um mich herum erscheint alles diffus, und ich kann mich nicht orientieren, weil ich nichts Bekanntes um mich herum entdecke. Umschauen - das geht irgendwie sowieso nicht.

Es ist alles nur eigenartig. Also bleibt mir nichts übrig als abzuwarten, ob da jemand kommt und mich herausholt aus dieser komischen Umgebung.

***

Samstag, 11. Juli

12 Uhr bin ich am Krankenhaus, muss mich jedoch noch eine Stunde gedulden. Ich gehe wieder ans Meer, wie gestern Abend auch. Da vorn in der Ferne erkenne ich eine große Menschenansammlung. Da ich Zeit habe, strebe ich dorthin. Scheinbar wird sonntags immer als Volksfest in der See gefischt. Zwei Teams links und rechts ziehen jedenfalls an Seilen, die weit ins Meerwasser hinaus reichen. So vergeht etwa eine halbe Stunde, dann laufen die »Tauzieher« langsam

zusammen, bis sie nur noch rund zwanzig Meter voneinander entfernt sind und bereits das Ende des Netzes sichtbar wird.
Mir ist komisch zumute, und ich wünsche mir ganz verzweifelt, dass sie einen guten Fang für Katrin herausholen sollen. Je weiter das Fischernetz herangezogen wird, desto schlimmer fühle ich mich: »Fangt die Fische meiner Katrin zuliebe, damit sie endlich aufwacht!« - Das Netz wird eingeholt, und alle freuen sich. Viele Fische sind im Netz, und ich gehe weinend zum Krankenhaus.
Macht bitte, dass Katrin wach wird!

***

Ich befinde mich in der Nähe eines Fensters, und ich liege anscheinend in einem Bett. Und ich bin allein. Wo ist Ralf?

Draußen ist es finster, und ich erkenne hinter der Scheibe irgendwelche Leute. Die scheinen zu warten. Ralf auch?? Ich sehe immer nur dunkle Köpfe, weiter kann ich nichts erkennen.

Wer da noch ist - keine Ahnung. Also kann ich wieder einmal nur abwarten, was geschieht. Die Geduld wird ziemlich strapaziert, denn das Warten will kein Ende nehmen.

Ah! Endlich öffnen sich da Türen, und Leute kommen herein. Für mich auch jemand? Zum Glück: Bei dem Pulk Leute ist Ralf dabei, und der kommt nun zu mir. Endlich!

***

Als ich dann die Intensivstation betrete, liegt Katrin wie immer da. Ich rede sie an, diesmal etwas lauter als vorher. Da öffnet sie ein bisschen die Augen, schließt sie aber gleich wieder. Als ich weiter spreche, öffnen sich die Augen ab und zu ein bisschen. Ihr Blick zeigt allerdings ins Leere. Ich bin trotzdem erst einmal überglücklich. Auch diese klitzekleine Reaktion freut mich. Sie schafft es! Ich streichle sie und rede auf sie ein. Selten, aber immerhin noch einige Male gehen die Augen ein wenig auf. Es kommt eine Ärztin oder Schwester und versucht, mir auf Englisch manches zu erläutern. Als sie hört, dass wir Deutsche sind, deutet sie an, dass ich einen Moment warten soll. Nach fünf Minuten holt sie mich ans Telefon. Sie hat eine Dolmetscherin erreicht, die mir nun auf Deutsch Auskunft gibt.

Katrin hätte einen Schlaganfall gehabt und sei daraufhin vom Rad gestürzt. Auf meine Frage, dass sie ja doch noch zwei Stunden bei gutem Bewusstsein war und normal erschien, verneint sie alles und meint, die Ursache wäre dieser Schlag und die damit verbundene Schwindligkeit gewesen.

Ihr derzeitiger Zustand sei so, dass sie sich in der Aufwachphase befindet, jedoch ihre gesamte linke Seite erscheint gelähmt. Rechts könne man sagen: ohne Befund. Und sie müsse derzeit bei der Atmung - wegen Bronchitis oder Lungenentzündung - unterstützt werden.

Auf meine Frage, ob links noch einiges möglich wäre, antwortet sie, dass in Deutschland viele Sachen machbar sind.

Wenn Katrin wieder selbstständig atmete, wird man auch den Schlauch entfernen. Morgen, am Montag, sei sie selbst mittags auch in der Klinik, meint die Ärztin, und kann bei der Gelegenheit direkt mit mir sprechen.

Ich gehe danach erneut zu Katrin und streichle sie und spreche mit ihr. Auf meine Frage, ob ich noch bleiben solle - dann »öffne die Augen«, öffnet sie tatsächlich die Augen. Nur kurz, doch immerhin!.

Nach fünf Minuten wiederhole ich die Frage, und auch diesmal gehen wiederholt (zur Bestätigung!!!???) die Augen auf.

Hat sie mich verstanden?? Es wäre so schön!! Endlich begebe ich mich heute Abend etwas zuversichtlicher ins Hospital. Dann sind wieder fünf Stunden vergangen, und ich warte darauf, dass Katrin noch munterer ist. Wie wird sie mich verstehen? Neue Fragen!

***

Ich liege im Bett und bin nicht in der Lage, es zu verlassen. Die Tür nach draußen steht offen, und alles ist erstaunlich ruhig. Irgendwelche Leute sind zu Besuch gewesen, denn ich höre Stimmen. Wer, das kann ich nur vermuten, denn erkennen kann ich akustisch niemand.

Aber doch: Mir scheint, dass da meine Tochter darunter sein müsste und ihr Freund. Die beiden wollten doch heiraten! Also wären wohl auch seine Eltern da sowie eine ganze Reihe anderer Bekannter. Und alle sind hier?!

Irgendwie hat auch jeder hier ein Hotelzimmer. Auf dem Gang sammeln sie sich jetzt und gehen vermutlich zum gemütlichen Frühstück. Da draußen laufen sie, und die Stimmen entfernen sich.

Wieso nehmt ihr mich nicht mit!?

Immer wieder bemühe ich mich, aus dem Bett zu kommen, jedoch das gelingt nicht, denn mein rechtes Bein ist mit einer Binde am Bett festgemacht. Ich komme da nicht raus, nichts zu machen.

Man kann sich sowieso nur hören, aber nicht sehen. Einer der Männer stöhnt dauernd. Ich will ihm helfen. Dazu musste ich jedoch sein Zimmer erreichen, und dafür wird ein Schlüssel benötigt. Diesen entdecke ich oben auf der Kante meiner Zimmertür, die offen steht. Ich versuche ständig, dorthin zu gelangen, aber es geht und geht nicht. Da kann ich machen, was ich will. Ich bekomme mein rechtes Bein einfach nicht los.

Im Laufe der Zeit höre ich immer weniger Stimmen. Ich wollte aber auch mit! Doch niemand beachtet mich, keiner holt mich. Weil ich nicht aufstehen kann, muss ich einfach nur hier bleiben.

***

Immer der gleichen Tagesablauf. Zunächst ist es Nacht, eine Uhr kann ich nirgendwo entdecken. Also sehne ich mich danach, dass der Morgen anbricht.

Am besten wäre es, ich schliefe noch etwas, aber das geht nicht.

Folglich warte und warte und warte ich ... bis es endlich allmählich hell wird, quälend langsam. Ab und zu versuche ich mich im Bett etwas zu drehen und anders hinzulegen, aber das funktioniert ganz schlecht und dauert ewig lange. Andererseits kann man sagen; Gut so, denn da vergeht wenigstens die Zeit.

In diesen Tagen stelle ich fest, dass vorm Krankenhaus anscheinend eine stark befahrene Straße vorbeiführt. So erkenne ich das Nahen des Morgens am zunehmenden Straßenverkehr. Unter den Autos, die da draußen vorbeifahren, sind offenbar auch viele Lkw. Ich kann mir richtig vorstellen, wie einer nach dem anderen die Straße entlang fährt.

Wo führt diese Straße hin?

So schwere Trucks können doch eigentlich nur in die USA, zum Beispiel nach Kalifornien fahren. Dorthin führt die Straße offensichtlich. Also scheint das gar nicht so weit zu sein!

Wenn ich wieder wohlauf bin, könnten wir doch auch einmal dorthin fahren. Das wäre schön! Gut, da existiert wenigstens wieder eine Vorstellung, irgendwann für die Zukunft.

Als es dann richtig hell ist, kommt irgendwann eine Krankenschwester, manchmal auch ein Pfleger. Natürlich sind das alles Spanier, zwar alle nett und freundlich, jedoch mit ihnen kann ich mich in ihrer Sprache sowieso nicht unterhalten.

Da ist übrigens einer dabei, der scheint sogar Englisch zu können. Mit ihm gibt es eine minimale Verständigung, denn ich versuche ihm etwas mitzuteilen, worauf er mir sogar antwortet. Diese Unterhaltung findet immer statt, während er mir meine Wunden vom Fahrradsturz versorgt. Irgendwie habe ich den Eindruck, dass er mir ein Pflaster nach dem anderen auf die Verletzungen an Arm und Bein aufklebt. Wenigstens eine minimale Verständigung an so einem Tag ...

***

Dienstag, 14. Juli

Erwache ich am Morgen, ist alles genauso wie gestern. Allein bin ich immer, und in der Ecke steht ein gepackter Koffer. Draußen scheint die Sonne schon wieder. Der Essensgeruch erscheint mir nur noch penetrant, wenn ich auf den Flur hinaus gehe. Und dann kommt, was Frühstück heißt. Ich inmitten einer wartenden Menge. Das einzige, was das alles durchbricht, ist meine Hoffnung, was ich heute Mittag von Katrin erfahren werde.

Sie soll selbst atmen, damit sie erneut mit Sprechen anfangen kann. Sie soll mich erkennen, sie soll sich an uns erinnern.

Gibt es ein größeres Geschenk? Nein! Auch wir wollen vom riesigen Kuchen namens »Glück« ein paar Krumen ab haben. Warum sollten wir nicht wieder glücklich werden? Wir hatten zwar schon den Glücksfall, uns zu finden, zwei ganz liebe Kinder geboren zu haben - jedoch muss dann das Gute plötzlich zu Ende sein? Nein! Unsere Liebe ist stark, stark genug, um wieder glücklich zu werden. Katrin, ich kann keinen Einfluss auf deinen Körper ausüben, aber du selbst bist stark genug, um ins normale Leben zurückzukehren. Wir schaffen das, denn wir haben die Geduld und die Kraft unserer Liebe. Es wäre schön, wenn es heute Mittag wiederum einen kleinen Fortschritt gäbe! Ich hoffe darauf ganz fest. Wache weiter auf, erinnere dich, erkenne mich - werde gesund!!

***

Als ich im Krankenhaus auf Einlass warte, kommt gerade die deutsche Schwester heraus und sagt mir, dass Katrin nun selbst atmet und der Schlauch entfernt worden ist. Außerdem sei sie recht munter und reagiere positiv auf Anforderungen. Ich muss die Schwester deswegen spontan drücken. Als ich anschließend bei Katrin bin, hat sie die Augen gleich offen und zappelt wie schon am Vortag. Ich halte ihre Hand und rede mit ihr. Sie drückt meine ebenfalls ganz fest und lange. Dann fasst sie mir an den Po und und knautscht meine Hose. Sie versucht mehrmals, sich aufzurichten. Ich küsse sie mehrfach. Mir ist zum Heulen - natürlich vor Freude. Manchmal kommt ihr Blick auch zu mir. Ob sie mich jedoch erkennt, weiß ich nicht. Die Schwester meint jedenfalls, dass sie zunehmend wieder kommunizieren wird. Nur heute ist erst einmal Schonung angesagt. Andauernd versucht sie sich hochzuziehen. Ich möchte sie trösten. Ihre rechte Hand ist angebunden worden. Sie ist sehr mobil und öffnet ihre Augen ganz normal, macht sie aber auch eine Zeit lang zu. Ich hoffe, dass sie mich erkennt. Aber ich bin glücklich!
Als die Krankenschwester und die Ärztin gemeinsam da sind, spricht die Schwester Katrin an und will erreichen, dass sie ihr linkes Bein bewegt. Ich spüre ihre Anstrengung. Bilde ich mir das nur ein, oder zuckte das Bein ein klein wenig?? Jetzt bin ich überzeugt: Es wird alles gut!

***

Und dann gibt es einen Tag, dann schiebt die Schwester mein Bett zum Fahrstuhl und bringt mich in eine andere Etage. Wir fahren in eins der vielen Zimmer auf diesem langen Gang. Hier befinden sich bereits schon zwei andere Betten mit irgendwelchen Kranken. Da liegen wir nun alle drei in unserem Bett und warten. Worauf? Ich weiß es nicht.

Nach längerer Zeit hört man Geräusche auf dem Gang, als ob dort jemand in die Zimmer ginge. Zu Beginn klingt alles weit weg, jedoch die Geräusche nähern sich immer mehr. Es scheint so, als ob jemand Essen austeilen würde, und man würde wohl auch bald unser Zimmer erreichen, welches jedoch irgendwie am Ende des Ganges sein muss. Doch bevor sie zu uns kommen, spricht sich herum: Jetzt ist Schluss. Also warten, wie es denn nun weitergeht.

Irgendwann werde ich zurückgebracht ins ursprüngliche Zimmer.

***

Nachmittags ein Anruf vom ADAC. Heute Arztgespräch - Katrin ist jedoch momentan nicht transportfähig. Morgen wieder Arztkontakt. Können wir eventuell diese Woche schon nach Hause? Ich wünsche es mir sehr - komme ich mir doch hier vor wie ein Fremdkörper. Rundherum pulsiert das Leben, allein ich bin wie in Trance, einerseits anwesend und andererseits wiederum nicht. Ich fühle mich wie ein winziges Steinchen mitten in einer riesigen Stadt.

Aber es gibt noch größeres Leid. Anfangs fand ich es gut, gestern im Krankenhaus einen Landsmann zu treffen, der ebenfalls hier im Hotel wohnt. Er befand sich mit seiner Frau auf der Hochzeitsreise. Und jetzt scheint es so, dass seine Frau, die während des Aufenthaltes am Strand in Maspalomas Hirnbluten bekam und deswegen hierher gebracht wurde, plötzlich gestorben ist. Die Reisebetreuerin füllte nämlich im Hotel irgendwelche Notfallzettel aus. Es tut mir so leid - war doch das Schicksal von Katrin auch nicht viel leichter. Aber ich habe meine Frau noch, und es geht ihr jeden Tag besser.

Warum nur geschehen derlei Dinge? Manche Menschen sind so hässlich, stürzen andere ins Verderben, meist nur wegen des Sch...geldes, und ihnen passiert nichts. Und anderen widerfahren unvermittelt solche Unglücke.

Der Mann von gestern Abend war eine Art Deutschtürke (oder so was Ähnliches). Er wollte eigentlich seine ganze Familie hierher holen. Umsonst! Wieso musste es so kommen? Fragen, die niemand beantworten kann.

Warum ist Katrin so schwer krank? Keine Begründung.

Ich bin froh, dass wir bisher gut gelebt haben, stets versucht, gemeinsam und in Liebe unser Leben zu gestalten. Wie heißt es so schön: »... in guten wie in schlechten Zeiten ...« - Ja, ich will!! Ich muss erst mal heulen. - So wieder einigermaßen gut. Übrigens: unsere Lisa-Marie ist ebenfalls stark, befindet sich ja jetzt allein bei uns zu Hause und managt alles. Doch sie wird bald aufbrechen, in die Welt reisen. Hoffentlich sind wir dann inzwischen zu Hause. Lisa soll wenigstens Mud noch besuchen können, ehe sie auswandert.

Aber das Leben muss irgendwie weitergehen. Ich bin ja da und werde immer für Katrin da sein. Man kann für seinen geliebten Partner auch viel geben und sich einschränken. Das Glück, seine Liebe überhaupt noch zu besitzen, ist es wert, alles dafür zu tun. Katrin, wir werden diesen neuen, schweren Weg ebenso zusammen bewältigen und alle Schwierigkeiten meistern. Wie sagte doch schon Pawel Kortschagin in »Wie der Stahl gehärtet wurde« sinngemäß: »Das Leben wird uns nur einmal gegeben, und man muss es nutzen!« Wir haben es genutzt - viele gemeinsame schöne Erlebnisse gab es - und wir werden es weiter nutzen!

***

Was fühlt und denkt Katrin?
Als ich sie heute Abend besuche, schaut sie an die Decke oder zur Seite. Als ich erscheine, blickt sie mich nach meinem »Hallo« an. Ich wasche mir die Hände, und sie sieht zu. Ihr Bett ist hochgeklappt, so dass sie die Umgebung gut beobachten kann. Ich gehe zu ihr, fasse ihre Hand und rede mit ihr (langsam). Versteht sie mich? Wenn ich sie zum Händedruck auffordere, macht sie das auch. Sie begreift, was ich will! Erkennt sie, wer zu ihr spricht? Ich streichle sie am Kopf und schaue ihr in die Augen. Sie sieht mich an. Ihr Blick fällt mir sehr schwer. Denn ich bin so traurig, dass ich sie momentan kaum unterstützen kann. Nur zusehen und mich über die kleinen Verbesserungen freuen! Aber sie muss die ersten Schritte ganz allein meistern und sich mit ihrer Situation arrangieren. Es bleibt nichts anderes übrig.

Ist ihr schon einiges bewusst? Ich versuche, sie behutsam aufzuklären. Dass traurig zu sein keinen Sinn hat. Dass sie einen schweren Fahrradunfall hatte und dass sie sich rund eine Woche lang im Koma befand und geschlafen hatte. Dass sie sich nun wieder eingewöhnen muss, an die Umgebung, ans Krankenhaus, jetzt hier in Las Palmas, nach ihrer OP.

Aber auch, dass es ihr schon besser geht und dass ich immer da bin, wenn ich zur Besuchszeit kommen darf und dass ich sie ganz sehr lieb habe und dass wir das alles gemeinsam schaffen werden. Ich hoffe, sie versteht es wenigstens ein bisschen.

Sie schaut manchmal zur Seite, so als könne sie ihre Umgebung überhaupt nicht begreifen. Ich versuche, sie zu trösten, ich liebe sie doch, und schaue ihr ganz nah in die Augen und streichle sie. Sie muss erkennen, dass wir die Situation gemeinsam bewältigen.

Ich hoffe nur, dass sie mich als ihren Mann zuordnen kann, dass sie mich wieder erkennt.

Manchmal versucht sie sich aufzurichten, und dabei bewegt sie ihr rechtes Bein; ständig wird es angezogen und ausgestreckt.

***

Die Krankenbesuche genieße ich immer. Darauf warte ich den ganzen lieben langen Tag. Und hoffe, dass sie nicht so rasend vorbeigehen mögen - statt dessen soll die viele andere Zeit schneller verfliegen!

Am Schluss der Besuche werde ich ständig fixiert am rechten Bein. Ich versuche natürlich oft, ob ich doch irgendwie los komme, aber mir gelingt es nie, den Fuß aus der Binde, die mich festhält, herauszuziehen. Das funktioniert einfach nicht! Der ganze Zustand ist im Grunde nur noch unerträglich durch meine Plage, die sich »Restless Legs« nennt. Eine äußerst missliche Situation. Ich empfinde es als belastend und kaum auszuhalten, besonders abends, wenn es beginnt, bei mir in den Beinen zu kribbeln, und dagegen gibt es nichts.

Aber der Moment, an dem sie das eine Bein erneut festmachen, kommt, darauf kann ich mit Grauen richtiggehend warten. Das machen sie immer wieder. Wieso denn bloß, ich werde doch kaum aus dem Bett klettern ... Erstens bin ich dazu sowieso nicht in der Lage, und zweitens will ich es auch nicht, weil ich mir schon vorstellen kann, dass das allein ohne Hilfe schiefginge. Also, warum denn bloß immer!? Ich sehe das nicht mehr ein, zumal es einfach keiner aushält! Aber es wird eben so gemacht, und fertig. Und ich bin hier und muss durch diese »bescheidene« Situation hindurch, egal wie. Da kommen einem schon mal Fragen, und das jeden Abend wiederholt: ›Überlebe ich das hier überhaupt, wenn ich es fast nicht mehr aushalte?!‹ Schließlich glaubt man, es müsse Schluss sein. Aus der Haut fahren, das wäre so das Richtige! Oder könnte man sich aus dieser Situation herausbeamen, einen Sprung in der Zeit machen, wo es dann erträglich weitergeht?? Wenn das so einfach ginge! Doch die Zeit läuft trotzdem weiter, nur eben schrecklich langsam. Ein Glück, dass man über diesem üblen Stress irgendwann einschläft, aber das dauert und dauert immer endlos lange bis dahin. Und am nächsten Tag weiß ich: Diese gesamte Sch ... beginnt wieder von vorn! Das kommt eben leider noch zu meinen sonstigen Problemen dazu. Das einzig Gute daran ist: Von Lebensgefahr kann da keine Rede sein, jedoch ich empfinde die Sache einfach nur schrecklich lästig. Wahrscheinlich kann ich dieses Problem aufgrund der doppelten Sprachbarriere keineswegs verständlich schildern (die eigene Unfähigkeit beim Sprechen und dann die Hürde Fremdsprache Deutsch - Spanisch). Was auch immer, jedenfalls gibt es da eine Menge Unverständnis. Ich komme mir sowieso machtlos vor, weil ich spüre, dass ich zu erstaunlich vielen Dingen unfähig bin.

***

Wem »Restless Legs« nichts sagt, der sollte über dieses Nichtwissen froh sein. Ich weiß auch erst seit rund zehn Jahren, dass das alles einen Namen hat. Ursprünglich hielt ich es einfach für Nervosität oder dass ich manchmal längeres Sitzen schlecht aushalten könne oder so ähnlich und dachte, dass es wohl so sei, dass man irgendwann nicht mehr ruhig sitzen kann und herumlaufen muss. Doch seit einigen Jahren benötige ich am Abend eine Tablette, sonst wird es für mich unerträglich. Und nach dem, was ich so hin und wieder las, kann ich wohl noch von Glück sagen. Rund zehn Prozent der Bevölkerung wissen über diese Sache leider nur zu gut Bescheid. Hinzu kommt, dass das zudem als erblich anzusehen ist.

Eine der für mich unangenehmsten Tatsachen ist, dass man hier die »Restless Legs« nicht behandelt. Das liegt wahrscheinlich daran, dass das Medikament dagegen (das ich natürlich mithabe!) hier unbekannt ist und ich es folglich nicht einnehmen darf. Schließlich muss das ja auch mit den ganzen anderen Mitteln zusammenpassen, die ich bekomme. In meinem Zustand überschaue ich sowieso vieles schlecht. Ich will nur irgendeine Hilfe gegen das elende Jucken in den Beinen. Doch da hilft mir keiner, ohne dass ich weiß warum.

Ich versuche ab und zu, diese Situation so gut es geht in Englisch (also sehr schlecht, weil ich ja schon in Deutsch kaum reden kann!) zu schildern. Aber auf eine positive Reaktion warte ich vergeblich. Man versteht mich nicht – klar, was ich da so sage, scheint ohnehin schlecht verständlich zu sein. Und manchmal glaube ich, man will mich gar nicht verstehen. Keine Ahnung.

So stellt sich eben jeden Abend diese fast unerträgliche Situation ein, dass es anfängt, in den Beinen zu krabbeln, und ich kann absolut nichts dagegen unternehmen. Denn die einzige Gegenmaßnahme wäre, aufzustehen und herumzulaufen – und das ist offensichtlich unmöglich, so viel merke ich schon.

∗∗∗

»GLÜCKLICHERWEISE KANN DER MENSCH NUR EINEN

GEWISSEN GRAD DES UNGLÜCKS FASSEN; WAS DARÜBER

HINAUSGEHT, VERNICHTET IHN ODER LÄSST IHN

GLEICHGÜLTIG.«

(Johann Wolfgang von Goethe)

Es kommt der Tag, da bin ich in einem neuen Zimmer, offenbar in der Nähe einer Art Anmeldung. Ralf erscheint oft zu Besuch, und ich erwarte ständig diese Zeit, das Zureden und Streicheln. Immer wieder entsteht bei mir die Frage, wieso er jedes Mal schon so bald wieder fortmuss. Und überhaupt könnte er mich gleich mitnehmen! Nach

Hause! Das wäre das Beste! Warum ist das unmöglich? Darauf finde ich keine Antwort, null Chance.

Ich will möglichst sehen, was draußen los ist, aber das geht nicht so richtig. Kommt eventuell einmal jemand herein, oder gibt es sonst irgendeine andere Abwechslung, damit die Zeit schneller vergeht!? Also: eigentlich warte ich ständig auf Ralfs Besuch, denn damit handelt es sich um die fast die einzige angenehme Ablenkung, die für mich existiert.

Abends läuft immer der Fernseher, der dort oben angebracht ist, und das bis tief in die Dunkelheit hinein. Bis wann genau - keine Ahnung. Aber es sind sowieso wenig interessante Dinge: Werbung, Musik, irgendwelche Trickfilme, und noch dazu in unverständlicher Sprache. Klar, wir sind ja nicht in Deutschland, sondern in Spanien, das weiß ich. Wird das Gerät schließlich ausgeschaltet, kehrt Stille ein, und ich sehne mich danach einzuschlafen. Manchmal gelingt das zum Glück schnell. Im anderen Fall - und das ist oft so - heißt das: endlos warten. Der Moment des Eindämmerns kommt irgendwann, aber wann denn nun ...? Wie es dann eben so ist: Möchte man mit aller Kraft einschlafen, funktioniert das gerade nicht, verdammt nochmal! Schön ist es, wenn ich feststelle, dass es allmählich hell wird und der Morgen naht. Endlich Zeit für mehr Ablenkung.

***

Sonntag, 19. Juli

Ich komme mir vor wir der Hauptdarsteller in zwei Kinofilmen: »Und täglich grüßt das Murmeltier« und »So weit die Füße tragen«. Jedenfalls fühle ich mich so.

Heute früh versuchte ich übrigens mal ein Spiegelei. Aber es blieb beim Versuch.

Diesmal mache ich mich zeitig auf den Weg. Gegenwärtig haben wir Flut, und ich will ein paar schöne Fotos von Wellen, Wellenreitern und der Landschaft einfangen. Deshalb nehme ich extra das Telobjektiv mit.

Gegen 11.30 Uhr gehe ich dann zu Katrin.

Sie empfängt mich wenig euphorisch, ansonsten aber normal drauf. Ich lasse ihre Armfessel wieder entfernen. Wir versuchen Sprachtraining, doch das will sie nicht so recht.

Irgendwann kommen wir - sie oder ich? - auf die Idee, es schriftlich zu probieren, da sie noch kaum in der Lage ist zu sprechen. Ich gebe ihr einen Block und einen Kuli, dazu als Unterlage ein Buch, und sie schreibt. Es sieht ziemlich krakelig aus, aber weniges davon kann ich entziffern. Zudem versucht sie zunehmend, mir alles mündlich darzustellen.

Und so erfahre ich: Sie möchte eine Zeitung. Und sie will Sudokus machen.

Außerdem soll ich dem Arzt mitteilen, dass sie ein Medikament gegen Husten bekommt.

Und am Ende, fast 13 Uhr, als ich sie wieder festmachen lassen muss, meint sie, dass sie nicht wie ein kleines Kind behandelt werden möchte! Ich kann das verstehen, aber ich sage zu ihr, dass wir so schnell wie möglich heimwollen nach Deutschland. Und damit das klappt und nichts passiert, zum Beispiel, dass sie aus Versehen aus dem Bett fällt, wäre so was nötig. Und sie darf nicht wieder den Schlauch und die Pflaster entfernen, damit sie diesbezüglich sicher sind. Deshalb muss sie durchhalten und alles akzeptieren.

Ich fange an sehr zu weinen: »Wir wollen doch schließlich nach Hause!« Sie schaut mich traurig an und nickt. Ich drücke und küsse sie. Sie lässt sich wieder festschnallen. Katrin ist so lieb, und sie muss stark bleiben, damit es weitergeht und wir endlich nach Deutschland dürfen. Dort sprechen alle die vertraute Sprache, und für sie selbst gibt es eine bessere Verständigung mit den Ärzten und Schwestern. Sie kann ja zur Zeit nur mit mir und dem einen Pfleger kommunizieren, leider!

So, ich hole jetzt eine BILD-Zeitung und bringe sie ihr sowie die Sudokus.

Lisa und Benny freuen sich mit, als ich das am Telefon berichte. Wieder ein Fortschritt!

***

Montag, 20. Juli
Diesmal gehe ich zeitig los und bin schon gegen 16 Uhr im Krankenhaus.
Katrin erscheint unleidlich und verstört. Ich lasse ihren Fixierung lösen. So recht zu freuen scheint sie sich aber nicht.
Mit der Zeit erkenne ich den Grund: Ihr wird jetzt erst allmählich richtig bewusst, wie es eigentlich um sie steht. Sie hebt mit der anderen Hand ihren linken Arm hoch und lässt ihn fallen. Mehrmals. Mit der Faust schlägt sie auf ihr Bein.
Ich versuche, sie zu beruhigen, aber ich schaffe es nicht. Ich sage ihr, dass sie stark sein soll, dass vieles unter Umständen ganz wieder in Ordnung kommt, wenn wir in Deutschland sind. Sicher dürfen wir bald zurückfliegen. Morgen ist noch eine Untersuchung, und danach geht es bestimmt endlich nach Hause zurück.
Sie darf nicht verzweifeln, sonst werde ich noch trauriger! Wir packen das, und sie hat mich. Sie konnte in den paar Tagen schon einiges zurückgewinnen. Katrin, du schaffst das auch weiter.
Wir reisen, wie wir uns das vorgenommen haben, wiederholt in Urlaub, beispielsweise gen Norwegen.
Katrin, du wirst wieder Arm und Bein bewegen. - Sie lässt den Arm erneut fallen. Ich bin einfach nur hilflos, kann nichts tun. Angefangen bereits damit, dass wir eigentlich nach Hause wollen. Ich bin wütend, andererseits wie festgebunden. Aber diesmal gibt es wirklich keinerlei Möglichkeit - nur warten!
Ich muss durchhalten, denn Zweifel helfen keinem, mir nicht und Katrin ebenso wenig.
Ich muss es schaffen, sie zu beruhigen! Sie darf sich nicht aufgeben, denn da existieren doch bereits so viele Fortschritte!!
Ich sage ihr, dass ich froh bin, dass sie überhaupt noch da ist und dass sie inzwischen eine Menge wieder gelernt hat. Sie soll weiter stark sein. Katrin streichelt mich, weil sie nicht will, dass ich traurig bin.
Irgendwann sagt sie ganz deutlich: »WARUM?«
Ich kann darauf keine Antwort geben. Klar, ich weiß. Diese Frage hat mich selbst schon zermartert. Deshalb sage ich ihr, dass es gar

*nicht um das »Warum« geht, sondern darum, dass wir jetzt
gemeinsam kämpfen und neu anfangen müssen.
Wir haben bereits so viel geschafft, und auch das Weitere schaffen
wir!!
Katrin liegt auf der Seite und schließt die Augen. Meine Hand ruht
auf ihrer Schulter, und wir schlafen so eine halbe oder gar eine ganze
Stunde zusammen. Es ist schön so, richtig friedlich. Katrin, ich habe
dich lieb!
Leider muss sie wiederum, wenn ich gehe, angeschlossen werden.
Es tut mir so weh, doch sie muss das aushalten, damit wir so bald wie
möglich nach Hause dürfen.
Mir kommen beim Fortgehen erneut die Tränen. Sie drückt meine
Hand. Im Grunde möchte ich ja hierbleiben, jedoch das geht wiederum
nicht.
Wir müssen erst wieder nach Deutschland. Aber WANN?
Diesmal gehe ich ganz traurig zurück. Ich hatte es mir eigentlich
vorgestellt wie gestern Abend.
Katrin, sei tapfer - nur so wird es schneller besser. Ich bin es
ebenfalls, bis auf kleine schwache Momente. Ständig denke ich an dich,
meine liebe Katrin. WIR SCHAFFEN DAS, es gibt einen Neuanfang.*

***

*Zu Hause - im Hotel - teile ich alles Lisa mit, meine Gedanken,
meine Sorgen, meine Hoffnungen. Schön, dass ich mich bei ihr
aussprechen kann – wir sind so eine gute Familie. Deshalb kriegen wir
auch das mit Katrin gemeinsam wieder hin.
So, und nun ist erst einmal Kofferpacken angesagt - nicht viel, weil
ich nur das Nötigste herausgenommen habe, und der restliche Koffer
ist fast unberührt. Morgen führt mein Weg woanders hin; das jetzige
Hotel ist nämlich dann ausgebucht. Ich hoffe, nur wenige Tage noch,
denn ich WILL nach Hause!
Aber erst muss Katrin abgeholt werden. Es wird sich hoffentlich
möglichst bald alles zum Guten wenden.*

***

Irgendwann in diesen Tagen stelle ich dann fest, dass mit mir im Grunde überhaupt nichts mehr stimmt, besonders auf der linken Seite. Ein wenig kann ich diesen Arm hochheben, aber eben nur ein Stück. Also lasse ich ihn wieder herunterplumpsen. Einfach nur »toll«! Was geschieht mit mir!?

Schon die linke Hand zusammenballen, das wird nahezu zur Unmöglichkeit. Möchte ich die Zudecke hochziehen, dann muss ich das umständlich mit der rechten Hand versuchen. Gezielt mit links zugreifen - Fehlanzeige. Oder die Beine oben auf die Decke legen, nachdem es zugedeckt zu warm wird? Auf der linken Seite ist da kaum etwas zu machen. Ehe ich das Bein draußen habe, bin ich sauer, weil es ganz schlecht funktioniert.

Was soll das überhaupt hier darstellen?? Wie ist das passiert? Wo gibt es einen Ausweg? Ich will nicht mehr!! Das soll doch nie und nimmer so bleiben!? Meine Stimmung verschlechtert sich zunehmend. Eigentlich bin ich froh, aus der Intensivstation herausgekommen zu sein, aber diese kurze Freude geht wieder dahin. Hier tauchen Probleme auf, die ich weder verstehe noch überblicke.

Und alles klar durchdenken - schon damit geht es bereits los ...

Will ich nicht, oder kann ich nicht?

***

Mittlerweile habe ich es begriffen. Mich hat es arg erwischt. Wie arg, darüber will und kann ich gar nicht so recht nachdenken. Jedenfalls reicht mein Zustand dafür aus, dass ich im Krankenhaus ausharren muss. Das Reden funktioniert ganz schlecht. Oder bilde ich mir nur ein, dass ich etwas von mir gebe??

Ans Aufstehen ist offensichtlich auch nicht zu denken. Mir bleibt nur, im Bett zu liegen. Wie lange bleibt dieser Zustand so?? Wann darf ich nach Deutschland und eventuell sogar nach Hause? Mir ist vieles unklar, was hier abläuft. Weil wir unterschiedliche Sprachen sprechen, kann ich von Schwestern und Pflegern kaum etwas erfahren.

Wenigstens hat mir Ralf den Hergang hinlänglich erklärt. Bei der Fahrradtour bin ich durch zu scharfes Bremsen über den Lenker gesaust. An die recht harte Landung auf der Asphaltstraße erinnere ich mich recht gut. Ich rappele mich damals hoch und betrachtete die

Schürfwunden. Den ganzen Urlaub noch mit diesen hässlichen, schmerzhaften Stellen herumlaufen! Das wäre allerdings wirklich das kleinere Übel gewesen. Wenn es nur dabei geblieben wäre! Aber es kam offensichtlich anders.

Während der Untersuchung in der Krankenstation wurde ich mehrfach bewusstlos und musste mich übergeben, erfahre ich. Schon in so einem Falle sei das ein Hinweis auf einen möglichen Schlaganfall, und folglich begann man das genauer zu untersuchen. Dort verliert sich dann irgendwie alles bei mir. Von den weiteren Geschehnissen fehlt mir jede Erinnerung. Hier endete dieser Teil meines Lebens, wenn man das so sehen möchte.

Strich!

Ralf erzählt mir auch, dass man damals bei mir versuchte, die Reflexe zu testen. Also - Arm hoch oder Bein hoch. Sollte der linke Arm gehoben werden, reagierte das Bein anstelle des Armes, links sowieso deutlich schlechter. Beziehungsweise ohne eine Reaktion, und schließlich war es vorbei. Der Blick schien gewissermaßen auf null gestellt zu sein.

An jener Stelle merkte man mit Gewissheit, dass im Kopf etwas los war, was nicht los sein durfte.

Zu dieser Zeit gab es dann einen Schlaganfall bei mir. – Mmmh.

Davon spürte ich nichts. Bleibt nur die Frage nach dem Hinterher. Danach erscheint eben alles wie ausgewechselt. Man erwacht sozusagen in einer völlig veränderten Welt unter ganz neuen Bedingungen. Diese kann man einfach nur als »schlimm« bezeichnen. Jedoch sie sind da, und man muss damit fertig werden.

Kein anderer Weg, kein Ausweichen.

Prinzipiell habe ich diesen knallharten Fakt schon registriert.

Aber verdaut? Nein!

In welcher Verfassung man sich nun befindet, das merkt man erst mit der Zeit ... und unter Umständen ist es gut so ... wenn es einem vergönnt ist, noch etwas merken zu können ...

***

Eines Tages kommt sogar Lisa-Marie mit zu Besuch. Ich finde das einfach schön. Aus dem Erzählen entnehme ich, dass sie bei Ralf mit im Zimmer untergebracht werden konnte. Und Benjamin ist zu Hause geblieben, weil ja an dieser Stelle auch jemand alles managen muss. Zu Hause?!

Eines Tages packt sie einen Zettel aus und fängt an, die Fragen, die sie dort offensichtlich aufgeschrieben hat, an mich zu richten: »Wie heißt du? - Wie heißen deine Kinder? -Was machen sie gegenwärtig? - Wie alt ist jeder von uns? - Wo wohnst du? - Wo hast du vorher gewohnt? - Wie ist der Name deiner Schwester, und wo wohnt sie? - Was ist mit deinen Eltern?« Und so fort.

Na klar, das weiß ich doch alles! An der Reaktion der beiden merke ich Erleichterung. Mich beschleicht so ein bisschen die Ahnung, dass das ja ganz anders sein könnte. Und dass ich offensichtlich Glück hatte. Ja - Glück! Weiter darüber nachzudenken, in diese üble Eventualität hinein, was dann wäre, dazu verspüre ich keinerlei Lust. Wozu? Ich will jetzt nur wieder nach Hause, wo ich hingehöre, zurück in mein eigentliches Leben.

Es reicht! Und das bestimmt nicht bloß mir!

***

Da sind diese Kleinigkeiten: Manchmal, wenn Ralf und Lisa-Marie zu Besuch sind, ist es eben gerade bei einem Patienten im Zimmer eine Behandlung notwendig. Alle Besucher erhalten die Aufforderung, den Raum zu verlassen, und sie haben sich draußen so lange aufzuhalten, bis der Arzt fertig ist. Einerseits mag das logisch und verständlich sein, andererseits – das dauert und dauert! Ich erwarte in dem Falle ungeduldig den Moment, dass die beiden wieder herein dürfen, wenn sie schon einmal hier bei mir sind - eine harte Anforderung an die Geduld.

Eigentlich gibt es in diesen Stunden genug an Beschäftigung und wird deswegen nie langweilig: Zum Beispiel essen - oder besser: gefüttert werden. Zu den Mahlzeiten bekomme ich jedes Mal drei bis vier Becher von der Schwester hingestellt mit Gemüsebrei, Apfelmus, Joghurt oder so etwas. Mir macht es Spaß, dass wir bei dieser Gelegenheit abwechselnd einen Löffel zu uns nehmen. Und – sieh an! Ralf isst sogar mit vom Joghurt, für den er sonst beileibe nichts übrig hat, registriere ich! Das mündet zwar in das Spiel: »Einen Löffel für dich und einen Löffel für mich«, aber das gefällt mir jetzt so. Eine Zeit lang esse ich oft auch allein. Den Löffel in die rechte Hand nehmen, das funktioniert ja leidlich gut.

Nach der Mahlzeit folgt das Zähneputzen. Dafür haben wir eine Pappschale bekommen, wohinein ich das Wasser zum Ausspülen spucken kann. Das geht ebenfalls ganz gut und so viel wie möglich selbstständig.

Ab und zu schneidet mir Ralf Finger- und Fußnägel, weil das allein unmöglich ist.

Meistens folgt anschließend noch etwas Gymnastik - den linken Arm und das linke Bein bewegen. Zum Beispiel einen kleinen Gummiball in die Hand nehmen und wieder loslassen. Das geht ganz schlecht - sagen wir besser: gar nicht!

Oder wir unterhalten uns. »Unterhalten« - schön, dass es nun wenigstens ein Gegenüber gibt, welches Deutsch versteht und spricht, denn das Krankenhauspersonal spricht logischerweise hier Spanisch, was ich zwar lernen wollte, aber da noch in blutigen Anfängen stecke! Und in meiner jetzigen Situation - vergiss es! Mit meinen Problemen im Sprachbereich fällt mir das Kommunizieren ohnehin unendlich schwer. Eigentlich kann ich ja wirklich froh sein, dass ich erst einmal in der Lage bin, im Kopf etwas Sinnvolles zum Kommunizieren »bereitzustellen«. Das funktioniert glücklicherweise. Doch das danach auszusprechen - und verständlich auszusprechen - das ist momentan fast zuviel verlangt! Und wie das klingt, will ich gar nicht wissen. Das ist mir einfach egal.

Zum Schluss legen wir uns immer noch ein bisschen zueinander. Ab jetzt kann die Zeit bitte stehen bleiben; sie soll keineswegs weiter gnadenlos vergehen! Es ist mir sowieso unverständlich, dass Ralf wieder fortmuss. Aber dieser Moment rückt mit Gewissheit heran. Dann heißt es: Warten auf den nächsten Tag, den nächsten Besuch. Im Grunde will ich nur fort von hier, nach Hause! Dort lässt sich doch vieles besser regeln! Warum geht das nicht??

***

Aufgrund der Verständigungsschwierigkeiten ist hier manches schwer herauszubekommen. Ich muss erkennen, dass die bisherigen eigenen

Spanischkenntnisse in keiner Weise für Unterhaltungen ausreichen oder dafür, etwas zu erfragen. Sicher verstehe ich verschiedene Brocken, aber mehr nicht. Der Gesamtzusammenhang fehlt deswegen oft.

Zumal die Ausspracheschwierigkeiten durch meine Krankheit noch hinzukommen.

Weil ich zu der Meinung gelangt bin, man sollte, wenn man öfter in ein bestimmtes Land verreist, auch einiges über dortige Sprache und Bräuche wissen, begann ich am Anfang dieses Jahres, Spanisch zu lernen. Für die »Touristenhaltung«, dass man irgendwohin kommt, wo man selbstverständlich erwartet, in Deutsch angesprochen und mit deutschen Normen behandelt zu werden, wie wir das schon ein paarmal erlebten, dafür habe ich wenig übrig. Man fühlte sich in so einer Situation unwohl oder verspürte sogar etwas Scham für seine Landsleute.

Es war mir deswegen ernst mit dem Spanischlernen, und das Erlernen einer Sprache macht mir auch Spaß. Vorausgesetzt, dass es sich als nicht zu schwierig herausstellte, und ich fände im Alltag Zeit dafür. Ich besorgte mir zu diesem Zweck einiges Material und begann, Vokabeln und Wendungen zu trainieren. Aber allzu weit war ich eben damit noch nicht gekommen.

Zunehmend stellte ich fest, dass mir das Spanische kaum große Schwierigkeiten bereitete, zum Beispiel deswegen, weil man im Wesentlichen alles so spricht, wie es auch geschrieben wird. Diese Feststellung motivierte mich fürs Weitere. Man musste sich nur ein paar Regeln merken und natürlich die Vokabeln pauken, dann würde das schon werden, fand ich. Eine Hürde der etwas anderen Art waren die Beugungsformen der Verben, letzten Endes ebenfalls eine Lernsache, deswegen ebenfalls machbar.

Jedoch auf diesem Anfangsstand blieb ich logischerweise stecken, denn leider trägt die aktuelle Entwicklung dazu bei, dass ich keinerlei Lust mehr verspüre, weiter Spanisch zu lernen, und so ist an dieser Stelle damit vorläufig einmal Schluss. Was nicht ausschließt, dass ich irgendwann weitermache. Doch für den Moment stehen da generelle Probleme beim Sprechen selbst der eigenen Muttersprache.

Mein gegenwärtiges Niveau im Spanischen reicht also für das passive Aufschnappen einiger Fragmente, jedoch kaum zum grundsätzlichen Verstehen geschweige denn zum Antworten.

***

Schließlich bin ich in einem anderen, hohen Zimmer mit einem weiteren Patienten, einem Kind, das offensichtlich nur schwer atmen kann und stark hustet. Es erhält oft Besuch von einer bzw. zwei Frauen. Oft sitzt eine von ihnen am Bett, redet viel auf den Jungen ein oder setzt sich gegenüber auf den Stuhl und strickt eine Weile. Beide kümmern sich auch manchmal ein bisschen mit um mich.
Ein anderer Zustand bleibt immer der gleiche: Die Tür steht meist offen. Es ist warm - warm - warm! Außerdem belastet mich das ständige Telefonieren mit den Handys, hier offensichtlich erlaubt, und das viele Reden sehr. Ich wünsche mir einfach Ruhe!

***

Nur kurz zu einer weniger angenehmen Seite, weil ich nicht besonders gerne daran zurückdenke: Auf irgendwelche Toiletten zu gehen, das ist für mich undenkbar. Folglich sind Windeln angesagt. Und wenn ich »mal muss«, kann ich das eine gewisse Zeit zurückhalten, jedoch irgendwann »muss« ich eben doch. Und dann möchte Hilfe kommen, und zwar möglichst bald. Oft erscheint niemand zur Hilfe. Die Schwestern haben ihre Runden, also dauert das ... Ein übler Zustand, doch es geht ja nicht anders.
Bei den Besuchen hat das schließlich zu organisatorischen Maßnahmen geführt. Da sich kein Mensch bis zur Perfektion disziplinieren kann, gibt es schon ab und zu dieses unschöne, unvermeidbare »Malheur« bei mir. Dann hält Ralf - oder er gemeinsam mit Lisa-Marie, wenn sie mit dabei ist - in alle Richtungen Ausschau nach der Krankenschwester. Aber die ist an anderer Stelle beschäftigt und kommt logischerweise in den meisten Fällen irgendwann später von irgendwo her. Fragezeichen: Wann??
Bis zu einem gewissen Grade existiert ja die Einsicht. Doch - wie es jetzt verstärkt und scheinbar überall üblich wird: Immer weniger Schwestern müssen immer mehr Patienten betreuen. Da wird dann eine Grenze erreicht: Bis hierher und nicht weiter! Jedenfalls rastet

Ralf schließlich aus, denn ewig kommt niemand. So erzählt es mir Lisa-Marie, weil ich irgendwann frage, wo er eigentlich bleibt.

Folge: Lisa-Marie und Ralf organisieren, sobald sie zu Besuch kommen, ein paar Windeln und Material zum Saubermachen, sodass immer etwas vorhanden ist für solche »Notfälle«. Die beiden versorgen mich im Fall des schlimmsten Falles selbst und erlösen mich von diesen peinlichen Situationen. Was bleibt mir da übrig: Ich kann es nur wohlwollend und dankbar mit mir geschehen lassen, was sonst! Ärgerlich und unangenehm genug für alle - doch es muss halt so sein.

***

Ab und zu kommt auch eine Physiotherapeutin, um Bewegungsübungen mit mir zu durchzuführen. Wir verstehen uns gegenseitig nicht, da sie ausschließlich Spanisch spricht. Aber es gibt offensichtlich andere Wege, mir klarzumachen, was ich wie bewegen soll oder besser: versuchen soll zu bewegen. Manchmal darf ich auch vorsichtig aus dem Bett heraus und probieren zu stehen. Das ist mühsam ohne Ende und geht nur mit Festhalten und vielen Hilfen. Ich mache die verschiedenen Übungen mechanisch mit. Eines ist mir klar: Das stellt einen Teil des einzig möglichen Weges dar, der aus dieser hässlichen Situation führt. Wie weit??? Man wird sehen. Die Frage kann ich hier sowieso kaum stellen, weil man mich gar nicht versteht, und wahrscheinlich ist es außerdem noch zu früh für so eine Frage.

***

Irgendwann bei einem Besuch erkundige ich mich bei Ralf, ob es möglich wäre, dass ich etwas aufschreibe. Und so bringt er mir Zettel mit und einen Stift. Ich verspreche mir davon, dass ich das, was ich beim Unterhalten nicht herausbringe, niederschreiben könnte. Mit rechts funktioniert es ja, sollte man denken. Da steht auch etwas auf dem Blatt. Ich weiß ganz genau, dass ich es dorthin geschrieben habe!
»Wie lange kannst du noch dableiben? Ich möchte eine Zeitung! Wann können wir endlich nach Hause?«
Aber als ich ihm den Text hinhalte, guckt er angestrengt und versteht nicht, was ich meine. Das mache ich ihm dann schon klar.
Beim folgenden Mal bringt er eine Zeitung mit. Unten im Krankenhaus gäbe es einen kleinen Laden; dort wären auch ein paar deutsche

Blätter erhältlich. Richtig, wir sind ja in Spanien, da ist das weniger selbstverständlich! Als ich das Gedruckte in Augenschein nehme, belasse ich es bei den Überschriften (die sind ja bei der BILD-Zeitung groß genug!), das reicht mir. Ich höre recht bald auf mit dem Lesen, verspüre keine Lust mehr dazu. Ich erinnere mich auch schon kaum an das eben Gelesene.

Aber den Stift und einen Zettel da lassen, das möchte er nicht. Der Bleistift könnte herunterfallen, vielleicht abbrechen, wer weiß, was noch. Nein, leider unmöglich - schade! Eigentlich hatte ich auf eine Möglichkeit der Beschäftigung gehofft ... Nichts zu machen!

So vergeht ein Tag nach dem anderen. Welchen haben wir überhaupt heute? Weiß ich nicht. Interessiert mich nicht. Ich weiß nur, dass ich endlich nach Deutschland will und, wenn irgend möglich, richtig nach Hause. - »Nach Hause!?«

Aber es existiert offensichtlich noch ein Hindernis, weswegen es da kein Vorwärtskommen gibt, und das muss mit meinem Befinden zusammenhängen. Ich vernehme öfter »Aneurysma«?? Ach ja, das kam manchmal in der einen Krankenhausserie vor, die wir ab und zu anguckten. Und das hindert daran, dass ich geflogen werden kann. Erst ein »OK« vom Arzt, dann spielt der ADAC mit.

Aber wann ist es denn endlich soweit!? Wir warten alle darauf!

***

>>**Das Ende eines Dinges ist der Anfang eines**

Anderen.<<

(Leonardo da Vinci)

Juli - August 2009

Mittwoch, 29. Juli
*Aufstehen 5.45 Uhr - natürlich, der Wecker! Duschen, waschen,
Sachen einpacken. Noch vor sieben Uhr verlassen wir das Hotel und
begeben uns zum Krankenhaus.*
*Das letzte Mal besteigen wir den Bus Nr. 12. Der Fahrer sagt etwas
bestimmt Witziges, weil wir so viele Koffer haben, jedoch das können
wir leider nicht verstehen. Gegen halb acht sind wir bereits am
Krankenhaus angekommen.*
*Katrin zeigt sich wohlauf. Sie freut sich, weil wir da sind und dass es
endlich losgeht. Doch aufgrund dessen, dass sie nachts immer schlecht
schläft, ist sie nicht gerade gesprächig. Offenbar hat sie uns aber sehr
erwartet.*
*Gut, dass jetzt absehbar wird, dass zukünftig für Katrin mehr Ruhe
eintritt, dann im deutschen Krankenhaus. Hier sind zwar alle lieb, aber
überall ist es viel zu laut.*
*Die Ärztin informiert uns noch einmal, soweit möglich. Die Aorta
erscheint in Ordnung, die Arterie leicht (nicht gefährlich) verdickt
(= Aneurysma). Das sollte in Zukunft immer kontrolliert werden, meint
die Medizinerin.*
*Katrin wird gewaschen, wir geben ihr das Frühstück und helfen ihr
beim Zähneputzen. Anschließend wird noch die Windel gewechselt.*
Jetzt ist es kurz vor zehn Uhr. Wir sind bereit.
*Pünktlich um 10.03 Uhr öffnet sich die Tür, und zwei
Ambulanzleute kommen herein - die Heimreise beginnt!*
*Katrin wird eingeladen in einen Wagen. Lisa-Marie und ich gehen
zusammen mit unserem Gepäck auf den Flur. Dort müssen wir eine Zeit
lang warten, weil die Ärztin noch die notwendigen Unterlagen*

vervollständigt. Dann geht es endlich los, zunächst mit dem Fahrstuhl nach unten. Katrin kommt in einen Krankenwagen, wir in einen anderen. Auf zum Flugplatz!

Ein unbeschreibliches Gefühl. Geschafft! Ziel: NACH HAUSE!

Am Flughafen heißt es zunächst, rund eine Stunde Geduld aufzubringen. Da wir direkt (ohne Kontrolle) auf das Flugfeld fahren dürfen, muss vorher wirklich alles flugbereit sein.

Leider sind solche Wartezeiten für Katrin gegenwärtig keine schöne Angelegenheit. Sie dreht erst einmal durch. Schlechte Luft - die Temperatur ungefähr 30°C - und das Bein krabbelt. Der verantwortliche Arzt (er kann gut Englisch) holt uns, und wir versuchen, sie zu beruhigen. Letztendlich auch mit Erfolg.

Im Wagen von Katrin sitzt noch ein anderer Patient mit einem eingegipsten Bein. Deshalb darf er auch nicht mit einem normalen Flugzeug fliegen. Er sollte schon vorigen Donnerstag heim - wir ja eigentlich ebenfalls. Aber da Katrins Transportfähigkeit infrage stand, wurde der Flug verschoben.

Die Uhr zeigt unterdessen dreiviertel zwölf. Unsere Wagen setzen sich aufs Flugfeld in Bewegung. Irgendwo befindet sich unser Ziel, ein ADAC-Flieger. Dort angelangt, halten wir, und das Gepäck wird verladen.

Außer den beiden Piloten befinden sich noch drei Personen vom medizinischen Personal an Bord, zwei Frauen und ein Mann. Es wird der Fußkranke eingeladen, dann steigen wir ein. Zuletzt wird Katrin hereingeholt und auf einem von zwei Serviceliegeplätzen festgemacht und an Beobachtungsgeräte (EKG, zusätzlicher Sauerstoff) angeschlossen. Außerdem bekommt sie eine Mineralienlösung wegen der Flüssigkeitszuführung. Um 12.14 Uhr kanarischer Zeit (13.14 Uhr unserer Zeit) fliegen wir ab.

Katrin hat heute leider überhaupt keinen guten Tag. Als wir starten, geht es noch einigermaßen, doch der Stress und Lärm der letzten Tage hat sie, wie mich auch, geschwächt und andererseits richtig verrückt gemacht.

Sie gibt sich die meiste Zeit äußerst unruhig, streckt ihr rechtes Bein, rankelt herum und hantiert mit ihrer gesunden Hand. Sie muss *deshalb wieder festgeschnallt werden. Lisa und ich sind besorgt und sehr traurig, doch wir wollen keinesfalls eingreifen, was wir auch den Ärzten mitteilen. Wir haben nämlich Katrin gesagt, dass wir zwar mitfliegen dürfen, aber nicht direkt bei ihr.*

Der Flug ist völlig ausgebucht. Wir fliegen zuerst an die französische Mittelmeerküste und nehmen dort drei weitere Patienten an Bord, die auf Liegen festgeschnallt werden.

Die Landung aus großer Höhe belastet mich ziemlich. Hoffentlich steckt Katrin das gut weg. Sie ist sehr aktiv heute, allerdings mehr im negativen Sinne.

Es dauert eine ganze Weile, bis die neuen Patienten eingeladen worden sind, bestimmt eine dreiviertel Stunde. Dann ein erneuter Start - gen Düsseldorf, wo alle anderen außer uns ausgeladen werden. Das Flugzeug startet wieder - diesmal nach Erfurt.

Dort angekommen, wird Katrin sofort zu dem bereitstehenden Krankenwagen gebracht. Wir holen unsere Koffer und gehen zu einem anderen Auto. Zuvor gebe ich dem mitgekommenen Krankenwagenarzt noch Katrins Krankenkarte und sage ihm meine eigenen Hinweise zu Katrin. Dann fahren wir alle zum Flughafentor. Lisa und ich steigen aus und müssen zu Fuß weiter. Keiner kontrolliert uns.

Draußen wartet bereits Benny! Wir haben ihm Bescheid gegeben, dass wir gegen 20.15 Uhr in Erfurt ankämen, und Benny ist aus Dresden mit dem Auto nach Erfurt gekommen!

Er schaut mal schnell zu Mud ins Fahrzeug, und dann wird sie ins nicht weit entfernte Uni-Klinikum gefahren.

Ich rufe noch meine Mutter und die Geschwister aus unserer Familie an und informiere sie über den ersten erfolgreichen Abschluss dieser Aktion.

✳✳✳

Irgendwann ist es soweit: Ich bin flugtauglich! Folglich können wir endlich zurückkehren nach Deutschland. Dass das bisher unmöglich war, musste ich einfach akzeptieren, aber so richtig verstehe ich es nicht. Hauptsache, es geht nun heim!

Ich werde eines Vormittags abgeholt mit einem Kleinbus, der mich zum Flughafen bringt. Ab und zu dringt die - natürlich schwüle - Außenluft herein. Das Fahrzeug bleibt auf dem Flugfeld eine ganze Weile auf einer Schräge stehen und dummerweise in der Sonne. Warten aufs Flugzeug ...

Endlich kommt es, und ich werde in die »fliegende Intensivstation« gebracht. Zum Glück dürfen Ralf und Lisa-Marie auch mit fliegen. Warum das so ist, darüber mache ich mir keine Gedanken. Es ist eben so, und das ist schön - fertig.

Dieses Flugzeug besitzt übrigens den absoluten Vorrang, darf also dann, wenn alles bereit ist, sofort starten. Das erklärt mir Ralf, als er mit Lisa-Marie noch einmal kurz bei mir ist. Ich nehme das erfreut zur Kenntnis. Die beiden verschwinden jetzt. Offensichtlich müssen sie sich woandershin setzen.

Vom Flug weiß ich kaum etwas. Ich merke nur, dass es mit meinen Beinen momentan schlimm ist. Eigentlich müsste ich aufstehen und mich bewegen. Aber einerseits bin ich dazu unfähig, und andererseits darf ich das überhaupt nicht, wenn ein Flugzeug startet und fliegt. Wahrscheinlich erhalte ich auch irgendein Medikament zur Beruhigung.

Jedenfalls landen wir nach unbestimmter Zeit in Deutschland. Es wird schon finster draußen. Wo sind Ralf und Lisa-Marie? Beim Start in Fuerteventura befanden sie sich noch mit im Flugzeug, und nun? Abwarten.

Ich werde in einen Krankenwagen gebracht und gefahren, gefahren ..., bis wir ankommen. Ich schnappe auf, dass es sich um ein thüringisches Krankenhaus handelt - jedenfalls in Deutschland!

Dort erfolgen nun verschiedenste Untersuchungen, und ich werde rundum versorgt. Alles geht recht ruhig zu, so richtig schön ruhig, wenn ich mit meinen Eindrücken von Spanien vergleiche. Das ganze Fluidum gestaltet jetzt einfach erholsam für mich - was sicher eine Ursache in dem jeweiligen Landestemperament hat. In Spanien wurden die Türen oft offen gelassen - wohl auch wegen der Wärme. Und überall durfte mit den Handys telefoniert werden. Das ergab eine ständige Unruhe, und der konnte ich in keiner Weise ausweichen.

Vieles wird hier mit mir gemacht, keine Ahnung, was alles. Sicher sind das sämtlich notwendige Dinge. Jedenfalls nichts Schmerzhaftes - schon mal gut. Ich lasse alles mit mir geschehen, was sonst? Was, ein Blasenkatheter? Klingt weniger gut. Will ich gar nicht, was tun? Es tut zum Glück kaum weh, entgegen meiner Vermutung und macht auch ansonsten keine Probleme. Na gut, was soll´s.
Ich werde wieder müde und schlafe ein.

***

Wir sitzen gegen 22.45 Uhr in der Notaufnahme der Klinik und möchten allmählich erfahren, wo Katrin liegt.
Eine junge Assistenzärztin kommt und teilt uns mit, dass sie Katrin auf die Intensivstation gelegt haben, um sie komplett zu überwachen, weil aus den Unterlagen - in Spanisch - wenig hervorgeht. Sie soll auch gleich in den CT-Raum, um über die Aufnahmen einen ersten Überblick zu erhalten.
Wir könnten noch eine Stunde warten, aber die letzten Tage waren so hart, dass wir es vorziehen, nach Hause zu fahren. Man kann zufrieden sein:
Wir befinden uns in Deutschland, dem Zuhause beträchtlich näher, und das ohne große Probleme, denn Katrin hat glücklicherweise gut durchgehalten.
Zweitens erhalten wir Auskünfte, die wir ohne weiteres verstehen. Da sind endlich nicht mehr diese unnötigen Ängste!
Zunächst gibt es noch einmal Aufregung. Da wir aus Spanien kommen und Katrin hustet, prüft man, ob sie mit der Schweinegrippe infiziert ist. Die Schwestern müssen das möglichst ausschließen. Das fehlte gerade noch!
Eine kleine Weile später stellt sich heraus: Es ist »nur« eine Lungenentzündung. Wahrscheinlich hat Katrin von dem ganzen Zirkus kaum etwas mitbekommen, zum Glück. Sie soll die Ruhe genießen und dass sie in der Lage ist, jetzt alles zu verstehen!

***

Ich liege in einem Krankenzimmer, nicht allein. Irgendwie sind da noch andere, und zwar mehrere. Aber zwischen den Betten befinden sich Vorhänge. Auf jeden Fall ist es unmöglich, die anderen zu sehen.

Irgendeiner beginnt zu reden. Man solle sich doch mal erzählen, wer man ist, woher man kommt und wie es einen hierher verschlug. Das alles natürlich nun in Deutsch (!). Schon das finde ich äußerst gut, weil ich endlich gleich verstehen kann, worum es geht.

Jeder hat sein Schicksal, bei jedem gab es ein anderes Unglück, eines größer, das andere weniger schlimm. Den meisten widerfuhr im Urlaub ein dummer Sturz, oder es gab Kreislaufprobleme, jemand hatte Gliedmaßen gebrochen ...

So, es ist soweit. Ich bekomme das Gefühl: »Jetzt bist du an der Reihe.«

Aber mir wird klar, dass das unmöglich ist. Ich bin einfach nicht in der Lage, etwas von mir zu erzählen und sollte erst gar keinen Versuch unternehmen. Ich bringe sicher kein vernünftiges Wort heraus. Im Kopf »steht schon geschrieben«, was ich sagen könnte (zunächst viel wert!). Hier im Zimmer warten offensichtlich alle auf eine Äußerung aus meiner Ecke. Den Druck, mich zu äußern, spüre ich förmlich. Eine erwartungsvolle Stille liegt in der Luft. Wie viele Sekunden? Unendlich lange.

Weil ich nicht dazu imstande bin, lasse ich es einfach bleiben, mich zu melden. Im Hinterkopf der Gedanke: »Dich kann ja keiner sehen!« Die stillschweigende Erwartung wird schier unerträglich. Fast als ob ich gezwungen wäre, etwas zu sagen. Ich schweige, obwohl es mir schwerfällt.

Und endlich tritt das ein, was ich jetzt immer mehr hoffte: Der Nächste fängt an zu sprechen.

Vorbei! - Erleichterung. Ich bin der stille Zuhörer, der sich alles anhört.

***

Schließlich komme ich auf die Normalstation in ein Dreipersonenzimmer. Schön, dass es nicht mit drei Personen voll besetzt ist. Wir sind und bleiben zu zweit, Frau Müller und ich. Im Gegensatz zu mir kann Frau Müller selbst laufen. Sie soll erst in ein paar Tagen operiert werden, erzählt sie mir. Sie ist übrigens alleinstehend, bekommt leider in der ganzen Zeit so gut wie nie Besuch, jedenfalls äußerst selten. Dafür telefoniert sie ab und zu.

Als Raucherin muss sie sich Gedanken machen, wie sie sich am besten die Zigaretten von draußen mitbringen lassen kann. Bei Ralf hat sie mit ihrer Bitte allerdings kein Glück. Lisa-Marie erledigt das mitunter, wenn sie da ist, und das recht ungern. Regelmäßig verschwindet dann Frau Müller zum Rauchen - was sein muss, muss eben sein!

Als liebste Position empfinde ich hier zugegebenermaßen das Liegen im Bett. Günstig anlehnen, die Neigung der Lehne angenehm einrichten und nach links aus dem Fenster schauen - schön!! Mein Bett steht nämlich direkt am Fenster.

***

Zu den Mahlzeiten wollen die Schwestern verständlicherweise, dass ich mich an den Tisch setze. Aber ich weniger. An den ersten Tagen war das noch erlaubt, im Bett zu bleiben bei den Mahlzeiten. Doch das ist nun vorbei. Im Bett essen - wo gibt es so etwas überhaupt? Na, im Krankenhaus, und da bin ich ja!

Hier bekomme ich das Essen immer auf einem Tablett. Dieses steht auf dem Tisch und wartet darauf, dass ich hinkomme.

An den Tisch setzen. Einfach, Sitzen - auch ganz einfach. Normalerweise. Erst einmal heißt es jetzt jedoch: Mit dem Rollstuhl dorthin gelangen. Nicht vergessen, die Rollstuhlbremsen festzumachen, damit der dableibt. Man kann das gar nicht oft genug sagen, so wichtig ist diese Minitätigkeit. Das macht erst das Hinüberwechseln vom Bett auf den Rollstuhl möglich.

So, mal schauen, was unter der Abdeckung aus Plaste zum Vorschein kommt. Appetit verspüre ich schon meistens. Aber ob der bleibt, das entscheidet sich je nachdem, was ich dort vorfinde.

Am Morgen hebe ich den Deckel weniger gern hoch, denn mir schwant schon: Darunter erwartet mich ein Pudding. Zugegeben, seine Farbe wechselt öfter - weiß oder schokoladig oder rosa. Doch ich kann mit der Zeit nur noch zähneknirschend meine Witze darüber machen, weil ich den Pudding allmählich gründlich über bekomme. Da gibt es ständig das »wunderbare« Erlebnis: Es kommt ein Tablett mit einem zugedeckten Teller - ich nehme den Deckel ab - was erscheint nun??

Der »leckere« Pudding, was sonst ... Spannend ist dabei nur die Farbe, ansonsten - Hilfe! Mit der Zeit schaue ich mit immer mehr Grauen nach, und zum Aufessen verspüre ich allmählich überhaupt keine Lust mehr.

Mittags ist das schon anders. Da finde ich unter der Abdeckung einen Kloß mit Gemüse und Fleisch. Das schmeckt mir dann viel besser!

Doch am Morgen! Mit dieser Puddingspeise, das ergab sich dadurch, dass ich in meinem Zustand keine normalen Speisen zu mir nehmen darf wegen der Gefahr des Verschluckens. Wenn das Essen in die Luftröhre statt in die Speiseröhre gelangte, das wäre weniger gut! Infolge des Schlaganfalls funktioniert bei mir der gesamte Schluckvorgang überhaupt nicht, sodass nur breiartige Nahrung möglich ist. Verflixte Schluckkost - zwar notwendig, aber trotzdem mit der Zeit belastend.

Als Getränk bekomme ich meist Kräutertee. Kein Problem, den trinke ich gern. Es gibt jedoch immer noch etwas zu beachten mit dem Trinken: Es muss angedickt werden - Stichwort »Schluckkost«! Dafür steht eine Büchse da mit einem Pulver, von dem in jedes Getränk ein Löffel davon hineinmuss, damit ich es überhaupt zu mir nehmen kann. Das macht sonst nichts weiter, denn das Präparat ist ohne Geschmack, tut also dem Trinken keinen Abbruch.

Die Vorstellung, eine Flasche Flüssigkeit anzusetzen und zu leeren, ohne dass ich mich verschlucke - einfach und schön, doch in der jetzigen Situation schlicht undenkbar. Wie lange noch? Oder soll das etwa zukünftig immer so sein? Da existiert keinerlei Perspektive. Ich muss weiter sehen und schauen, wie sich das entwickelt.

Zumindest zum Abendbrot darf ich auch Weißbrot essen mit irgendeinem Brotaufstrich, allerdings mit abgetrennten Rinden. Und schön vorsichtig! Ein wahrer Genuss gegenüber dem Pudding! Einer der Pfleger freut sich, weil ich beim Abendbrot manchmal noch eine Schnitte mehr verlange, da es mir schmeckt.

Wenn ich am Tisch sitze, kommt nach ein paar Minuten der Moment, wo ich denke, dass es mir schwindlig wird. Folglich bin ich bestrebt, dass ich fertig werde mit Essen, um schnell wieder zurück ins Bett zu kommen. Alleine geht das jedoch schlecht. Ich will möglichst warten, bis die Schwester wiederkommt, damit ich ihr diesen Wunsch sagen kann. Aber oft halte ich es nicht mehr im Sitzen aus. Und dann greife ich mir eben das kleine weiße Kästchen mit dem roten Knopf und klingele nach der Krankenschwester. Zwar ungern, doch was hilft es denn? Mit ihr gemeinsam bewältige ich den kurzen Weg zum Bett, hieve ich mit ihrer Hilfe hinüber - anlehnen - aaaah! So zurückgelehnt auf dem Bett, fühle ich mich sowieso am wohlsten.

Es gibt Momente, da frage ich mich bange: Funktioniert also jetzt nicht einmal mehr das »normale« Sitzen!?

***

Mein Fortbewegungsmittel heißt »Rollstuhl«. Dass es sich hierbei um ein schweres Gerät handelt, merke ich immer an der Anstrengung, wenn mich jemand damit schiebt, insbesondere draußen vor der Klinik.

In den Rollstuhl setzen - wieder so eine Selbstverständlichkeit, die banal klingt. Ist sie aber nicht. Zunächst sollte das Gefährt neben dem Bett bereitstehen. Dann schiebe ich mich an den Bettrand und bringe die Füße auf den Boden. Nun drehe ich mich unter intensivem Festhalten so, dass ich gefahrlos im Rollstuhl landen kann (natürlich bei angezogenen Bremsen!). Das dauert seine Zeit, und helfen lassen will ich mir dabei so wenig als möglich. Dass jemand mit anwesend ist zur Kontrolle und zur Sicherheit - in Ordnung! So allmählich mache ich das aber nach Möglichkeit alleine, denn bei jeder Kleinigkeit fragen müssen - wer macht das schon gerne?? So steht der Rollstuhl oft neben dem Bett bereit für irgendwelche »Fahrten«.

Das Problem nennt sich bei solchen Dingen immer wieder »Selbständigkeit«. Eigentlich bin ich die ja gewöhnt, und ich möchte sie möglichst wieder. Jeden Minischritt dahin sehe ich als einen Erfolg. Jede banale Kleinigkeit, bei der ich ums Fragen herumkomme, erleichtert mich. Denn, sich helfen zu lassen - gut und schön, aber bitte nicht bis in alle Ewigkeit! (Käme es doch, dieses Problem, bliebe für mich sowieso nur der Weg, mich damit abzufinden ...).

Was könnten das für Kleinigkeiten sein? Sämtlich Dinge, woran man normalerweise keinen Gedanken verschwenden muss.

Zum Beispiel möchte man am Morgen und am Abend ins Bad zum Waschen, Zähneputzen und Kämmen. Das kann ich inzwischen zum

Glück endlich allein. Aber fangen wir an mit dem Vorgang »Ich begebe mich ins Bad«: In den Rollstuhl setzen und damit ins Bad fahren. Ja, klingt einfach. Bremsen des Rollstuhls lösen, ihn in die richtige Richtung drehen und anschließend fortbewegen, indem man mit den Händen die Räder schiebt. Natürlich erst einmal bis zur Badtür. Dann wieder neu ausrichten, um durch die Tür ins Bad zu gelangen. Aber möglichst ohne anzustoßen! Schön, dass hier ganz selbstverständlich keine hohe Schwelle an der Tür ist. Und so komme ich vorm Waschbecken an. Dort den Rollstuhl positionieren, Bremsen anstellen - die Kosmetik kann beginnen!

Wem das zu profan und unvorstellbar erscheint, der sollte rein aus Spaß einmal einen »Tag, an dem ich nicht laufen kann«, einschieben. Da spürt man um einiges besser, wie sich das anfühlt. Dazu kommt jedoch der Fakt, dass man das ausprobiert mit der Gewissheit: Wenn ich keine Lust mehr verspüre zu diesem Spiel, mache ich normal weiter, was denn sonst! Leider fehlt bei mir eine solche Tatsache. »Normal« ist abgeschafft ... eventuell für immer?? Toll, nicht wahr?

Weiter. Mehrmals am Tag muss man ja auf die Toilette gehen. Hoppla, wie war das? Gehen!? Na, jedenfalls komme ich ins Bad erst einmal mit dem Rollstuhl. Aber umsetzen aufs Klo möchte ich mich schon. Und vor dem Hinsetzen die Hosen herunter und sich dabei festhalten, dass ich nicht umfalle. Also mit der einen Hand das eine und mit der zweiten das andere. In einem behindertengerechten Bad wie hier gibt es ja glücklicherweise Griffe zur Unterstützung ...

Sitze ich, steht der Erledigung des »Geschäfts« nichts mehr im Wege. Danach - natürlich säubern und natürlich selber. Zum Glück ist mir das möglich, kann ich einschätzen. Am Ende möchte die Schwester eine kleine Kontrolle haben: Was ist jetzt passiert?

Und komme ich anschließend heil wieder in den Rollstuhl? Also ziehe ich lieber an der roten Schnur, die für solche und für Notfälle an der Wand hängt und die Krankenschwester ruft. Die wartet, bis ich mich angezogen und in den Rollstuhl begeben habe, und geht dann. Es folgt die Tätigkeit: Zurück ins Bett.

Nachts stellt sich einiges wieder anders dar. Da gibt es die beliebte Bettpfanne, mir bekannt von diversen Karikaturen. Ist es allerdings »soweit«, steht mir der Sinn weniger nach Karikaturen. Ich verspüre in solchen Momenten Erleichterung, falls ich bis früh durchschlafen konnte ohne diese unbeliebte Frage. Das ist aber nicht immer so. Also bringt die Schwester das »schöne« Gerät und lässt mich damit allein. Da soll mir jemand sagen, dass man Muße fürs »Geschäft« verspürt, wenn man sich, im Bett liegend, da hinaufgewunden hat und außerdem in einer Superhaltung liegt. Das geht nur bei absoluter Notwendigkeit. Am besten überhaupt, man kann »es« sich verkneifen. Ansonsten hoffe ich immer, die Schwester sagt, ich solle mit dem Rollstuhl aufs Klo. Oder ich frage, ob ich das darf.

Na ja, günstiger, das zu vergessen.

***

Zum Schlafen an sich. Am liebsten möchte ich allein schlafen. Und ich beneide Frau Müller: Sie legt sich hin und scheint im Nu eingeschlafen zu sein - was sie mir bestätigt.

Bei mir ist das etwas anders. Ich bin jetzt inzwischen wochenlang im Krankenhaus mit der Haupttätigkeit Liegen und Ausruhen. Da verspüre ich keine Lust mehr zum langen Ruhen. Neun Stunden oder länger am Stück schlafen, Hilfe! Aber jemanden stören will ich auch nicht. Wo gibt es da einen Ausweg?? Ich bitte den Pfleger um eine Möglichkeit für die Nacht.

Einer von den Pflegern, die nachtsüber da sind, versteht so ein bisschen, wie es mir geht, und versucht mir zu helfen. In zwei Nächten findet er für mich ein separates Zimmer, wo ich mich drehen und winden kann, wie ich will, und es stört niemanden. Doch es naht der Zeitpunkt, da ist alles belegt. Und nun?

Am folgenden Abend schiebt er mein Bett direkt auf den Gang, wo ich dann versuche zu schlafen. Ohne Erfolg, denn erstens ist es an dieser Stelle viel zu hell, und zweitens kommt andauernd jemand vorbei.

So verfrachtet er mich in eines der Vorzimmer. Ich will es mir gemütlich machen, aber auch hier fällt Licht herein. So drehe ich mich herum, damit der Kopf am Fußende ist, und versuche, irgendeine Position zu finden, die mir das Einschlafen ermöglicht. Das muss doch mal so weit sein! - Eben nicht. Da kann ich machen, was ich will. Je mehr ich schlafen möchte und mir Mühe gebe, um so weniger funktioniert es.

Das ist schon belastend, in dieser Weise Umstände zu bereiten, aber es geht und geht mit dem Schlafen nicht - keine Chance! Ich bin einfach zu ausgeruht, um einschlafen zu können. So richtig bewegen und drehen im Bett funktioniert auch nicht, da die linke Seite in keiner Weise so mitmacht, wie sie soll. So kommt es ein paar Mal dazu, dass ich im Bett umgedreht liege und nicht wieder selbst zurückkomme. Dann muss der Pfleger erscheinen und mir helfen. Logischerweise wird er mit der Zeit sauer. Tut mir ja leid, ich kann nicht anders!

Dieser Zustand erweist für beide Seiten als belastend. Ich werde unzufrieden und eventuell etwas unausstehlich. Jedenfalls bin ich immer heilfroh, wenn die lange Nacht vorbei ist und damit die Schlafphase.

***

Ob ungerechterweise oder wie auch immer: Frau Seidel und Frau Bauer, zwei Rentnerinnen, kamen kurz vor mir in die Klinik. Folglich erhalten sie bereits am folgenden Montag einen Reha-Platz, während ich noch eine Woche hierbleiben muss, bis der nächste Reha-Platz frei wird. Da frage ich mich schon: Warum nicht jetzt ich! Je eher intensiv etwas gemacht wird, desto besser, so viel ist mir klar! Schließlich heißt mein Ziel »Wieder-Arbeitsfähigkeit«, und die beiden sind Rentnerinnen und zu Hause. Das klingt zwar weniger gut, aber jeder andere in meiner Situation würde ähnlich denken, oder?!

Manche meiner gegenwärtigen Beobachtungen sind sowieso einfach deprimierend. Gerade Frau Bauer muss rundum äußerst intensiv versorgt werden, also auch gefüttert. Ich kann sie von meinem Bett aus direkt sehen im Zimmer gegenüber. Die junge Schwester gibt ihr einen Löffel nach dem anderen zu essen beziehungsweise probiert, ob das Essen angenommen wird. Manchmal schüttelt Frau Bauer den Kopf, will nichts mehr. Dann kommt der Spruch: »Frau Bauer, Sie brauch doch etwas zu essen!«

Der nächste Löffel, ein erneuter Versuch. Jetzt nimmt sie ihn. Und so weiter.

Ähnliches bei jeder Mahlzeit und jeden Tag neu. Es ist eben so. Außerdem muss sie ihr Quantum zu essen bekommen, irgendwie - so lautet die Aufgabe der Schwester.

***

Samstag, 1. August

Volles Aufgebot bei Katrin: Benny mit Freundin, meine Mutter, Lisa und ich.

15 Uhr kurzer Besuch von Lisa und mir, anschließend Benny mit Freundin, danach meine Mutter mit mir.

Viel Tamtam und lange Gespräche.

Der Arzt erscheint zwischendurch und sagt zu Katrin, dass sie nun auf Normalstation verlegt werden kann. Katrin zeigt sich freudig überrascht. Sie wird von allen Anschlüssen befreit (außer dem Blasenkatheter) und in den Rollstuhl gesetzt. Dann beginnt die Fahrt. Das steile Sitzen mit Kopf oben gefällt ihr aber überhaupt nicht, und sie wird etwas schräger gestellt.

Im neuen Zimmer im vierten Stock wird freut sie sich nach der Umlagerung ins Bett:- Fensterplatz, frische Luft, einfach schön!

Mit der Zeit jedoch stellt sich bei ihr Unleidlichkeit ein, denn es ist auch belastend, wenn fünf Personen auf sie einreden. Und Oma möchte ihr am liebsten einen kleinen Teddy schenken - das dann doch eher nicht!!

Nach all dem und dem improvisierten Abendbrot wird ihr schwindlig, und sie klagt. Der Pfleger hängt eine Tropfflasche an. Sie hat wahrscheinlich in dieser allgemeinen Stresssituation viel zu wenig getrunken. Deshalb wird auch der Arzt wiederholt gerufen (der übrigens nur mit ihr selbst spricht), aber ohne große Wirkungen. Ich bin anschließend lange allein mit Katrin und tröste sie.

Man merkt: Wir beide sind eine feste Gemeinschaft. Katrin braucht mich und will mich. Nur allein ich kann sie beruhigen. Katrin, ich liebe dich auch!

Als wir uns verabschieden, möchte sie noch wissen, wie das morgen abläuft. Ich erkläre ihr, dass vormittags Benny mit seiner Freundin sowie Om´l noch einmal kämen, die anschließend nach Hause weiterfahren. Und am Nachmittag kämen wir, Lisa-Marie und ich. Sie nickt, und wir winken uns bei der Trennung gegenseitig zu.

Katrin kann nun Fernsehen schauen, wenn sie will, Telefon gibt es auch, alles moderne Technik. Doch für Katrin erscheint so etwas insgesamt plötzlich äußerst kompliziert.
Übrigens erklärt uns der Pfleger, dass wir das Linke-Hand-Training durchführen sollen.
Katrin kann schon recht gut die Hand drücken und zugreifen und dabei auch den Arm etwas bewegen. Also wieder gute Neuigkeiten.

***

»NUR DIE SACHE IST VERLOREN, DIE MAN AUFGIBT.«

(Gotthold Ephraim Lessing)

Was mache ich den ganzen Tag? Man sollte es nicht glauben - herzlich wenig.

Zum Lesen habe ich keine richtige Lust. Schon das ist bei mir nicht normal. Ich schmökere im Grunde gerne. Aber es nimmt jetzt viel mehr Zeit in Anspruch, und schon nach kurzer Zeit mangelt es mir an Konzentration, sodass ich aufhöre. Da hat mir unsere Nachbarin von zu Hause extra eines ihrer Lieblingsbücher durch Ralf mitbringen lassen! Ich lese darin jeden Tag im günstigsten Falle ein paar Seiten. Doch das dauert und dauert mit dem Vorankommen. Oft erinnere ich mich kaum noch an das, was ich beim letzten Mal las.

Gedächtnis?? Konzentration?? Kann ich auf Besserung hoffen??

Und wie ich es schon in Spanien ein bisschen erfolglos probiert hatte - Sudoku. Nach wie vor funktioniert das nicht so richtig. Ab und zu gelingt es mir, eines zu lösen. Es schleichen sich jedoch immer wieder Fehler ein, meist, weil ich etwas übersehen habe.

Das liegt unter anderem am unvollständigen Gesichtsfeld. Links fehlt etwas, so, als ob dort jemand unregelmäßig darübergewischt hätte, und der Wischer lässt sich in keiner Weise entfernen. Deswegen steht auch mein Nachttisch links vom Bett, bekomme ich mit. Garantiert kein Zufall. Die Betreuungspersonen und Therapeuten kommen ebenfalls immer auf diese Seite.

Apropos Therapeuten. Sie bringen willkommene Abwechslung in meinen Alltag. Wann jemand kommt, stellt jedes Mal eine vollkommene Überraschung dar, denn manchmal wissen die Therapeuten selbst nicht, welcher Termin das nächste Mal sein wird. Von mir aus gesehen, könnten sie viel öfter da sein. Aber sie haben natürlich ihren Zeitplan.

Da ist einmal die Ergotherapie für meine linke Seite. Das geht schon mit so einfachen Dingen los wie: etwas in die Hand nehmen und wieder loslassen, immer erneut. Oder ein elastischer Ball muss geknetet und in der Hand gedreht werden in alle Richtungen, natürlich links. Schwierig ...

Das Gehirn fasst auf nach der Methode »Learning by doing«, das stelle ich immer wieder fest. Aber das geht langsam, keineswegs so schnell, wie ich gerne möchte!

Manchmal findet die Ergotherapie übrigens auch woanders statt. Zu diesem Zweck holt mich die Therapeutin in ihren Raum, den Gang vor und mit dem Fahrstuhl eine Etage tiefer. Im Therapieraum befinden sich zwei Tische mit Stühlen dazu und Liegen sowie allerlei Gerätschaften, die für die Ergotherapie gebraucht werden, meist aus Holz und oft bunt.

Zum Beispiel gibt es ein riesengroßes Solitärspiel. Das Spielfeld ist einen reichlichen halben Meter im Quadrat groß. Glücklicherweise sind die über zwanzig Zentimeter langen Holzstecker von fast zehn Zentimeter Durchmesser schon an ihren Plätzen. Wie das Spiel funktioniert, weiß ich, und dass es kaum darauf ankommt, dass möglichst ganz wenige Stecker übrig bleiben - so weit sind wir noch lange, lange nicht!

Also los! Einen geeigneten Stecker herausnehmen, einen anderen damit überspringen. Dieser muss zunächst neu festgesteckt werden. Ich weiß zwar, wie es gehen müsste, aber ES GEHT EBEN NICHT! Die Hand macht nur mit äußerster Konzentration annähernd etwas von dem, was ich mir vorstelle. Den Stecker dorthin bringen, wo er hin gehört - unheimlich mühsam! Mit der Zeit wird das Holzteil zu schwer. Und durch irgendeine dumme ungewollte Bewegung kann es auch, obwohl es schon steckt, wieder herausfallen. Der übersprungene

Stecker muss außerdem noch herausgenommen und zur Seite gelegt werden. Uff! Schwerstarbeit!

Schnell tritt bei mir Ermüdung ein. Ich merke, welche Mühe das bereitet, mich zu konzentrieren. Es fällt mir alles äußerst schwer, trotzdem es sich im Grunde um ganz simple Dinge handelt. Das aufrechte Sitzen erweist sich als eine Extraschwierigkeit. Die Therapeutin merkt mir an, dass es genügt, bringt mich zurück und hilft mir ins Bett. Nass geschwitzt sinke ich erleichtert zurück aufs Kissen und atme durch.

Es reicht! Was eigentlich, könnte jemand fragen.

Ralf hat mir übrigens das Solitärspiel von uns zu Hause mitgebracht - gegenüber dem hier verwendeten winzig. Für mich entschieden zu winzig. So einen Stecker gezielt erfassen und woanders einsetzen, das geht überhaupt nicht. So genau zufassen ist mir unmöglich, zum Verzweifeln! Ich gebe Frau Müller in meinem Zimmer das Spiel, die es gern ab und zu in Beschlag nimmt.

Logopädie findet auch zweimal in der Woche statt. Wir üben entweder spezielle Wörter oder Zungenbrecher, bei denen ich immer denken muss: Da bleibt selbst ein »Normaler« stecken!

»Der Cottbuser Postkutscher putzt den Cottbuser Postkutschkasten.« - »Zwischen zwei Zwetschgenzweigen zwitschern zwei zierliche Spatzen.« - »Wir Wiener Waschweiber würden weiße Wäsche waschen, wenn wir wüssten, wo warmes Wasser wär.« Und so weiter.

Weil ich den Tag über Zeit habe ohne Ende, soll ich das und noch mehr, was sie mir auf einem Blatt in schöner großer Schrift gibt, mehrmals laut lesen. Das mache ich auch. Entweder, wenn ich allein bin, oder zur gegenseitigen Erheiterung mit meiner Mitbewohnerin zusammen.

Die Logopädin heftet mir alles ab, was wir im Laufe der Zeit geübt haben, und fügt noch ein paar weitere Übungen dazu, auch solche »für den Grips«. Zum Beispiel Wortfindungsübungen mit bestimmten Anfangs- oder Endbuchstaben, oder Geschichten aus zehn vorgegebenen Wörtern bauen, oder Sudokus und anderes. Da kommt mit der Zeit eine ganz schöne Mappe zusammen!

Physiotherapie gibt es auch. Meistens werden Gehversuche gemacht oder Arm und Bein besonders links massiert. Viele alltägliche Dinge kommen im Training vor, zum Beispiel aus dem bzw. ins Bett steigen und das Laufen überhaupt.

Eines Tages kommen die Therapeuten sogar zu zweit. Die Übungen strengen mich an, aufstehen und Gehversuche und so etwas. Auf einmal befinde ich mich auf einer grünen Wiese - so richtig schön. Plötzlich gibt es da eine Störung.»Aufwachen!«, höre ich. Als sich die Sternchen verflüchtigt haben, sehe ich Leute um mein Bett herum stehen, die mich anschauen. Kenne ich jemand von ihnen? Was ist los hier?

Ach so, ich liege hier und bin im Krankenhaus, oder wo sonst eigentlich? Ah, und da sind die beiden Physiotherapeuten dabei. Ich scheine mich so angestrengt zu haben, dass ich gleich umgefallen bin. Oder!?

Allerdings diagnostizieren die Ärzte bei mir einen epileptischen Anfall, wie ich das allmählich mitbekomme.

Was wird denn das jetzt? Was gibt das für Probleme? Lange Zeit Medikamente deswegen einnehmen müssen, womöglich Psychopharmaka? Eine innere Angst stellt sich bei mir ein. Ich denke beispielsweise ans Autofahren, was dadurch unmöglich würde.

Wir werden sehen. Unternehmen kann ich derzeit sowieso nichts. Als Perspektive bekomme ich zu hören: Wenn im kommenden Jahr so etwas nicht wieder auftritt, spricht man von Anfallsfreiheit. Eine verflixt lange Zeit. Außerdem soll ein Medikament mögliche weitere Anfälle unterdrücken.

Toll, Medikamente gegen Epilepsie - welche Nebenwirkungen kann es da geben? Hier tun sich mir unangenehme Fragen und Probleme auf. Denken wir dabei noch nicht an Persönlichkeitsveränderungen oder solche Dinge. Was ich darüber bisher gehört habe ... Früh und abends eine Tablette ... oder mehr - wie lange soll das gehen? Wird da irgendwann überhaupt ein Ende absehbar sein??

***

Die verschiedenen Therapien finden maximal zweimal in der Woche am Vormittag statt. Das erscheint mir eigentlich viel zu wenig. Es liegt aber daran, dass im Krankenhaus in dieser Hinsicht weniger gemacht wird als dann in der Reha. Deswegen warte ich schon sehnlichst auf meine Verlegung. Bis es soweit ist, muss ich allerdings noch Geduld haben.

***

Dienstag, 11. August

Heute ganz in Familie: Lisa-Marie und Benny sind auch mit da.
Neue Erfolge bei Katrin: Sie kann recht gut mit ihrem Arm umgehen, verschränkt beispielsweise die Arme vor der Brust.
Außerdem ist sie heute schon bei der Physiotherapie etwas »gelaufen«.
Der »Tapetenleim« in die Getränke wegen der Schluckstörung braucht nicht mehr zu sein.
Und seit drei bis vier Tagen gibt es keine Restless-Legs-Symptome mehr. Das scheint an den Tabletten nach dem Abendbrotessen zu liegen (Sa – 3, So – 2, Mo - 1, heute - ½).
Außerdem hat Katrin fürs Abendbrot eine Scheibe Weißbrot erbettelt – und sie ist ihr gut bekommen!

***

Mittwoch, 12. August

Gegen neun Uhr ruft Mud zu Hause an. Lisa-Marie sagt, dass Katrin gut zu verstehen war.
Erneut große Fortschritte: Seit gestern wird das Laufen geübt. Katrin macht während der Besuche mehrmals Laufübungen an der Seitenleiste des Ganges über ein paar Meter!
Außerdem diskutiert sie mit der Schwester, weil sie abends gern Brot bekommen möchte - sie hat nämlich wieder nur Gemüsesuppe.
Dann kommt die Ärztin und testet den linken Arm, den Katrin jetzt gut anheben kann. Sie fasst sich sogar schon mit links an die Nase. Auch das linke Bein funktioniert ganz gut.
Am Abend bekommt Katrin zwei Scheiben Weißbrot mit Butter und Streichkäse.
Außerdem war von der Logopädin zu hören, dass Katrin schon große Fortschritte macht.
Heute wieder ganz in Familie! Auch Katrins Schwester und ihr Mann sind zu Besuch gekommen.

***

Ralfs Besuch erwarte ich immer sehr. Für die Zeit bis dahin, wenn die Besuchszeit naht, besonders mittags, muss ich mir ständig etwas überlegen, um mich vom Warten abzulenken. Zum Beispiel durch irgendeine Fernsehsendung. Nach dreizehn Uhr eignet sich auf dem RBB »In aller Freundschaft«, die Arztserie, die wir uns regelmäßig »antun«. Es sind zwar bekannte Filme, die bereits liefen, doch das macht nichts. Das versteht sowieso kein Mensch: Da liege ich im Krankenhaus und gucke mir noch Krankenhausserien an! Aber ja, das geht sicher!

Während diese Serie läuft oder danach würde ich Besuch bekommen. So lautet die tägliche Erwartung. Natürlich weiß ich, dass Ralf so bald wie möglich kommt. Falls es jedoch länger dauert als in meiner inneren Uhr vorgesehen, mündet es in Warten - Warten - Warten.

Doch irgendwann ist es endlich soweit und es kommen die schönsten Stunden des Tages. Das Wetter spielt hier bis auf ganz wenige Ausnahmen mit, sodass wir uns meistens hinausbegeben können.

Ich muss mich sowieso fahren lassen. Also bedeutet es, zunächst vom Bett in den Rollstuhl zu wechseln, dann den Gang vor gerollt zu werden bis zum Fahrstuhl, hinunter ins Erdgeschoss zu gelangen, den langen Weg vor bis zur Tür zurückzulegen - und hinaus! Vom Eingang aus können wir in den Park, und hier wählen wir jedes Mal eine etwas andere Runde die verschiedenen asphaltierten Pfade entlang. Mit dem Rollstuhl sind keine großartigen Abwege möglich, denn das Gerät erweist sich bekanntlich als schwer genug.

Meist suchen wir uns einen Platz in der Sonne oder begeben uns an den kleinen Teich in der Nähe, um die Gemeinsamkeit und die Umgebung zu genießen. Ich will auch nicht behaupten, dass ich über den absoluten Überblick verfüge, wo wir uns gerade befinden bzw. wo wir hin müssen. Da fehlt es bei mir noch ganz schön. Gut, dass ich das überhaupt bemerke.

Ich lasse einfach alles mit mir geschehen. Eine recht eigenartige Situation: Bisher bestimmte ich immer selbst, was ich machte, machen musste oder wo ich hin wollte. Und jetzt? Ich stelle fest, dass ich im Grunde froh bin, dass in dieser Hinsicht für mich GEDACHT WIRD.

Warum? Weil ich vieles schlicht auf einmal nicht mehr kann! Ich bin auf Hilfe angewiesen.

Besonders schön finde ich es, wenn Lisa-Marie oder Benjamin oder vielleicht sogar beide mit kommen. Lisa-Marie muss in nächster Zeit wieder fort, und Benjamins Studium geht ebenfalls weiter. Gut, dass unsere Kinder in dieser schwierigen Phase für uns da sind und vor allem auch wollen, dass das so ist. Ich nehme das jetzt erst bewusst wahr. Bisher war das eben normal und schön und fertig.

Dass Lisa-Marie mit nach Spanien kam, DAS WAR EINFACH SO für mich! Hoppla! Wie sie dahin kam, das erschien mir selbstverständlich und bot keinen Grund, darüber nachzudenken!

Dass Benjamin währenddessen zu Hause vieles managte, davon habe ich gar nichts mitbekommen. Nanu! Das alles verstand sich für mich von selbst. Das spielte sich außerdem soooo weit weg ab ... Über die ganzen Umstände erfahre ich allmählich einiges.

***

Während der Besuche gehen wir zwischendurch meistens noch einmal in die Cafeteria. Wer Hunger oder einfach Appetit verspürt, genehmigt sich eine richtige Mahlzeit, vielleicht auch ein Eis oder einen Kaffee. Mir fällt es eigenartigerweise überhaupt nicht schwer, da zuzugucken. Ich bin darauf eingestellt, dass ich dann später mein Essen bekommen werde. Außerdem muss es sowieso diese besondere Schluckkost sein, also oft noch angedicktes Trinken und breiförmige Speisen oder im besten Falle Weißbrot, bei dem die Rinden abgeschnitten wurden. Normale Kost bringe ich aller Wahrscheinlichkeit nach gar nicht problemlos hinter.

An einem der Besuchstage kommt Ralf mit einem Pflaster an der Stirn. Er ist so im Stress, dass er einfach eine der Säulen im Erdgeschoss übersehen hat, als ihn jemand ansprach. Zum Glück ohne schlimmere Folgen. Ansonsten könnte man diese Begebenheit als ziemlich kurios bezeichnen, will man dem Unglück noch etwas abgewinnen.

Wenn sich schließlich die Besuchszeit immer viel zu schnell dem Ende zuneigt, heißt das Ziel leider: Zurück zum Krankenzimmer! Also hinein ins Gebäude, mit dem Fahrstuhl hoch, zur Tür mit dem Schild »Stroke Unit« und weiter den Gang hinter.

Dort will ich versuchen, ein paar Meter zu laufen. An beiden Seiten des Korridors sind Geländer angebracht. Die brauche ich jetzt unbedingt zum Festhalten.

Doch zunächst quäle ich mich aus dem Rollstuhl hoch, natürlich mit Unterstützung, um in den Stand zu gelangen. Das klingt furchtbar einfach, ist es ja auch - »normalerweise«. Aber wenn man erst einmal versuchen muss, überhaupt frei zu stehen und nicht irgendwohin umzukippen, stellt sich das schon etwas anders dar. Und dann vorwärts kommen?!

Schritt für Schritt, eigentlich unendlich langsam, bewege ich mich am Geländer entlang. Das sollte ja eigentlich einfach sein. Sollte! Es fällt mir jedoch schwer, Schritt um Schritt zu setzen. Alles ist furchtbar wacklig. Ich gerate ins Schwitzen dabei. Ohne Hilfe und ohne Geländer wäre gar nichts zu machen. Alles im Grunde nahezu unvorstellbar. Ich habe das trotzdem als Erfolg zu werten. Und wenn es lediglich zehn, höchstens zwanzig Meter werden! Das genügt mir völlig, besser: Es muss mir genügen! Dann bin ich fix und fertig und lasse mich zum Abschluss ins Zimmer schieben.

Aus dem Zustand meiner linken Hand mache ich mir noch einen Spaß. Was sonst?? Ich kann zwar schon ergreifen damit, was ich möchte, aber das Hinbewegen und Fassen, das geschieht ruckweise wie bei einem Roboter. Wenn ein Gegenstand zu schwer ist oder es nach kurzer Zeit wird, muss ich ihn eben fallen lassen ... Da fehlt eine ganze Portion Kraft.

Und jetzt kommt es: Habe ich etwas in der Hand, dann ist wiederum das Loslassen das Problem. Also – würde ich einmal jemand am Hals gefasst haben und würgen, hätten wir sie, die KILLERHAND!

***

> »ÄNGSTLICH ZU SINNEN UND ZU DENKEN, WAS MAN HÄTTE TUN KÖNNEN, IST DAS ÜBELSTE, WAS MAN TUN KANN.«
>
> *(Georg Christian Lichtenberg)*

Mitte August bis Mitte Oktober 2009

Samstag, Sonntag 15. und 16. August
Das Laufen geht zwar ganz langsam, und der linke Fuß sucht ständig seine Trittfläche. Aber es funktioniert zunehmend besser.
Am Montag heißt es: Ab in die Reha!

***

Heute soll ich endlich zur Reha in eine andere Klinik kommen. Ich kann es kaum erwarten. Gewiss ist erst einmal nur, dass es irgendwann fortgeht. Irgendwann ... Gewiss ...

Ich sehne den Zeitpunkt schon seit einer Woche herbei, weil es vorwärtsgehen soll mit den Fortschritten, und ich will endlich wieder in mein Leben zurück.

Therapien gibt es heute keine mehr, lediglich im Laufe des Vormittags noch eine Untersuchung: ein EEG. Gegen Mittag erscheinen dann die Sanitäter, die mich auf einer Liege zum Krankenfahrzeug bringen. Ich werde auf dem Sitz platziert, und wir starten. Leider kann ich nicht viel beobachten, denn die Scheiben sind aus Milchglas. Wir fahren die Autobahn entlang, scheint mir. Eine halbe Stunde ... oder eine ganze ... oder?

Schließlich kommen wir an. Der Wagen hält vor der Klinik, und ich werde mit dem Rollstuhl zwei Etagen nach oben gebracht in ein Zimmer, zu meinem Bett. Da liege ich nun, was denn sonst, und bin neugierig, was jetzt folgt. Ich bin mit einer älteren Frau zusammen im Zimmer. Wir wechseln ein paar Worte zur Begrüßung - soweit mir das möglich ist. Da wir beide eher ruhige und verträgliche Typen sind, sehe ich da keine Probleme mit dem Auskommen. Frau Winkler kann gut laufen, im Gegensatz zu mir. Viel sagt sie nicht. Ich bin zufrieden so, denn großartige Äußerungen sind nicht mein Ding.

Sie geht öfter hinaus auf den Balkon. Von draußen kommt wunderschöne frische Luft herein, und die Sonne scheint. Es handelt sich um einen der angenehmen Herbsttage.

Häufig kommen Schwestern ins Zimmer, bringen etwas in einen der Schränke oder holen etwas von dort - offenbar so eine Art Aufbewahrungsort. Was mir auffällt: Alle sprechen mich freundlich mit dem Namen an und stellen sich auch selbst vor. Allerdings rauschen diese Namen an mir vorbei. Ich kann und will mir nichts merken. Das ist keinesfalls böser Wille, sondern eine Art Trägheit. Oder wie steht es überhaupt um meine Merkfähigkeit??

Nach dem Mittagessen erscheint ein jüngerer Arzt, der sich mit mir eingehend unterhält. Wie ist das Befinden, tut etwas weh, gibt es Allergien und Ähnliches. Insgesamt erwächst mir der Eindruck, dass vieles soll so optimal wie möglich eingerichtet werden soll. Er entscheidet über meine weitere Behandlung. Sehr wohltuend empfinde ich es, dass an die Restless Legs gedacht wird, und noch besser: Das Medikament wirkt auch! Als der Arzt über die nötigen Auskünfte verfügt und sich einige Notizen gemacht hat, geht er wieder mit einem »Auf Wiedersehen, und einen angenehmen Aufenthalt!«.

Ich dämmere bis zum Abendbrot vor mich hin. Irgendetwas zu tun, dazu fehlt mir der Elan.

***

Die Mitbewohnerin Frau Winkler geht zu den Mahlzeiten in den Speisesaal in der unteren Etage wie alle, die entsprechend gut drauf sind. Ich könnte keine Angaben machen, wo dieser Raum ist. Das liegt auch überhaupt nicht in meinem Interesse.

Ich werde zum Essen in den Speiseraum im gleichen Stockwerk gebracht. Dazu rollt mich die Schwester den Gang entlang um einige Ecken herum bis zur betreffenden Örtlichkeit. Jeder der Patienten hat hier seinen eigenen Tisch, zu erkennen am Namensschild. Ah, da an der Seite bin ich am Ziel, dort steht mein Name, bemerke ich. Aber erst, als wir uns bereits sehr genähert haben. An diesem Tisch werde ich platziert. »Guten Appetit!«, wünscht die Schwester. »Danke!«, sage ich. Alles ist parat - Brot mit verschiedenen Aufstrichen, auch eine Tasse Tee. Man braucht sich nur bemerkbar zu machen und bekommt geholfen. Schon erscheint jemand und fragt: »Wollen Sie noch Quark oder Joghurt?« - Ich bekomme das Gewünschte und beginne zu essen. Da alles bereitgemacht ist, brauche ich es nur in die rechte Hand zu nehmen. Es schmeckt.

Ich schaue mich dann hier um. Im Raum verteilt sitzen weitere Patienten, jeder an seinem eigenen Tisch. Offensichtlich hat jeder mit sich zu tun. Kaum, dass sich hier Leute miteinander unterhalten. Was mich betrifft: Reden ist sowieso nicht meine Stärke; ich finde es gut so. Ähnlich wie die anderen auch.

Wenn man anschließend zurück zu seinem Zimmer möchte, soll man sich bemerkbar machen. Bei mir dauert das wieder einmal recht lange, bis ich fertig bin, aber Zeit stellt ja hier kein Problem dar. Doch irgendwann will ich fort, denn mit dem aufrechten Sitzen stehe ich nach wie vor auf Kriegsfuß.

Einer der Pfleger hat das bemerkt und fragt: »Soll ich Sie auf Ihr Zimmer bringen?« Ich nicke. Also nimmt er den Rollstuhl und schiebt mich die Gänge entlang. Ich frage nicht, ob er weiß wohin. Aber klar: Er kommt bald am richtigen Zimmer an, hebt mich aus dem Rollstuhl in mein Bett, stellt die Rückenlehne bequem ein und verabschiedet sich. Das Bett ist sowieso besser. Hier kann man sich jederzeit hinlegen, wenn einem so zumute ist, ohne erst jemand zu bemühen.

Ich bin allein. Die Abendsonne scheint in den Raum. Also lehne ich mich an und genieße die angenehmen Temperaturen und die Ruhe. Die Tür öffnet sich, und Frau Winkler kommt vom Abendbrot zurück.

Dann betritt die Schwester noch einmal das Zimmer wegen der Vorbereitungen für die Nacht und um zu fragen, ob alles gut ist. Da ich schon lange im Krankenhaus bin, entscheide ich mich lieber für eine Einschlafhilfe, eine Schlaftablette auf Baldrianbasis. Ich benutze sonst nie Schlaftabletten. Seit man mir versichert hat, dass sie nicht süchtig macht, nehme ich sie bedenkenlos, um bis zum Morgen durchschlafen zu können. Es klappt zum Glück auch, und so lasse ich mir diese Tablette jeden Abend geben.

***

Ab und zu kommen die Therapeuten zu mir aufs Zimmer für verschiedenste Übungen: Krankengymnastik, Logopädie oder Ergotherapie. Zur Logopädie, besser gesagt: die Mundmotorikgruppe, werde ich jedesmal in den dafür vorgesehenen Raum gebracht. Wohin genau, da verlasse ich mich einfach auf die Schwester. Auf dieser Etage befindet sich dieser Raum - ja, soviel weiß ich. Für Genaueres fehlt mir die Orientierung. Wir sind immer ungefähr fünf Leute bei der Therapeutin.

Eines Tages nimmt mich der Physiotherapeut am Arm, und wir begeben uns zusammen sogar hinaus auf den Balkon Das ist eine Sache, die ich lange nicht hatte: Von hier aus bei angenehmer Herbstsonne in die Umgebung schauen. Genau genommen: So gelange ich das erste Mal in dieser letzten Zeit wieder auf eigenen Beinen nach draußen. Doch nur mit seiner Hilfe ist das möglich. Ein anstrengender, aber wunderschöner Ausflug. Solches hat bisher sonst niemand mit mir gemacht, bestimmt vorwiegend aus Sicherheitsgründen, denn schließlich kann ich mich allein überhaupt nicht auf den Beinen halten. Selbst auf den Balkon zu gelangen wird zur Unmöglichkeit, so schön das auch wäre. Ich bin dankbar dafür wie für alles, was mich aus meiner derzeitigen »bescheidenen« Lage etwas herausbringt.

* * *

Mittwoch, 19. August
Ordentliche Reha: Vormittags dreimal, nachmittags zweimal.
Abends viel Appetit/Hunger!
Beispiel für einen Tagesablauf:
10.30 Uhr – Psychologin
11.15 Uhr – Logopädin
11.45 Uhr – Ergotherapie / Mittagsruhe
14.15 Uhr – Mundmotorikgruppe
15.15 Uhr – Krankengymnastik
15.45 Uhr – Krankengymnastik
Frühstück: Semmel mit Marmelade, Becher Quark, Milchkaffee.
Mittag: Kartoffeln, Gemüse, Putenschnitzel und Spinat.
Abendbrot: zwei Hälften Mischbrot mit Bratwurst, zwei Hälften
Mischbrot mit Wiegebraten, eine Hälfte mit Camembert, eine Hälfte

mit Mettwurst; ein Schüsselchen rote Rüben, ein Schüsselchen Quark sowie Tee und Saft.

***

Donnerstag/Freitag, 20. und 21. August

Normaler Tag - aber eher zu wenige Therapien. Katrin würde sich gerne selbst belasten. Vorerst letzter Besuch von Lisa-Marie - es geht morgen nach Schottland bei ihr.

***

Samstag/Sonntag., 22. und 23. August

Nichts los; langweilig! Katrin läuft nicht mehr als ein »schwerer Fall«, also gibt es am Wochenende keine Therapien. Wir üben selbst sprechen und laufen.

Katrin »läuft« schon fast freihändig - zwar wackelig, aber allein (natürlich mit Festhalten!). Sie geht auch selbstständig zum WC und wäscht sich ohne Hilfen am Waschbecken.

***

Nach einigen Tagen werde ich auf ein Einzelzimmer verlegt - im Grunde ja gut. Wir zwei haben uns gegenseitig nicht gestört, doch allein ist es besser, konstatiere ich zunächst.

Aber außerdem finden sämtliche Therapien ab jetzt für mich in meinem Zimmer statt. Nanu! Warum ist das so? Der richtige Durchblick fehlt mir. An sich mag das schon gehen, leider sind es jedoch viel weniger Therapien. Zum Beispiel heißt es nun: Kein Bad! Dabei erscheint mir gerade das Bewegen im Wasser, wo man sich leichter vorkommt, therapeutisch sehr günstig. Und ausgerechnet das darf nicht sein! Da gäbe es bei mir irgendeinen Krankenhauskeim und der sei ansteckend, erfahre ich. Woher das rätselhafte Ding kommt, weiß niemand. Ich war seit Juli immer in Krankenhäusern - also, wo kommt der denn nun her??? Was unternehmen wir dagegen!? Da tritt etwas nicht Fassbares auf den Plan, wogegen ich scheinbar nichts tun kann. Wegen Problemen der Übertragungsmöglichkeiten des Keimes gibt es eindeutige Sperren. Das sehe ich ein.

Auf meine Frage, wie ich den Keim wieder los würde, sagt man mir, die Urinprobe müsse dreimal negativ sein, dann wäre er weg, und damit hätte sich das erledigt. Wenn man sich viel draußen aufhält, sei das nur günstig - fertig.

Also hoffe ich darauf, bald möglichst oft Urin abgeben zu können. Aber das dauert und dauert. So habe ich eben mit diesem Zustand erst einmal allein zurechtzukommen. Dass man die Hände desinfizieren soll - geschenkt; das ist in Krankenhäusern sowieso üblich und sinnvoll.

Die Mahlzeiten kommen jetzt aufs Zimmer. Ich werde nicht mehr in den Raum zu den anderen zum Essen gebracht. Also bedeutet das Isolation in jeder Hinsicht. Na ja, weniger schlimm, denn ich kann mich ganz gut allein beschäftigen.

***

Der Tag beginnt mit alltäglichen Verrichtungen wie Waschen und Zähneputzen. Ich bin froh über viel mehr Selbstständigkeit als zu Beginn, denn ich brauche mir nur noch helfen zu lassen, um aus dem Rollstuhl heraus und wieder hinein zu gelangen. Schön für beide Seiten, wenn man nicht wegen jedes Handgriffes fragen muss. An die Bremsen des Rollstuhls denke ich jetzt immer selbst, diesen kleinen, aber notwendigen Griff. Waschen kann ich mich mit dem Waschlappen am Waschbecken allein nach den Vorbereitungen durch die Schwester.

Eigentlich bin ich schon froh, vieles, abgesehen von der beschriebenen Aufsicht und Unterstützung, selbst zu erledigen. Man hat dadurch weniger das Gefühl der absoluten Abhängigkeit. Sich allein waschen können muss keine Selbstverständlichkeit sein!

Schließlich kommt der Tag, an dem ich es mit dem Duschen allein probieren darf. Da überall Griffe angebracht sind, komme ich ganz gut unter die Dusche. Es funktioniert so ein bisschen nach dem Motto »Immer an der Wand lang« - oder besser: »Immer an den Griffen lang«, aber es geht mit der nötigen Vorsicht. Ebenso schaffe ich es, mich danach abzutrocknen und anzuziehen, dankbar darüber, dass da ein Plaststuhl steht. Doch das Anziehen dauert und dauert wegen der Klamotten an der feuchten Haut! Hauptsache, ich bewältige das selbstständig.

Etwas Feines ist auch das Überziehen der Thrombosestrümpfe. Solange ich nicht allein herumlaufe und mich insgesamt zuwenig bewege, sind sie ohne Frage notwendig. Zu den Leuten, die sich mokieren: »Wie das aussieht!«, gehöre ich weniger. Doch diese ziemlich straffen Dinger drüberzuwürgen, kostet viel Zeit und gestaltet sich äußerst mühsam, in meinem Zustand noch dazu! Den Stolz, das Anziehen alleine zu schaffen, besitze ich aber. Ab jetzt lasse ich mir dabei nicht mehr helfen!

Und die Sache, »wo selbst der Kaiser zu Fuß hingeht«. Ich bin offensichtlich kein Kaiser - zumindest aufgrund der Tatsache »zu Fuß hingehen« ... Hilfe beim Umsetzen ist anfangs nötig, und ich soll mich melden, wenn ich fertig bin. »Große Geschäfte« werden notiert wegen der Regelmäßigkeit. Und den Wechsel zwischen WC und Rollstuhl möchte die Schwester gern selbst beaufsichtigen, damit nichts passiert und sie gegebenenfalls helfen kann.

Habe ich alles geschafft, bringt mich die Schwester an den Tisch, und dann heißt es warten. Warten darauf, dass das Frühstück kommt, das übrigens immer ganz lecker schmeckt.

Danach finde ich mich wunschgemäß auf dem Bett wieder. Doch man möchte eigentlich, dass ich mich mehr am Tisch aufhalte. Aufrechte Haltungen erzeugen bei mir jedoch nach wie vor noch Schwindelgefühle. Ich müsste ja ansonsten jemanden fragen, falls ich am Tisch sitze und ins Bett will. Also finde ich es am schönsten und sichersten, wenn ich gleich wieder ins Bett darf, die Rückenlehne etwas hochgestellt. Weniger zufriedenstellend für manche Seiten, aber wenigstens für mich.

Über den Tag verteilt, finden die verschiedenen Therapien statt. Wer welche Therapie bei wem hat, steht an einer Tafel im Flur unmittelbar neben meinem Zimmer. Man findet an dieser Stelle sämtliche Angaben über die Patienten. An den bunten Stecktäfelchen in den Spalten liest man alles ab, was am jeweiligen Tag bei jedem geplant ist. Ganz praktisch, aber ich komme allein nicht einmal an diese Stelle.

»Wie erfahre ich eigentlich, wann bei mir welche Therapie stattfindet?«, frage ich eine Schwester, die gerade hereinkommt.

»Die Ärzte und Therapeuten haben immer früh Beratung, da wird das für den Tag festgelegt. So gegen neun Uhr steht alles draußen an der

Tafel.« Sie geht wieder hinaus, offensichtlich zu ihrer nächsten Tätigkeit. Und ich weiß nun Bescheid, was mir sowieso schon bekannt war. Bloß ein Problem gibt es schon. Direkt vorm Zimmer fände ich alle Antworten auf meine Frage, aber dorthin gelangen - für mich unmöglich.

Entweder ich finde eine hilfsbereite Person, die mir die Termine aufschreibt - oder eben nicht. Und wenn nicht: Ich brauche ja nur zu warten, dass jemand überraschend hereinkommt. Dann staunen wir uns erst einmal beide an, und schon geht es los. Funktioniert auch - muss.

***

In der Physiotherapie wird zuerst massiert: linker Arm und linkes Bein. Meist folgen verschiedene Gehübungen. Aus bekannten Gründen dürfen diese nicht draußen auf dem Gang stattfinden, sondern nur bei mir im Zimmer. Die Physiotherapeutin nimmt mich am Arm, und wir laufen durch den Raum und auf den Balkon hinaus. Weil das Runden sind, die sich immer wiederholen, fängt es mit der Zeit an, bei mir im Kopf zu drehen. Wenn sie fragt, ob ich noch kann, dann liegt es also nicht an fehlender Kondition, dass ich eine Pause einlegen möchte. Sondern vor allem daran, dass erst einmal der Drehwurm im Kopf wieder verschwinden soll bei mir.

Wenige Male geht die Physiotherapeutin trotzdem mit mir hinaus auf den Gang. Vorteil: Hier sind links und rechts am Rand die bekannten Holzstangen zum Festhalten, sodass ich das Gehen in gerader Bahn allein probieren kann. Nachteil: Ich muss wegen des Keimes den »schönen« hellgelben Kittel anziehen, und ich darf mit niemand anders in Kontakt kommen. Wie denn auch eigentlich!? Aber es ist gut, für kurze Zeit nach draußen zu gelangen.

Auf dem Balkon gibt es ein paar weitere Übungen: So soll ich mich zum Beispiel am Geländer festhalten und eine gewisse Zeit schräg nach hinten neigen und dabei wiederum gut festhalten, oder ich bewege mich am Geländer seitlich Schritt für Schritt entlang, erst in die eine Richtung, dann in die andere. Ab und zu legen wir eine Pause ein: Ans Geländer lehnen und herabschauen auf den Hof und die sontige

Umgebung, und das alles in dieser warmen Herbstsonne ... Richtig angenehm.

Drin im Zimmer darf ich außerdem ein paar Mal probieren, auf eine kleine Trittleiter zu steigen, während ich mich an der Wand festhalte. Immer wieder staune ich, was ich an eigentlich einfachen Dingen mit der nötigen Vorsicht neu lernen muss. Und zum Glück bin ich auch in der Lage dazu!

Die Physiotherapeutin trägt übrigens nach ein paar Tagen neben dem obligatorischen Kittel einen Mundschutz, für die Therapeuten anscheinend eine Kleidungsvorschrift, wenn sie zu mir kommen - wegen der lästigen Keime. Diese Aufmachung mag sehr korrekt sein, wirkt auf mich jedoch eher gespenstisch.

***

Die Ergotherapie beschäftigt sich vor allem mit meiner linken Hand, klar. Das beginnt mit einfachen Dingen wie: Hand auf den Tisch legen, inklusive Ellenbogen, und dann die Finger einzeln anheben bzw. ablegen: Daumen, Zeigefinger, Mittelfinger, Ringfinger, kleiner Finger und anschließend rückwärts in umgekehrter Reihenfolge. Das Ganze mehrmals und möglichst immer schneller. Eine fortgeschrittene Variante: Die Ergotherapeutin sagt einen beliebigen Finger, und der ist anzuheben, dann einen anderen, und so weiter. Das klingt recht elementar, aber mach' es erst einmal! In meinem jetzigen Zustand wird das jedenfalls richtig spannend und stellt sich keinesfalls so einfach dar, wie es vielleicht erscheint!

Oder: Zwei Finger werden gegeneinandergedrückt, erst Daumen und Zeigefinger, dann Daumen und Mittelfinger, und so weiter, und wieder rückwärts, und anschließend nach Ansage.

Immer merke ich, dass ich das zwar schon machen WILL, aber am KÖNNEN - da hapert´s, und zwar oft gewaltig!

Solche Übungen kann ich in meiner vielen freien Zeit hier beliebig wiederholen. Das tue ich natürlich.

Da mag man von mir aus denken: Wozu denn dieses sinnlose, primitive Zeug!? Sinnlos?? Der Sinn besteht darin: Einerseits weiß ich schon, wie alles funktionieren sollte. Fakt ist, ich KANN es keinesfalls so, wie ich es vorher einmal konnte und wie ich es mir vorstelle. Ich will aber, dass ich es wieder beherrsche. Von nichts wird nichts - eine alte und bekannte Tatsache. Dessen bin ich mir auch bewusst. Der einzig mögliche Weg zum Erfolg (von dem ich kaum weiß, wie er eigentlich ausfallen wird), lautet:

E T W A S T U N !

Primitiv soll das alles sein, was so gemacht wird?? Anders gefragt: Beginnt man beim Lernen mit den einfachsten oder mit den komplizierten Dingen? Beim Wiederlernen verhält sich das genauso!

Manchmal lässt mir die Ergotherapeutin bis zum nächsten Tag etwas von dem da, was wir ausprobiert haben, weil sie weiß, dass ich es nicht nur als Dekoration im Zimmer herumstehen lasse. Nennen wir es: einfache Spiele. Zum Beispiel eine kurvige Bahn mit einem Stift abfahren, möglichst ohne die Ränder zu berühren. Manche kennen das vielleicht in der Variante, dass jeder unerwünschte Kontakt einen Ton ergibt.

Oder: Kugeln müssen nach einem bestimmten Originalmuster in ein Raster einsortiert und, wenn das Muster fertig ist, anschließend wieder zurückgelegt werden. Da passiert es mir natürlich, dass ich mit der lieben linken Hand einen ganzen Teil des vorher mühsam zusammengebauten Kugelmusters mit einem Wisch kaputtmache. Freude kommt auf in solch einem Fall!, das ist sicher

Eines Tages bringt die Therapeutin einen Papierkorb mit sowie ein Blatt Papier. Nachdem ich das Papier wunschgemäß genügend klein zerrissen habe, erhalte ich den Auftrag, die Papierstückchen zusammenzuknüllen. Einfache Sache - also soll ich das ausschließlich mit der linken Hand bewerkstelligen. Schon wird das um einiges schwieriger und dauert länger.

Jetzt kommt die nächste simple Aufgabe: »Werfen Sie bitte die Papierstückchen in den Papierkorb!« Der steht direkt vor mir, einen reichlichen Meter entfernt. Also hinein damit!

Hmmm! Das erste Papierkügelchen scheint in der Hand geblieben zu sein. Da kann man weniger von »Werfen« sprechen. Noch einmal! Auch das folgende Stück möchte lieber nicht im Papierkorb landen, sondern liegt danach irgendwo daneben. Als ich alle Kügelchen fortgeworfen habe, entdecke ich die meisten vor mir wild auf dem

Fußboden herumliegend. Den Behälter zeigt mir die Ergotherapeutin: Immerhin zwei Stückchen sind dort gelandet ...
Sie überreicht mir den Papierkorb und noch ein Blatt Papier. Ich könne das nun weiter üben. Ja, schon, denke ich. Aber wer hebt denn danach alles auf, was ich bestimmt größtenteils daneben befördern werde!?? Vom Rollstuhl aus in jeder Ecke suchen - na, viel Spaß!

***

In der Logopädie gibt es unterschiedlichste Sprechübungen, wobei immer wohlwollend auf den Hefter aus der vorherigen Klinik geschaut wird. Die Übungen führen von den verschiedensten Zungenbrechern über Sätze mit vier, fünf, sechs, ..., zehn Wörtern hin bis zu kurzen Texten. Zum Üben verfüge ich über genügend Zeit, und da ich allein im Zimmer bin, kann ich meine Umgebung rücksichtslos vollquatschen.
Irgendwann kommt die Logopädin mit drei trockenen Keksen und fordert mich auf, diese zu mir zu nehmen. Müsste ich dabei husten, dann hätte sie das gleich mitbekommen. Sonstige Probleme gibt es da auch nicht, also scheint die Problematik der Schluckstörungen für mich im Wesentlichen der Vergangenheit anzugehören. Die »Schluckkost« wird zukünftig ersetzt durch normales Essen. Das bedeutet unter anderem, dass die Brotrinden nicht mehr abgeschnitten werden und insgesamt eine größere Vielfalt im Speisenangebot existiert. Trotzdem sollte ich in dieser Hinsicht eine Portion Vorsicht beibehalten, lautet der Rat.
Das ist so eine Sache, an die ich in letzter Zeit oft denken musste: Ob das Essen denn jemals wieder normal möglich sein wird??
Ja, natürlich, geht doch!

***

Abgesehen von den Therapien, bleibt mir noch eine Menge Zeit. Aber alle Tätigkeiten bereiten mir mehr Mühe und dauern länger als bisher gewöhnt. Außerdem muss ich oft ausruhen. Überhaupt: Einfach da liegen und vor mich hin dämmern, das mache ich zugegebenermaßen oft und gern. Ist eben so ...
Lesen gehört nach wie vor zu meinen Lieblingsbeschäftigungen. Ich merke dabei nur immer wieder, dass es an der Ausdauer hapert. Spätestens nach einer halben Stunde lege ich den Text aus der Hand,

da ist Schluss. Momentan erscheint es undenkbar, wie früher manchmal ein Buch von rund fünfhundert Seiten in ein bis zwei Tagen durchzulesen. Viel zu viel! Es fällt mir schwerer, den Überblick über Figuren und Handlung zu behalten, ja, ihn erst einmal zu erlangen! Hier tun sich wiederholt unerwünschte Lücken auf, die hoffentlich nicht so bleiben!

Ich »oute« mich als Mathelehrerin. Na und, ich möchte ja irgendwann wieder arbeiten, wenn das hier auch keiner so recht wahrhaben will. Zurzeit sieht es einfach grauenhaft mit mir aus. Auf meine Frage nach einer Perspektive gibt es im Grunde nie eine richtige Antwort - zugegebenermaßen ist das sowieso schwer. Neben vorsichtigen Äußerungen erscheint im Hintergrund unter Umständen ein Lächeln: Was für verrückte Wünsche ich wohl haben kann??

Ach so, und das höre ich auch: »Seien Sie doch froh, wenn Sie nicht mehr in die Schule gehen müssen - bei den Kindern heutzutage!« Verwunderung, dass da keine zustimmende Reaktion von mir kommt ...

Ich lasse mir von Ralf die Übungsbücher mit Matheaufgaben der Mittelstufe mitbringen, wo ich Beispiele rechne. Mir fällt immer wieder auf, dass mir Leichtsinnsfehler unterlaufen. Ich verrechne mich, vergesse etwas, übersehe irgendwelche Sachverhalte. So geht es einfach nicht! Unmöglich, andauernd Fehler zu produzieren, ohne es selber zu merken! Da vermisse ich bei mir die Portion Zuverlässigkeit, dass das, was ich von mir gebe, auch stimmen möge. Undenkbar die Situation, wenn Schüler immer wieder feststellen würden, dass ich nur Stuss erzähle, und dass sie sich in dieser Hinsicht nicht auf mich verlassen können. Unmöglich so was!! Ich muss ständig mehrfach kontrollieren und aufpassen, damit so etwas möglichst nicht vorkommt!

Das Probieren mit dem neuen Taschenrechner wird bereits im Ansatz mühsam: beim Ein- und Ausschalten. Dazu sind nämlich zwei Tasten zugleich zu betätigen, und das gestaltet sich unter meinen jetzigen Bedingungen äußerst anstrengend. Durch das Problem mit dem Gesichtsfeld geht es schon damit los, die richtigen Tasten zu finden ... und noch zu drücken ... und außerdem ja zwei gleichzeitig! Was soll das bloß werden!?

Abends vor dem Einschlafen schalte ich manchmal den Fernseher ein. Doch so richtig bei der Sache bin ich nicht. Ich lasse mich einfach etwas berieseln. Im Grunde bin ich schon müde genug, um spätestens halb zehn zu schlafen. Das kann ich hier ganz gut, zumal ich allein im Zimmer bin. In den meisten Fällen ist bei mir bis zum Wecken gegen sieben Uhr am nächsten Morgen Ruhe, bestimmt dank der Baldriantablette.

Medikamente werden verabreicht. Sie selbst aus der Packung zu nehmen - für mich gegenwärtig eine Unmöglichkeit. Im Grunde weiß ich ja Bescheid, was ich bekomme. Zum Glück nicht allzu viel und alles mit durchschaubarem Zweck. Ich bin überhaupt kein Freund irgendwelcher Tabletten, aber hier hat es wenig Sinn, mit Diskutieren anzufangen. Im Weiteren sollte ich nur schauen, was ich hoffentlich wieder absetzen kann.

***

In der Woche telefonieren Ralf und ich abends täglich miteinander. Außerdem besucht er mich am Wochenende und wenn möglich zusätzlich mittwochs. Oft kommen Lisa-Marie oder Benjamin oder auch beide mit. Ich brauche wohl nicht zu kommentieren, dass mir das immer sehr wichtig ist. Daraus schöpfe ich einen großen Teil des Elans, aus meiner derzeitigen misslichen Lage das Bestmögliche zu machen.

Ich registriere, dass ich wie umschalte. Einerseits bin ich in der Reha voll dabei, weil ich weiß, dass das, was hier gemacht wird, nützlich ist. Einen anderen Weg gibt es nicht. Andererseits stelle ich dann innerlich auf die Besuche um und genieße diese Zeit.

Mit dem Wetter haben wir übrigens Glück. Meist sind es wunderschöne Herbsttage, und wir können hinausgehen. Oder was ich jetzt so »gehen« nennen muss! Gegenüber der Klinik befindet sich der Kurpark, und der sieht immer schön aus. Zunächst bewegen wir uns die Wege entlang. Deren gibt es viele, also sind da einige Möglichkeiten. Manchmal setzen wir uns einfach auf eine der zahlreichen Bänke und genießen die Sonne. Vor den Genuss ist bekanntlich die Arbeit gesetzt. Die besteht für mich darin, vom Rollstuhl mit zu den anderen auf die Bank zu gelangen.

Irgendwann einmal probieren Lisa-Marie und Benjamin den Rollstuhl aus. Natürlich wird da ordentlich schnell gefahren und auch mit plötzlichen Wendungen. Als Höhepunkt versucht dann jeder, ob sie auf zwei Rädern balancieren können. Von einigen vorbeilaufenden Leuten registriere ich missfällige Blicke: Wie man so was nur machen kann ... Meine Gedanken dazu: Solange ich selbst nichts dabei finde - nein, warum? -, ist das wohl egal. Ich weiß außerdem genau, dass meine Kinder zu der Problematik keine schiefen Meinungen haben.

Weiter hinten im Kurpark gibt es unter anderem eine Art Übungsstrecke von rund dreißig Metern fürs Laufen, wo zur Hälfte links und rechts Stangen angebracht sind. Dort übe ich bei jedem Spaziergang. Wo die Stangen als Hilfe nutzen kann, geht es ganz gut - aber auf keinen Fall lässig. Manchmal probiere ich auch das Stück ohne Stangen, um zu schauen, wie es so klappt. Natürlich nur, wenn Ralf daneben steht und mich zur Not festhalten kann. Anfangs funktioniert das Laufen ohne eine Stütze überhaupt nicht gut. Nach jedem Schritt halte ich inne, um im Gleichgewicht zu bleiben. Mit der Zeit wird es etwas besser – na ja - einigermaßen (Stichwort Optimismus!).

Es gibt hier nebenan auch eine Strecke, bei der man auf einer Reihe von quadratischen Steinen verschiedener Höhe entlanglaufen kann - falls man kann. Das ist absolut nichts für mich, sozusagen drei Leistungsklassen höher (also: ›Vergiss es - es reicht, wenn es aus der Entfernung schön aussieht!‹).

***

Eines Tages bringt Ralf einen dicken Brief im A5-Format mit und meint dazu: »Guck mal rein!« Als Absender lese ich: Das ist von meiner Klasse, die ich im Sommer leider so »im Stich ließ« aufgrund des Unglücks. Wie gern hätte ich nach den Sommerferien mit ihnen wieder losgelegt! Man kannte sich und wusste, was man voneinander zu halten hatte. Aber nein, das sollte nicht sein, einfach nur schade ...

Aus dem Umschlag fällt eine ganze Menge heraus. Von jedem ein Bild, und meistens steht auf der Rückseite noch irgendetwas dazu. Ich schaue mir unter ständigem Würgen und einigen Tränen alle Fotos der Reihe nach an und das Klassenfoto ebenfalls. Unterm Strich freue ich mich gewaltig, dass an mich gedacht wurde, und darauf kommt es doch wohl an! Bald danach beginne ich, eine Antwort zu formulieren, erst einmal auf einen Zettel. Bei Gelegenheit schreibe ich das dann ordentlich auf Briefpapier und schicke es ab. Da gehört sich einfach!

Einige Tage später erhalte ich übrigens überraschenderweise sogar von einer anderen Klasse, die ich »nur in Mathe hatte«, einen weiteren Brief. Auch hier arbeite ich an einer Antwort.

Es kommt dann noch eine Einladung zum Klassentreffen von der Klasse, in der ich selbst das Abitur gemacht habe. Im nächsten Monat - dreißig Jahre Abitur. Ach, du liebe Güte, wie die Zeit vergeht! Da möchte ich schon gern mit hin, aber das geht unter keinen Umständen, soviel ist mir leider klar. Ich formuliere den Text für eine E-Mail, die Ralf dann schicken wird. Hier drücke ich die Hoffnung aus, dass ich ... wann auch immer??? ... vielleicht ... »wieder die Alte« bin. Jedoch woher soll ich denn wissen, wie lange so etwas dauert?!

***

»WENN DIR DAS LEBEN EINE ZITRONE GIBT, MACH′ LIMONADE DRAUS.«

(Isabel Gülck)

Ich erhalte eines Tages die Mitteilung, dass ich heute noch umziehen werde - auf der gleichen Etage nach gegenüber. Deshalb kommt am Vormittag eine Schwester, packt meine sämtlichen Sachen auf einen Wagen und fährt ihn zum neuen Ort. Anschließend komme ich an die Reihe. Wir fahren über eine Zwischentür hinüber in die andere Station. Ich bekomme wieder ein Zimmer allein.

Der Tag beginnt mit den alltäglichen morgendlichen Verrichtungen. Dann das Frühstück. Diesmal aber nicht aufs Zimmer. Sondern die Schwester bringt mich in den Essenraum. Allerdings müsse ich vorher den hellgelben Umhang anlegen, der da am Haken hängt. Ich wisse schon warum. Na klar. Hmmm.

Wir kommen dort an, und ich sehe einige Leute, die an einem langen Tisch bereit sitzen zum Essen. Die Schwester fährt mich an einen kleinen Tisch etwas seitwärts an der Wand und hilft mir aus dem

Rollstuhl heraus auf den dortigen Stuhl. Den Rollstuhl schiebt sie beiseite.

Warum sitze ich hier? Wegen des Keimes. Der ist zwar unsichtbar und macht mir zum Glück keinerlei Probleme. Aber seine Existenz ist sicher anzunehmen, denn noch gibt es keine anders lautenden Gegenproben. Geschenkt.

Frühstücken. Die freundlichen Schwestern reichen alles Notwendige und helfen bei Bedarf. Als ich fertig bin, schaue ich mir die Leute genauer an, die hier sitzen. Einige äußern sich wenig, wie ich auch, bestimmt aus ähnlichem Grunde - weil das Unterhalten kaum funktioniert. Die meisten sind ebenfalls im Rollstuhl hierher gebracht worden, können offenbar ebenso schlecht (oder besser: gar nicht) laufen, so wie ich. Also scheint es ihnen vergleichbar zu ergehen, warum auch immer. Eine der Frauen legt gerade ihren linken Arm auf die Lehne des Stuhles und benutzt die rechte Hand, um das hinzubekommen. Da geht links ebenfalls kaum mehr etwas - ähnlich wie bei mir, konstatiere ich. Manche haben zum günstigeren Ablegen des Armes extra ein Kissen. Oder vorn am Rollstuhl wird eine Art Tisch montiert.

Einige wenige haben diesen Raum offenbar ohne weitere Hilfen erreicht, sind also in der glücklichen Lage, sich auf eigenen Füßen fortbewegen zu können. Aber daran ist bei mir in absehbarer Zeit nicht zu denken.

Später - vielleicht - hoffentlich - unbedingt hoffentlich!

***

In der anderen Station mussten die Therapeuten, wenn sie zu mir kamen, einen hellgelben Kittel anziehen wegen des Krankenhauskeimes, der mich beehrt. Offensichtlich bin ich nun damit an der Reihe. Das muss ich immer tun beim Verlassen des Zimmers, sagt man mir. In meinem Zimmer benötige ich das schöne Kleidungsstück nicht. Das bedeutet, zu jeder Mahlzeit in dieser »Verkleidung« anzutreten. Zum Überfluss erhalte ich noch diesen Sondersitzplatz allein an dem Tisch an der Seite. Alle anderen essen an einer gemeinsamen Tafel. Ich kann schwer beschreiben, was mir während dieser Zeit durch den Kopf geht, zumal die Maßnahme eher beiläufig erklärt wird, optimistisch ausgedrückt. Man könnte es so sagen: Es wird eben als normal durchgesetzt, denn es gehört zum Ablauf. Dadurch, dass ich schon Wochen in verschiedenen Krankenhäusern zubrachte und dabei auch eine ganze Menge wegstecken musste, bin ich dieser Sache gegenüber gar nicht aufgeschlossen. Aber das interessiert außer mir niemand.

Wohlmeinenderweise äußert einmal jemand: »Schauen Sie mal, wir müssen auch jeden Tag einen Kittel anziehen!«

›Ist denn das dasselbe?‹, schießt es mir durch den Kopf, ›das gibt mir gar nichts!‹

Wenn eine Mahlzeit ansteht, sagt oft eine der Schwestern zu mir: »Kommen Sie doch mit in den Essenraum! Da sind Sie wenigstens in der Gemeinschaft!«

›Nein, danke!‹, lautet die gedachte Antwort. Wahrscheinlich vermuten sie, das Alleinsein wäre schlecht für mich. Falsch, das macht mir nichts aus. Ich bleibe lieber allein in meinem Raum in normaler Kleidung, anstelle mit Kittel im Essenraum aufzutauchen.

Ab und zu siegen auch die Überredungskünste der Schwestern bzw. Pfleger.

Wenn ich ins Zimmer zurückkehre, fliegt meist sofort das furchtbare Kleidungsstück in die Ecke, und die Tür knallt zu. Ich gebe mir keine sonderliche Mühe, die Tür normal zuzumachen. Einfach allein sein, mehr möchte ich gar nicht. Als Gipfel käme es mir vor, ich müsste die Gummihandschuhe beim Essen anziehen, wie ich das einmal aufgeschnappte. Das mündet bei mir in »unmöglich«! Jedoch das verlangt glücklicherweise niemand von mir, warum auch immer ...

Die Ursache der Entscheidung für den Essenraum liegt noch woanders. Es ist manchmal richtiggehend amüsant, sich Äußerungen und Gespräche während des Essens anzuhören. Einige (darunter auch ich) warten immer gespannt auf eine ganz bestimmte Frau. Wenn sie erscheint, geht meistens etwas los. Entweder der Kaffee ist ihr zu heiß bzw. zu dünn, oder die extra zubereiteten Haferflocken sind schon wieder zu kalt, oder sonst vermisst sie irgendetwas. »Bei mir zu Hause hätte ich da Besseres auf Lager« - etwas in diese Art hört man oft. Irgendjemand fragt dann einmal jemand laut, was man oft rundum denkt - nämlich, was es denn bei ihr gäbe und ob das tatsächlich so viel leckerer sei. Schließlich fehlt sie ab und zu generell. Danach äußert sie, in der Gaststätte habe es endlich »mal was Anständiges« gegeben. Sie manövriert sich durch ihr Verhalten in eine Art Sonderrolle hinein. Als ich später allerdings erfahre, die Frau hätte einen Hirntumor, denke ich über manche Dinge etwas anders. Das Wort »Narrenfreiheit« bekommt auf einmal einen eigenartigen Beigeschmack ...

Insgesamt gesehen, bin ich jetzt eher allein. Ich brauche hier keine großartige Gesellschaft. Wenn, dann unterhalte ich mich, soweit möglich, mit Schwestern oder Therapeuten. Die Patienten sind eben auch da, und fertig. Im Essenraum sitze ich sowieso an einem Tisch abseits von den anderen. Mit dem Kittel komme ich mir einfach nur ausgegrenzt vor. Aus der Entfernung sich an Gesprächen zu beteiligen, das fällt mir schwer, also ergibt das eine ausgesprochen ungünstige Situation.

An der Freundlichkeit und Zuvorkommenheit von Schwestern und Pflegern gibt es überhaupt nicht zu deuteln. Keine Frage, meine derzeitige besch... Lage steht auf einem ganz anderen Blatt.

***

Einer der Männer fehlt eines Tages beim Essen. Wir erfahren, dass er gestürzt ist und man ihn deswegen ins Krankenhaus gebracht hat. Daraus entnehme ich mir eine Mahnung zur Vorsicht. Denn Ähnliches soll mir unter keinen Umständen passieren!

Einige Patienten sind ungefähr in meinem Alter, etliche auch älter. In dieser Hinsicht als »jung« bezeichnet zu werden, tröstet mich zumindest etwas und macht mir Hoffnung, dass sich doch noch vieles von dem, was nicht funktioniert, richten wird, nachdem genügend Zeit verflossen ist.

***

Montag, 7. bis Sonntag, 13. September
Keim!!! Katrin entnervt. Sie soll ständig Kittel und Handschuhe anziehen.
Die Therapeuten kommen ins Zimmer bzw. holen sie ab.

Alles in Einzeltherapie, außerdem wenige Behandlungen (circa drei täglich). Kein Schwimmbad. Essen auf »Sonderplatz« mit Kittel.

***

Zu den Therapien, die irgendwo im Hause stattfinden, bringt mich immer eine Schwester oder eine Therapeutin.

Bei jeder solchen Behandlung muss ich nun den bewussten Kittel anziehen. An einem der ersten Tage ist mir im wahrsten Sinne des Wortes zum Heulen, aber tatsächlich die ganze Zeit. Ich bin unfähig, an diesem Tag eine freundliche Miene zu zeigen, unmöglich. In den Therapiestunden mache ich schon mit. Bloß nicht großartig ins Gesicht sehen und mich möglichst nichts fragen! Die Physiotherapeutin zieht ihre Übungen einfach mit mir durch, ohne sich beeindrucken zu lassen, und liegt mit der Methode ganz richtig. Ich führe aus, was verlangt wird, und das funktioniert. Nur dieser idiotische Kittel muss angezogen bleiben ...

Mit der Ergotherapeutin habe ich eine wohltuende Unterhaltung, die mich etwas ablenkt, und ansonsten läuft es »wie immer«. Das ist der einzige Tag, an dem keine Rede davon sein kann, dass ich wie gewöhnlich »funktioniere«. Wenn ich es genau bedenke, interessiert das niemand. Dass da jemand kommt und mir alles erklärt oder versucht, Einsicht zu erreichen - Fehlanzeige. Aber ich will auch bestimmt vieles einfach nicht wahrnehmen.

***

Gegenwärtig schwirrt mir viel Grundsätzliches durch den Kopf. Zum Beispiel, wie ich aus dieser hässlichen Situation herauskomme. Ich möchte kein funktionierendes Etwas zu sein, dem man noch das oder das oder das aufdiktiert aus irgendwelchen Notwendigkeiten heraus, wo mir oft die Einsicht fehlt. Zufriedenstellend erklärt bekomme ich das kaum. Mit wem darüber unterhalten?? Anders gefragt: Mit wem komme ich denn in meiner Situation überhaupt zusammen? Mich klar auszudrücken, fällt mir sowieso schwer. Da denkt dann eventuell jemand fälschlicherweise, ich will mir etwas antun. Selbstmord sehe ich als keine Lösung des Problems an, ganz sicher nicht! Vermutet man bei mir Depressionen?! Nein! Habe ich nicht! Hatte ich noch nie!!

Beobachtet man mich deswegen? Was kann ich überhaupt sagen oder tun, dass nicht alles völlig falsch herauskommt?!

Zweimal wöchentlich ist vormittags Visite. Dort bekommt man Gelegenheit, Fragen und Probleme anzubringen. Aus der gegenwärtigen Situation heraus äußere ich, körperlich ginge es mir schon relativ gut. Jedoch von Wohlfühlen könne keine Rede sein, wegen des Keimes. Das meine ich ziemlich ehrlich: dass ich eine Möglichkeit zu Zurechtkommen suche und mich das alles gegenwärtig stark belastet.

Es wird eben zur Kenntnis genommen. So einen richtigen Ausweg kann man mir aber nicht anbieten. Ich empfinde deshalb diese Frage nach dem Befinden als rhetorisch.

***

Ab und zu findet ein Gespräch statt mit Arzt und Angehörigen. Eines Tages gehe ich deswegen gemeinsam mit Ralf zum Arztzimmer in der Erwartung, dass ich einiges aus dieser Aussprache erfahre. Wie wird alles momentan gesehen, und welche Perspektiven gibt es?

Von dem schlecht funktionierenden Körperlichen möchte ich wissen, wie man den jetzigen Stand beurteilt und wie es weitergehen soll. Wie erscheint eigentlich mein geistiger Zustand, der keineswegs in Ordnung ist, »von außen«?

Ich beobachte mich gegenwärtig selbst intensiver. Kann Ich mir überhaupt weiter selbst vertrauen? Was kann ich als in Ordnung ansehen bei mir, und was hat sich verändert? Andere fragen sich das wohl auch. Was kriege ich noch mit? Alles nicht, das weiß ich - aber genauer? Außerdem bin ich nur mühsam in der Lage, etwas zu schildern bzw. zu erklären, geschweige etwa zu diskutieren. Also bleibt mir im Wesentlichen nur, zuzuhören und alles zur Kenntnis zu nehmen.

Was bekomme ich nun zu erfahren?

Dass ich anders geworden bin und man das beobachten sollte. Dass sich mein Verhalten offenkundig verändert darstellt und man sich darauf einzurichten habe. Dass ich Dinge schwer akzeptiere, ja, unter Umständen sehr darüber schimpfe. Ja, schon ... Hat man wenigstens ein bisschen über das Zurückliegende bei mir nachgedacht und wie ich das verkrafte? Wohl zuwenig. Das muss alles funktionieren, das scheint die Hauptsache zu sein.

Ich solle doch ernsthaft überlegen, ob ich als Lehrerin eigentlich schon vorher Defizite hatte, die in der jetzigen Situation zu Tage treten, und von denen ich die ganze Zeit nichts wusste. Das Weitere rauscht an mir vorbei. Mir kommt es so vor, als ob damit Ralf ziemlich durcheinander gebracht wurde. Dagegen argumentieren - daran brauche ich gar nicht erst zu denken. Wahrscheinlich überlegt er jetzt, ob das alles stimmt. Und ich darf das so im Raum stehen lassen.

Anschließend gehen bei uns die Wogen sehr hoch. Ich bin einfach nur ohne Ende empört, dass ich mir so was nach fünfundzwanzig Jahren Berufstätigkeit anhören soll. Ich würde noch anders über alles denken müssen, hätte ich nicht beispielsweise vor ein paar Tagen Post von meiner Klasse erhalten. Oder wenn in mir die Einstellung gäbe: »Hilfe - nie mehr in die Schule zurück!« So ist es aber keineswegs!

Was wollte man damit erreichen? Wie soll ich hingestellt werden? Im tiefsten Inneren kommt mir der Gedanke: Bekomme ich, die ich offensichtlich sowieso nicht so recht antworten kann, hier die Revanche für ein Problem aus der eigenen Schulzeit anderer Personen? Etwas unfair, wie ich finde ...

Ralf und ich verlassen das Zimmer, und er versucht ständig, mich zu beruhigen in meiner Wut über so eine ungerechte Behandlung. Ich bin reichlich hilflos, und wir vereinbaren schließlich, das ganze Problem sein zu lassen und meine Sicht in ein paar Monaten mit etwas mehr Ruhe zu überprüfen. Zur Zeit betrachte ich sowieso alles sehr negativ.

***

Irgendwann verlangt man schließlich sogar von Ralf das Tragen von Kittel und Handschuhen. Draußen könnten das dann abgelegt werden. Wenn wir zurückkehren in die Klinik, müssen wir es wieder anziehen. Das Desinfizieren mit der Flüssigkeit aus den hier und da herumhängenden Flaschen reicht nicht mehr. Ich empfinde das allmählich als Unding, so etwas von anderen auch zu verlangen, und denke für mich: »Das macht er sicher nicht!«

Aber doch: Er meint, das müsste man aus der Notwendigkeit eben tun, und fertig. Ich bin sprachlos und habe Probleme, die Welt zu verstehen.

So begeben wir uns bei den Besuchen »in Montur« bis zum Ausgang der Klinik. Dort streife ich als erstes das schlimme Zeug ab und atme auf. Jetzt kann die Zeit anhalten während des Spazierganges. Wenn wir dann irgendwann zurückkehren (müssen), ziehe ich die ungeliebten Teile zähneknirschend an - was hilft es?

* * *

»NICHTS IST IM LEBEN ERNST ZU NEHMEN, WEIL

NICHTS ES WIRKLICH VERDIENT.«

(Valeska Gert)

Solange ich mit besagtem Keim belastet bin, fühle ich mich relativ allein. Das soll zwar nicht sein, aber leicht gesagt ...

Plötzlich ist es soweit: Dreimal eine negative Urinprobe ... Und alles verschwindet auf einmal wie ein böser Spuk! Meine enorme Entlastung, dass sich der verfluchte Keim so leise und unauffällig »verabschiedete«, erscheint sicher gut vorstellbar.

Ich sitze mit den anderen beim Essen, und ich darf normal überall hin. Die Therapien sind endlich von der Art und vom Umfang her so, wie ich mir das vorstelle.

Klar, nun ist es meine Sache, selbst zu jeder Therapie hinzugelangen. Entweder finden diese hier im selben Stockwerk statt; in diesem Fall kann ich mit dem Rollstuhl gleich dorthin fahren. Für alle Ziele, die sich auf anderen Etagen befinden, ist der Fahrstuhl nötig. Dieses Fortbewegungsmittel gestaltet sich mit dem Rollstuhl auch ganz spannend. Erstens die Frage, ob der Platz im Fahrstuhl reicht, denn mehr als zwei Rollstühle passen in den meist benutzten Lift schließlich nicht hinein. Zweitens muss man schön gerade hineinfahren, und drittens: Vorwärts rein heißt rückwärts raus oder umgekehrt.

Der etwas größere Fahrstuhl befindet sich weiter entfernt. Doch so schlecht, wie ich mich neuerdings orientieren kann, finde ich den ganz schwer.

***

Montag, 14.. bis Sonntag, 20. September

Der Keim ist endlich weg, das heißt: Katrin ist glücklich.
Ebenfalls eine vorteilhafte Auswirkung: Es gibt viel mehr Therapien
- sechs bis acht anstelle drei oder vier am Tag!
Den Rollstuhl muss sie weiterhin benutzen, doch am Wochenende
sind wir schon fast zwei Kilometer einen Waldweg entlang gelaufen,
wobei Katrin den Rollstuhl vor sich her schob.
Ich darf übrigens neuerdings sogar mit im Zimmer übernachten.
Zweimal war in der Physiotherapie Wasserbehandlung - aber das
Schwimmen funktioniert nicht!
Lisa war da (von Sonntag bis Dienstag) und Benny ebenfalls.

***

Nun beginnt eine Zeit, in der ich (und offensichtlich nicht nur ich) nachmittags oder nach dem Abendbrot schaue, ob in der Gemeinschaftsecke in der Nähe meines Zimmers jemand anwesend ist. So findet sich hier allmählich eine Runde zusammen zum Quatschen, Kaffeetrinken und ... Mensch-ärgere-dich-nicht-Spielen. Manchmal bringt auch einer ein Spiel mit bzw. ein Rätsel, das wir gemeinsam lösen. Oder man liest einfach ein bisschen Zeitung.

Das Miteinander bessert die Stimmung sehr auf. Das empfinden wir alle so, und deswegen gibt es mit der Zeit einen angenehmen Zusammenhalt. Jeder hat irgendein Handicap; darüber sehen wir hier hinweg und heitern uns gegenseitig auf. Bestimmt sagt sich mancher im Stillen: Sieh an, das geht bei mir bereits besser als bei ... Aber kein Thema - wir reden nicht über Krankheiten und Wehwehchen, eine äußerst motivierende Tatsache. Ich sehne jeden Tag sehr diese gemeinsame Zeit herbei, und das geht nicht nur mir so.

Also schaue ich immer einmal hier vorbei. Meist sind da schon andere, die auch die Gesellschaft und die Unterhaltung suchen. Eine weitere Variante: Man »fährt« dort eine Runde auf dem Motomed (sagen wir, das ist die behindertengerechte Ausführung des Hometrainers). In den Gesprächen ist dann zu erfahren, wie es den anderen erging. Den Beginn der Krankheitsgeschichte stellten oft Schlaganfall oder Hirnbluten dar. Es sind durchweg keine schönen Dinge, und jeder muss die Folgen so gut wie möglich bewältigen.

Da ist Renate, der es inzwischen »am besten« von uns geht, denn sie konnte bereits den Rollstuhl »beiseite stellen« und auf den Rollator umsteigen. Sie vergisst mitunter Wörter beim Sprechen, oft ganz selbstverständliche. Das bedeutet, dass sie zwar weiß, was sie sagen möchte, aber oft fehlt der richtige Begriff. Als Ersatzwort hören wir folglich meist »Mensch!« Mit der Zeit bessert sich übrigens dieser Zustand.

Da gibt es dann noch die lustige Beate. Ihr Problem: Sie wiegt schlicht und einfach zuviel; sie weiß es ja selbst! Deshalb muss sie in die so genannten Schlingen und manchmal zur Gymnastik ans Motomed. Sie erheitert uns durch ihre wunderbar erzählten Geschichten, wo - wie ebenfalls bei vielen der sonstigen Gespräche - der schwarze Humor durchschimmert. Dinge, bei denen mancher »Ups« sagt oder ganz vorwurfsvoll: »Darüber zu lachen - das gibt es ja nicht ...!«

Aber schließlich tut es keinem was!

Schwarzer Humor ist zum Beispiel die Vereinbarung, dass die Rollstuhlfahrer heute die Treppe benutzen müssen, um in ihre Zimmer zu gelangen. Alle finden das komisch, obwohl es in der Realität kaum etwas Lustiges darstellt. Oder der Fußtritt mit dem Holzbein, weil einer zuviel Quatsch von sich gibt ...

Christian kann leidlich gut laufen, aber lieber mit Festhalten und nur »offiziell« mit Rollstuhl. Er erzählt öfters, dass er nicht spürt, ob über den linken Arm heißes oder kaltes Wasser läuft.

Rita ist auch an den Rollstuhl gebunden. Sprechen kann sie ganz gut, muss ich neidvoll zugestehen. Überhaupt macht sie einen bodenständigen Eindruck. Sie sagt eher wenig, aber was, das stimmt dann, und es sitzt!

Karen hatte den Schlaganfall schon vor längerer Zeit. Sie hat etwa mein Alter, kann recht gut laufen, und das Reden funktioniert ebenfalls gut. Nur der linke Arm hat nicht die Lage, die er haben sollte.

Sie verwendet genauso wie ich spezielle Ersatzwörter für manches - zum Beispiel »Sonnenschein« für »S ...« - na, ist egal!

Oder Christian heißt eben »Hansi«. Und so weiter.

Eva ist körperlich ähnlich gestellt wie ich und wenige Jahre jünger. Zum Sprechen und Wortfinden bekommt sie viele Übungen, die wir zum Teil mit ihr gemeinsam durchführen.

Bei Jochen finde ich zuerst: Was hat er für ein schönes Zweirad, um den Gang entlang zu fahren! Bis ich von seiner Diagnose »Multiple Sklerose (MS)« höre. Von da an denke ich ein bisschen anders und vorsichtiger. Das Laufen funktioniert bei ihm so la-la. Doch bei dieser Krankheit steht im Hintergrund immer die Frage: Wie lange noch?? Für seine Situation zeigt er ein erfrischend lustiges Auftreten.

Und den Humor sollte man sich ja tatsächlich bewahren.

Mit der Zeit wird es eine richtig schöne Gemeinschaft. Nach dem Abendbrot spielen die, die gerade Lust haben, eine Runde »Mensch ärgere dich nicht«, und die anderen schauen zu und machen ihre oft weniger ernsten Bemerkungen. Oder man unterhält sich über dies und das.

Aufgelöst wird die Runde beispielsweise, wenn einer zur Diabetesspritze geholt wird, der Nächste zum Waschen und Umziehen, zur Gewichts- und Blutdruckkontrolle ... Gute Nacht!

***

Fürs Kaffeetrinken gewährleisten wir allmählich, dass jeden Tag etwas zu essen vorhanden ist. Und so findet sich auf der Ablage neben dem großen Tisch immer ein eingeschweißter Kuchen oder Plätzchen oder Ähnliches. Es gibt jedenfalls nie Mangel. Ralf bringt gelegentlich Pfirsiche mit vom Baum an unserem Haus oder auch Himbeeren. Das wird natürlich dankbar angenommen.

Den Therapeuten fällt die entstandene Runde ebenfalls auf, und sie sehen das bestimmt genauso positiv, wie es auf alle wirkt. Der Grundton bei uns hier ist heiter, ermutigend, versetzt eben mit der gewissen Portion schwarzem Humor. Dieser Effekt, dass zwar jeder sein Problem hat, aber darüber hinweg gesehen und sich an den Fortschritten orientiert wird - das stellt eine Hilfe für alle dar. Mit der Zeit entsteht das Gefühl: Wir gehören zusammen!

Deswegen kehre ich, als ich dann in eine andere Etage verlegt werde, trotzdem nachmittags oft zu unserer Runde zurück. Als dann eine Schwester meint, das ginge aber nicht, der Kaffee wäre nur für die Leute hier, sagt Renate: »Komm ruhig her! Bei mir existiert noch ein Päckchen Kaffee! Das ist kein Grund!« - Und schon bin ich wieder da! In der Folgezeit bekomme ich im Speisesaal in der unteren Etage, wohin ich inzwischen darf, einen Platz zugeordnet. Dort sitze ich zusammen mit zwei weiteren Leuten aus unserer »Truppe«.

***

Schließlich tauschen wir gegenseitig Adressen und Telefonnummern aus. Renate möchte alle zu sich einladen zu ihrem runden Geburtstag in nicht allzu ferner Zukunft.

Aber so geht es ebenfalls: Ein Herr, der sich immer mit dazu setzt, ordentlich mit isst und trinkt, jedoch ansonsten viel Skepsis und schlechte Laune ausstrahlt. Außerdem ein lauernder Blick von einem zum anderen. Insgesamt ein weniger angenehmer Zeitgenosse. Jeder bewältigt die Probleme eben auf seine Weise. Mit einem Oberschenkelhalsbruch gibt zugegebenermaßen nichts zu spaßen. Iirgend so ein Problem haben schließlich alle hier. Doch davon lässt sich keiner unterkriegen!

Die Meinung über diesen Herrn gestaltet sich übrigens einhellig. Meist bewirkt sein Nahen eine Veränderung der Gespräche, oder diese verstummen völlig.

Kurz gesagt, man bekommt hier Dinge zu sehen, »was im Leben auch so passieren könnte« (aber halt nicht sollte). Zum Beispiel eine Fußgängerin, der beide Beine amputiert werden mussten, weil sie von einem Auto überfahren wurde. Und eine gut gelaunte junge Frau, reichlich dreißig, im Rollstuhl sitzend, erzählt von ihrer Diagnose: Multiple Sklerose. Das bedeutet für sie, dass dieses Rollstuhlstadium wahrscheinlich bleiben wird. Es wird unter Umständen nicht mehr besser, sondern schubweise schlimmer, so die Perspektive. Doch sie strahlt gute Laune aus! Man kann nur Respekt haben.

Oder ein weiterer Fall: früh aufgewacht und Schlaganfall, einfach so. Auch das gab es.

Man begegnet auf dem Gang den verschiedensten Menschen. Im allgemeinen tauscht man einen freundlichen Gruß, schließlich gehört man in gewisser Art zusammen. Manche eilen vorbei, weil sie gerade an etwas anderes denken. Oder aber, weil sie mit sich selbst genug zu tun haben. Oder, weil sie diesen Ort und diese Situation nicht wahrhaben wollen. Oder einfach, weil sie diese Lage anwidert. Alles verständlich - wer hat das denn gewollt? Oft hört man: »Schön mit der Ruhe, wir haben doch alle Zeit!«

Und dann höre ich so manche Gespräche und mache mir meine Gedanken darüber.

Die Schwester gibt einer Frau Ratschläge, wie sie das Problem mit dem BH-Verschluss lösen kann. Gerade die Ösen zu schließen und zu öffnen, das bringt Probleme. Die Krankenschwester empfiehlt, von BH's mit solchen Verschlüssen abzusehen.

Dann so ein bei mir ankommender Fetzen: » ...tja, mit dem Sex funktioniert es ja oft gar nicht mehr so und mit den ganzen Gefühlen. Da musste die Frau extra einen Lehrgang machen, weil sie nicht klar kam oder nichts mehr fühlte ...« - Puhhh - was denn noch alles??

**

Eines Tages bekomme ich die Schachteln mit meinen Medikamenten, um sie selbst einzusortieren in ein Behältnis mit Fächern für die Tageszeiten, zu denen sie einzunehmen sind - früh, vormittags, abends und nachts. Als ich fertig bin, wird kontrolliert, ob es stimmt. Und wenn es weiter gut klappt, darf ich das sicher auch alleine.

Man denke ja nicht: Geht doch ganz einfach! Das Herausholen aus der Packung und Hineintun ins richtige Fach sind jetzt enorm anspruchsvolle Tätigkeiten für mich. Alles funktioniert sozusagen »viel gröber«, meine Feststellung. Und das Erkennen fällt schwerer. Hoffentlich wird diese Tatsache, die ich den Folgen der Krankheit zurechne, sich noch bessern. Das ist ja kaum zum Aushalten!

**

Der Raum für die Physiotherapie befindet sich auf derselben Etage wie mein Zimmer. Die Physiotherapeutin massiert die linke Körperhälfte auf verschiedene Arten und führt mit mir Gehübungen durch - natürlich schön vorsichtig. Das funktioniert eher langsam und wacklig, und ständig muss ich aufpassen, dass ich nicht hinfalle. Nebenbei noch in die Umgebung gucken, zum Beispiel, wo ich hinlaufe - undenkbar, so kommt es mir immer vor! Ab und zu muss ich außerdem anhalten, um mich zu orientieren: wo ich mich befinde und wo ich hin will.

Irgendwann steht dann ein Rollator herum, und ich frage danach. Probieren, meint sie. Aber zunächst passt offensichtlich meine Körperhaltung für so eine Veränderung nicht. Es dauert einige erwartungsvolle Tage, bis ich schließlich den Rollator benutzen darf. Innerlich bin ich äußerst ungeduldig, ich denke, verständlicherweise. Subjektiv empfinde ich das natürlich anders; anders, als es die Realität erfordert.

Als es endlich so weit ist, finde ich, endlich wieder einen Schritt vorwärtsgekommen zu sein. Mit dem Rollstuhl haben Ralf und ich auch schon Waldspaziergänge gemacht, wobei ich den Rollstuhl vor mir her schob. Aber mit dem Rollator bin ich wesentlich flexibler. So kann ich mich beispielsweise beim Warten vor den Therapieräumen jederzeit bequem hinsetzen. Ich benötige keinen Stuhl, sondern bringe ihn gewissermaßen mit.

Auf der Station darf Ich mich mittlerweile ohne Rollator bewegen. Das funktioniert schon, aber das richtig sichere Gefühl kommt bei mir nicht auf. An einem solchen Tag probiere ich es auch ohne Rollator im Speisesaal. Das wird allerdings eine äußerst unsichere Angelegenheit, sodass ich es lieber erst einmal bei diesem Versuch belasse.

Eines stelle ich dabei nämlich fest: Auf der Fläche am Rollator kann man gut die Teller abstellen. Und sonst brauche ich natürlich jemanden, der mich begleitet, um den Teller zu halten und auch etwas daraufzulegen. Den Teller gerade halten, damit nichts herunter rutscht - wieder so ein ungeahntes Problem für mich!

Im Speisesaal gibt es zwar äußerst nettes und hilfsbereites Personal, aber wenn ich mir selber helfen kann, finde ich es trotzdem besser.

∗∗∗

Eines Tages steht in der Physiotherapie endlich auch das Bad auf dem Plan - für mich als Wasserratte eine wunderbare Aussicht. Vorbei gegangen am Bad bin ich schon oft. Einladend öffnete sich dann die

Tür wegen des angebrachten Bewegungsmelders. Ich dachte immer: Nein, heute nicht, aber sicher - hoffentlich - bald.

Bis es eben soweit ist - jetzt ... endlich!

Badeanzug an, darüber den Bademantel, Schuhe an die Füße. Mit dem Rollator, auf dem ich das Benötigte ablegen kann, fahre ich nach unten. Erster Weg, wie in jedem Bad: in die Dusche. Alles schön vorsichtig, überall festhalten, wegen der Sicherheit. Dann gehe ich zu den Schwimmbecken. Es sind ja zwei Becken: Eines 25 mal 12 m, und ein kleines existiert außerdem für spezielle Übungen. Weil für mich noch niemand da ist, nehme ich Platz am Tisch, von dem aus man den Raum beobachten kann und wo man sieht, dass ich da bin. Eine Gruppe Leute halten sich gerade am Beckenrand fest und machen mit den Füßen die Bewegungen, die ihnen der Therapeut beschreibt. Drei Personen befinden sich jeweils mit einem Therapeuten gemeinsam im Wasser zu Einzelübungen. Schließlich kommt meine Physiotherapeutin und führt mich zum großen Becken. Schön langsam und vorsichtig! Badelatschen aus - links ist das etwas schwieriger, weil der Fuß nicht so elastisch reagiert, wie man das eigentlich erwartet. Außerdem der rutschige Untergrund - »normalerweise« kein Problem, aber nun ist das eben anders.

An beiden Seiten des Einstiegs befinden sich Stangen zum Festhalten, jetzt unheimlich wichtig und nützlich für mich. Und wie ich es herbeisehnte: Im Wasser bin ich leichter, also fällt mir auch vieles nicht so schwer. Die Wassertiefe beträgt 1,20 m, in dem tieferen Bereich 1,50 m. Wir halten uns zunächst im flacheren Teil auf, und das reicht mir völlig.

Ja, und was jetzt? Anfangs hin und her laufen von einer Seite zur anderen. Das sind zwar nur reichlich zehn Meter, aber es strengt an wegen des Wasserwiderstandes und wegen meiner katastrophalen Kondition. Danach folgen Gleichgewichtsübungen, bei denen mich die Therapeutin soweit notwendig festhält, damit ich an der Stelle bleibe und nicht untergehe. Linker Arm nach links und die Beine zugleich nach rechts und anschließend wieder zurück. Und langsam genug, damit man im Gleichgewicht bleibt. Dann die andere Seite. Und ins Wasser legen wie »toter Mann« mit etwas Festhalten. Es folgen noch einige weitere solche Übungen. Wirklich erstaunlich, welche

Wirkungen man durch allmähliches Bewegen des Kopfes erreichen kann! Sämtlich Dinge, die mich ganz schön ins Staunen versetzen. Da ich im Wasser nicht ängstlich bin, stellt so etwas kein Problem dar. Wenn ich Furcht hätte vorm Untergehen, wäre das alles schwerer bzw. gar unmöglich, vermute ich.

Am Ende unserer Stunde kommt das, was ich mir die gesamte Zeit heimlich gewünscht habe: das Schwimmen. Ich bin selbst neugierig, wie das funktionieren wird. Die Therapeutin gibt mir die Gelegenheit, das zu probieren. Dort hinüber sind es ungefähr zehn Meter.

Der erste Schwimmstoß - oder das, was einer werden sollte. Jedenfalls gelange ich nicht übers Wasser wie gewohnt, sondern befinde mich plötzlich unter Wasser. Wo ist denn nun »oben«?? Also erst einmal alles sein lassen, damit ich von selbst wieder an die Oberfläche gelange. Leichter gedacht, als es klappt. Ich schlucke Chlorwasser, will atmen … So eine große Wassertiefe haben wir doch eigentlich gar nicht? !

›Aber wo ist nun oben‹, denke ich fieberhaft, ›wo bin ich jetzt?!‹ Endlich bekomme ich schließlich den Boden unter die Füße, tauche auf und hole intensiv Luft.

Ein unerwarteter Schreck …

Was soll denn das wieder!? Ich bin ganz schön deprimiert. Das Schwimmen funktioniert nicht mehr!? Muss ich mich wieder mit so etwas abfinden?!

***

Die Logopädie ist manchmal Einzeltherapie und teils in der Gruppe. Zu den Einzeltherapien fahre ich immer ins Erdgeschoss zum Zimmer der Logopädin, und sie holt mich herein, wenn ich an der Reihe bin. Wir üben bestimmte Laute durch Vor- und Nachsprechen von Wörtern oder auch ganze Wendungen. Sätze werden mit unterschiedlichen Betonungen gesprochen. Je nachdem, welches der Worte man in einem Satz betont, erhält man jedesmal eine völlig andere, spezielle Bedeutung. Beispiel: »Peter ist gestern zum Essen dagewesen.«

Oder wir lesen im Wechsel einen Dialog - oft vom beliebten Loriot. Schließlich soll ich mir dann auch einmal eine Reihe Befehlssätze ausdenken und sprachlich umsetzen, die aus dem Lehrerleben stammen könnten, etwa: »Geh nach vorn!«, »Lies deine Ergebnisse vor!«, »Hör jetzt zu!«, ...

Das erinnert alles daran, wo ich wieder hin will - in ferner Zukunft. Hoffentlich.

In der Logopädiegruppe nehmen zunächst die ungefähr zehn Patienten Platz vor einer großen Spiegelfläche, sodass man sich selbst beobachten kann. Dann folgen eine Reihe Übungen für Mund und Zunge wie: Luft im Mund hin- und herschaukeln, Zunge verschieden bewegen, oder einige Übungen mit dem Holzspatel ...

Eines Tages kommentiert einer der Patienten alles auf seine Art. Man weiß im Grunde nicht mehr, wie man sich verhalten soll. Die Logopädin macht weiter ihre Übungen vor, und einige - wie ich auch - strengen sich nur die ganze Zeit über an, nicht laut loszulachen. Zum Beispiel beim Schaukeln der Luft zwischen rechter und linker Wange: »Und wenn das nun platzt bei mir?« - Oder in Richtung des Spiegels, wo er seinen Hintermann sieht: »Mensch, Heinz, guck nicht so! So ein Gesicht mach ich normalerweise nie, sondern nur, weil die Frau da vorn das so sagt! Und die Grimasse bleibt hoffentlich nicht so stehen, sonst müsste ich jetzt immer damit rumlaufen!« So geht das die ganze Zeit über. Manche Patienten sind trotzdem völlig unbeeindruckt.

Danach unterhalte ich mich etwas mit diesem »Spaßvogel«, der übrigens auf meinem Gang wohnt. Er sagt, dass das bei ihm die letzte Therapie gewesen sei. Also sollte das eine Art Abschiedsvorstellung sein. Er hatte vor drei Jahren einen Schlaganfall und macht mir jetzt einen wunderbar wiederhergestellten Eindruck. Dann zu hören: »Das schaffst du ebenfalls noch! Du musst nur dranbleiben!« - Das gibt mir schon etwas. Danke!

***

Bei der Ergotherapie wird immer wieder die linke Hand und das linke Bein verschieden trainiert durch Tätigkeiten wie Schrauben, Auflegen, Absammeln, Zusammendrücken. Ab und zu gibt es auch Tests, um Fortschritte messbar zu machen. Zum Beispiel muss ich eine Anzahl etwa vier Zentimeter langer Holzsteckern von einer Seite nacheinander abstecken und woanders wieder feststecken, und das alles mit Stoppuhr. Oder es wird ein Kraftmesser mit der Hand zusammengedrückt. Dabei kann man den Kraftzuwachs ablesen. Das sind einfache Dinge, und sie ermöglichen Vergleiche, was sich wie schnell bessert. Man sollte wissen: Sie fallen mir keinesfalls so leicht, wie es eventuell klingt.

Am so genannten Kiesbett machen wir auch einige Übungen. Zweck: Durch das Bewegen der Hände oder Füße in den kleinen abgerundeten Kieseln wird das Gehirn angeregt. Das Kiesbett kann ich jederzeit benutzen, wenn nicht gerade jemand anderes dort Übungen durchführt, aber immer erst, nachdem Hände beziehungsweise Füße desinfiziert sind, erfahre ich. Gesagt, getan.

Eines Tages holt die Therapeutin mich und eine andere, bedeutend jüngere Frau woanders hin. Wir gehen in die Küche zum Pizzaherstellen. Meine Partnerin kennt sich offensichtlich bereits besser hier aus als ich. Sie sitzt im Rollstuhl und zusätzlich auf einem Schwimmring zur Polsterung, während ich inzwischen so weit bin, dass ich den Rollator vor der Tür abstelle und mich in der Küche so bewegen kann, aber wie man es so schön beschreibt mit: »Immer an der Wand lang.« Bei der jungen Frau hatte es einen Autounfall gegeben, in dessen Ergebnis nicht nur die Hüftknochen kaputtgegangen waren und nun diese nun wieder richtig zusammenwachsen müssen. Das Praktische an unserer Tätigkeit: Wir haben auf diese Weise das Mittagessen hergestellt - für uns beide und für die Therapeuten genauso.

In der Ergogruppe werden Körbe durch Flechten von Peddigrohr selbst produziert. Das nimmt insgesamt mehrere Wochen in Anspruch. Ich mache das hier zum ersten Mal und finde es ganz gut, zumal in Aussicht gestellt wird, dass ich gegen einen Obolus mein fertiges Ergebnis mitnehmen darf. Dieses besondere Aufbewahrungsbehältnis werde ich also zu Hause hinstellen können. Ohne fachmännische Hilfe wäre das allerdings sicher nichts geworden!

***

Das Training am Computer führt vor allem eine Praktikantin durch. Dabei sind Übungen verschiedenster Art: für Konzentration, Gedächtnis, Zusammenfügen, Ausdauer, Reaktion. Beispiele: Aus einer Reihe von Wörtern die falsch geschriebenen finden. Oder es erscheinen in immer geringer werdenden zeitlichen Abständen Zeichen auf dem Bildschirm, von denen man bei einem ganz bestimmten klicken soll und alle anderen ignorieren. Oder aus einem Wust von Symbolen am Bildschirm eine bestimmte Zahl herausfinden, so schnell es geht und in dreißig Durchgängen (Punktwertung nach benötigter Zeit und gemachten Fehlern). Sicher ist auch »Unnötiges« dabei, aber man muss bedenken, dass das hier Möglichkeiten und Angebote für verschiedenste Zwecke sind. Da ist wohl klar, dass sich nicht alles für jeden eignet. Also: Das Richtige heraussuchen!

* * *

Zu den Therapien gehört an einem Tag auch ein Vortrag zum Thema »Schlaganfall«. Der Oberarzt teilt den zuhörenden Patienten mit, wie es dazu kommt, und veranschaulicht das Gesagte am Projektor, alles gut dargestellt.

Also: Wann kann ein Schlaganfall auftreten - die dritthäufigste Todesursache?

Erstens: Hoher Blutdruck - bei mir ist der Blutdruck im Schnitt 120 zu 80.

Zweitens: Bewegungsarmut - das trifft auf mich auch nicht zu mit Joggen ein- bis zweimal pro Woche oder schwimmen in der nahe gelegenen Talsperre, nachdem wir mit dem Fahrrad hingefahren sind. Außerdem gehen wir öfter wandern. Und so weiter.

Drittens: Rauchen - die letzte der wenigen von mir konsumierten Zigaretten rauchte ich im Jahre 1982 (ich weiß das so genau, da es sich mit einer konkreten Sache verbindet).

Viertens: Alkohol - ja, manchmal, weil es schmeckt - zum Beispiel ein Glas Rotwein am Abend.

Fünftens: Fettreiche Ernährung - na ja, nur Salate esse ich nicht, ich bin auch kein Kalorienzähler, aber fettreich nenne ich was anderes!

Um einen neuen Schlaganfall zu vermeiden, was bei einer ganzen Reihe von Leuten in den nächsten paar Jahren passieren könnte, muss man seine Lebensweise verändern, höre ich. Ich sehe für mich keinen Grund für panische Angst, dass mir das noch einmal passiert.

Aber konkret: Was soll das jetzt bei mir bedeuten?? In der letzten Woche der Reha steht der Vortrag wiederholt auf dem Plan. Diesmal ohne meine Teilnahme. Ich wüsste nicht, warum.

Ursache bei mir ist etwas ganz anderes: ein Aderriss infolge des Fahrradunfalls. Nennen wir es: »dumm gelaufen« (besser: sehr dumm). Hätte das unter Umständen eventuell auch beim Ausrutschen vor der eigenen Haustür passieren können? Also was? In Watte packen?!

***

21. bis 27. September

Mittwoch Stationswechsel. Das bedeutet: Wieder zunehmende Selbstständigkeit, zum Beispiel:
Behandlungsplan vom Postfach an der Rezeption allein abholen.
Übrigens befindet sich neuerdings auch keine Uhr mehr im Zimmer. Sie muss selbst zu den Behandlungen gehen, selbst Bett machen, selbst Medikamente stellen, das Fernsehen muss bezahlt werden, Getränke sind selbst zu organisieren.
Ab 26.9. Thrombosestrümpfe endlich unnötig.
Schwimmen (Brustschwimmen) funktioniert glücklicherweise.
Am Wochenende stets ohne Hilfsmittel zum Essen gelaufen, sieht jedoch aus wie ein Roboter (!).
Spazieren im Wald nur mit Händehalten.
Sprechen klingt nicht gut, weil zu langsam - »behindert«, aber inhaltlich keine Abstriche.
Abends immer Treffpunkt auf alter Station zum Plaudern und Mensch-ärgere-dich-nicht-Spielen.
Übernachtung Freitag bis Sonntag.

***

28. September bis 4. Oktober

Rollator als Unterstützung für den Weg zum Speisesaal, sonst auf der Station freihändig.
War am Sonntag mit Katrin im Schwimmbad.
Am Wochenende viel Spazierengehen mit Rollator bzw. mit .Handhalten und ohne Gehhilfe.

Die Zeiten der Familienbesuche erwarte ich immer sehr. Nun darf Ralf sogar, wenn er möchte, mit in meinem Zimmer übernachten.

Am Wochenende nutze ich die Gelegenheit, mich beim Schwimmen »auszutoben«. In der Woche allein ins Bad - dafür erhalte ich leider keine Erlaubnis, weil durch den Anfall, den ich damals im Krankenhaus hatte, die Zeichen auf »Alarm« (sprich: Epilepsie) stehen. Da kann ich nur schnell am Schwimmbad vorbeilaufen, denn dort ist mein Eintritt deswegen untersagt.

Also bleiben dafür immer nur die Wochenenden. Da drängle ich schon, dass wir mindestens einmal schwimmen gehen. Zum Glück blieb es bei dem ersten Fehlversuch. Brustschwimmen oder Kraulen, das funktioniert alles wieder, nur an der Ausdauer muss ich noch arbeiten. Aber so weit, dass mich eine der Betreuerinnen am Schwimmstil erkennt und extra begrüßt, ist es schon! Ich registriere das als erfreulich, jedoch in der Woche ärgere ich mich oft, weil ich nicht hinein darf.

Ansonsten gehen wir immer - mit dem Rollator »gehe« ich ja jetzt tatsächlich! - mehrere Runden spazieren. Ein Ziel ist die Voliere im Kurpark mit vielen verschiedenen Sittichen, Tauben, Rebhühnern sowie einer drolligen Zwergwachtel, die uns dadurch auffällt, dass sie auf einer Seite pausenlos hin- und herläuft. Auf dem Teich des Parks kann man auch eine Entenfamilie beobachten, die dort regelmäßig auftaucht, nebst einer grauen Tigerkatze, die herumschleicht und voller Appetit die Enten und die Goldfische im Wasser beobachtet. Aber es muss eben beim Beobachten bleiben, zum Glück für die Enten und die Fische!

Wir machen oft eine Wanderung entlang der verschiedenen Waldwege, die es zur Genüge gibt. Erstaunlich, was für eine schöne Wandergegend sich hier verbirgt trotz der Nähe des großen Autobahnkreuzes! Man kann zwar die Autobahn hören, aber sie klingt weit entfernt, weil der Wald die Motorgeräusche gut abdämpft.

Am so genannten Behindertenwanderweg fallen mir übrigens besonders die zweifellos notwendigen Regenquerrinnen auf, die mit dem Rollator schwierig zu passieren sind. Deswegen betrachte ich diese Wegbezeichnung mit einer gewissen Ironie.

Der Radius unserer Rundgänge vergrößert sich allmählich. Beispielsweise ins »Diska« dauert der Hinweg eine gute halbe Stunde. Klar, dass man da nicht einen normalen Wanderschritt ansetzen darf. Falls wir losmarschieren, dann geht es jedoch hintereinander weg. Doch ich stelle erneut fest: Allein zurechtkommen ... ganz schwierig! Wo wir abbiegen müssen? Welche von den Querstraßen ist die richtige? Stimmt die Richtung? Grob gesehen, na ja. Allerdings nach einigen Straßenecken (links und rechts und schräg ...) sieht das schon anders aus. Zurückfinden wäre mir unmöglich. Klar, mich lässt niemand unvermittelt in der Landschaft stehen, wie man das so aus »Hänsel und Gretel« kennt. Aber dieses Gefühl: ›Selber kommst du jetzt nicht mehr zurück, da benötigst du unbedingt Hilfe!‹ - das ist einfach unschön.

Noch so eine Begebenheit: Wir laufen die Hauptstraße entlang. Plötzlich von links hinter dem Gartenzaun wütendes Gebell. Zähnefletschend, laut und bösartig erscheint da ein Schäferhund, glücklicherweise hinterm Zaun. Er ist nicht zu beruhigen. Ich bleibe stehen und atme durch.

»Wenn ich nun herzkrank wäre und vor Schreck einen Infarkt bekäme!?«

»Ja, Pech für dich ...«

»Aber das kann doch nicht sein, so was! Es gibt hier in der Klinik einige Patienten mit Herzproblemen!«

Da betritt der Besitzer den Garten. Er geht nach hinten zu einer Hütte, und bringt irgendetwas dorthin. Alles andere kümmert ihn wenig. Das Tier bellt ständig und verfolgt uns hinterm Zaun.

»Na gut, bell ruhig, am besten, bis du nicht mehr kannst!«, meine ich, und wir passieren den Zaum wieder in umgekehrter Richtung. Der Hund folgt uns und kläfft und kläfft.

»Würde ich anfangen, in seinem Garten zu randalieren, dann wäre der Lärm des Hundes einzusehen. Aber ein Tier, das so unmotiviert herumtobt, muss am besten seinen Besitzer ordentlich nerven!«, meine ich zu Ralf. Schließlich setzen wir unseren Weg fort.

Ins »Diska« begeben wir uns jetzt öfter zum Einkaufen. Hier erweist sich der Rollator als günstig. Wir brauchen keinen Einkaufskorb, denn die Artikel können im Korb des Rollators abgelegt werden.

Ums Bezahlen kümmere ich mich nicht, das erledigt Ralf. Auch aus dem Grund, dass ich zu solchen Dingen wie Portemonnaie öffnen und die richtigen Münzen herausnehmen unfähig bin. Ich finde das erneut unglaublich, aber das ist jetzt so. In meinem Hinterkopf läuft eine Art Film ab, wie das wohl wäre, wenn ich das selbst bewerkstelligen wollte:

Ich ergreife das Portemonnaie und reiße es auf (denn »normales« Öffnen ginge da weniger). Dadurch fallen viele Münzen heraus und auf den Boden ringsum. Die hilfsbereiten Leute helfen beim Einsammeln des Geldes. Nun käme das Abzählen des Betrages. Nehmen wir an, es seien 7,83 Euro. Weil ich es selber nicht hinbekäme, die richtigen Münzen herauszusuchen (und zudem dauerte das ewig lange), begännen verständlicherweise die ungeduldig werdenden Blicke der Leute nach uns.

Also eventuell so? Ich reichte das Portemonnaie der Verkäuferin und ließe sie das passende Geld heraussuchen. Selbstverständlich täte sie das auch ... - Schluss damit, alles nicht gut!

Mir fällt übrigens beim Betrachten des Einkaufs wieder einmal an mir auf, dass ich neben verschiedenen Früchten genug Süßigkeiten auswähle: Schokolade, Kekse und so in der Art. Ich verspüre gegenwärtig immer großen Appetit auf Süßes - das kann niemand verleugnen, das ist einfach so. Ob ich die berühmten Glückshormone benötige oder ob das eine Medikament dahinter steckt, welches als Einschlafhilfe gegeben wird und bei dem ich im Beipackzettel etwas von »Antidepressivum« las und von mehr Körpergewicht - keine Ahnung!

Nach den Ereignissen der vergangenen Wochen will mir das Ralf nicht ausreden. Das würde vermutlich auch schwierig werden. Jedenfalls ist die Gewichtszunahme momentan unvermeidlich. Dagegen kann ich wenig tun. Im Grunde weiß das der vernünftige Mensch: Genüsse haben ihre Konsequenzen. Aber die Vernunft bekommt an dieser Stelle einfach keine Stimme. Null Chance!

***

Meine Physiotherapeutin fragt irgendwann, ob ich Nordic-Walking-Stöcke besitze. - Natürlich! Also probiere ich mit einem zunächst leihweise überlassenen Gerät das Gehen. Es funktioniert. Und schon wieder bin ich einen Schritt weiter! So laufe ich ab nun mit einem solchen Stock durch die Gegend, im Gebäude und auch draußen. Einziger Nachteil, den besonders Ralf beim Besuchen feststellt: Mit nur einem derartigen Stock sieht es einseitig aus. Man sollte deshalb möglichst beide benutzen, wegen der gesamten Körperhaltung.

***

5. bis 11. Oktober

Gehen mit dem geborgten NW-Stock. Habe dann am Mittwoch unsere eigenen mitgebracht.

Seitdem spazieren wir mit den NW-Stöcken herum und nicht mehr mit Rollator.

Gehen sieht nach wie vor steif aus (Hals/Kopf), Schulter ist schief (rechts hoch, links tiefer), linker Fuß oft nach hinten.

Sie läuft aber über große Strecken gut. Sprechen wie gehabt.

***

Montag, 12. Oktober – Abschlussuntersuchung

***

> »ALLES, WAS DIE MENSCHEN IN BEWEGUNG SETZT, MUSS DURCH IHREN KOPF HINDURCH; ABER WELCHE GESTALT ES IN DIESEM KOPF ANNIMMT, HÄNGT SEHR VON DEN UMSTÄNDEN AB.«
>
> *(Friedrich Engels)*

Oktober 2009

Am 13. Oktober, einem Dienstag, komme ich endlich heim. Im Grunde weiß ich schon fast nicht mehr, wie sich das anfühlt: »zu Hause«. Wie es hier aussieht, weiß ich schon noch. Aber durch die ganzen Umstände bin ich in gewisser Weise »weg davon«. Es ist immerhin ein Vierteljahr her, seit wir so nichts ahnend in den Urlaub starteten.

Inzwischen habe ich es selbst geschafft, alles einzupacken. Schließlich verfüge ich über genügend Zeit. Mehrmals kontrolliere ich, ob sich noch vergessene Gegenstände irgendwo hier herumtreiben: im Bad, im Kleiderschrank, im Nachttisch und sonst wo. - Nein, das war's!

Ralf kommt am frühen Vormittag zum Abholen. Sämtliche Taschen und Beutel wandern auf einen Wagen, um anschließend zum Fahrzeug transportiert zu werden. Zunächst gehen wir zur Rezeption wegen des Abmeldens, nachdem ich mich auf der Station verabschiedet habe. Danach begeben wir uns zum Auto. Ralf lädt das Gepäck ein. Mir bleibt nur zuzuschauen, denn schwere Taschen heben kann ich nicht.

So, alles drin. Ralf öffnet mir die Beifahrertür - hinsetzen! Tschüss, Klinik!

Die Heimfahrt dauert ungefähr eine Stunde. Wann werde ich so eine Strecke wieder selbst fahren können? Überhaupt fahren können?? Momentan eine Unvorstellbarkeit für mich. Wünschenswert wäre es schon für die Zukunft, aber derartige Gedanken sind erst einmal müßig. Zumal ich aus manchen Mitteilungen entnehmen konnte, dass man nach einem Schlaganfall unbedingt das folgende halbe Jahr kein

Auto lenken sollte. Eine vernünftige Regelung, so erscheint es mir nach aktuellen Erfahrungen.

Als wir schließlich ankommen, entsteht doch ein eigenartiges Gefühl, plötzlich »wieder zu Hause« anzukommen. Ein bisschen unwirklich erscheint mir alles, denn wenn man irgendwo lange nicht war und sieht es erneut, kommt einem vieles fremd vor. So ergeht es mir jetzt. Da tauchen solche Fragen auf wie: Was werden eigentlich die anderen sagen, genauer: Was wird wer äußern bzw. tun? Ich darf gespannt sein. Wir fahren in unsere Straße ein; vorerst ist niemand zu entdecken. Langsam und vorsichtig steige ich aus und schaue mich erst einmal beim Haus um, während Ralf die Taschen aus dem Auto holt. Den Weg zum Hauseingang über die paar Treppen gehen wir gemeinsam. Dabei muss ich mich bei ihm festhalten, damit ich nicht nach einer Seite umfalle.

Mit Schrecken denke ich daran, dass hier ein Umbau erforderlich gewesen wäre, wenn ich Rollstuhl oder Rollator weiterhin und vielleicht dauerhaft gebraucht hätte. Und das wäre bei Notwendigkeit gemacht worden!

Kam mir das in den letzten Wochen in den Sinn, setzte sich immer der Gedanke fest: ›Hoffentlich nicht! B I T T E nicht!‹

Und wenn, dann wäre es eben so gewesen, ganz einfach. Jedenfalls bin ich heilfroh, dass alles so bleiben kann.

***

Dienstag, 13. Oktober

Während wir so gemeinsam auf die Haustür zugehen, muss ich wieder daran denken: Da ich kaum absehen konnte, wie das mit Katrin wird, hatte ich mir bereits ein paar Varianten überlegt, den Hauseingang umzubauen. Schließlich sind die Stufen nicht geeignet für Rollstuhl oder Rollator. Und wie das bei Katrins Entlassung aussähe, stand in den Sternen. Kein Rollstuhl mehr - ja, das vermutete ich schon.

Aber dass der Rollator zumindest eine Zeit lang noch bleibt, war anzunehmen. Also plante ich, dass ich immer nachmittags schrittweise den Hauseingang entsprechend verändere - die Stufen weg und dafür einen leicht schrägen Aufgang bis hin zur Haustür. Erst die Gehwegplatten an der Seite neu setzen als Begrenzung und dann

dazwischen das Pflaster neu legen. Vor solchen praktischen Arbeiten verspüre ich sowieso keine Angst und mache sie gerne. Sie gelingen mir auch immer gut. Nichts mit dem Lehrer und den zwei linken Händen, im Gegenteil. - Wenn ich überlege, um wie viel alles schlimmer sein könnte - was soll's!
Zum Beispiel wäre auch ein Geländer sinnvoll gewesen.
Glücklicherweise bleiben diese Erwägungen im Bereich der Phantasie, weil sich vieles besser als angenommen löst.

***

Schlüssel ins Schloss - Tür auf - und ich gehe hinein in den Flur. Dann muss ich erst einmal stehen bleiben. Geradeaus gelangt man in unsere Wohnung, und links die Treppe hoch, dort befinden sich die Räumlichkeiten, in denen meine Eltern wohnten, als sie noch lebten. Wie alt wären sie denn jetzt? Sechsundneunzig Jahre mein Vater, einundneunzig Jahre meine Mutter. Das ergäbe viele Fragezeichen ...
Ich glaube, Vater hätte die jetzige Situation überhaupt nicht erfasst. Und meine Mutter? Wenn ich mir vorstelle, dass sie, die immer helfen und unterstützen wollte, in ihrem hohen Alter die Treppe Schritt für Schritt herunterkäme wie so oft, unten stehen bleiben würde ... und dann?
Unmöglich weiterzudenken - das will ich gar nicht wissen!
Die Vorstellung allein erscheint schon schrecklich genug, bitte nicht!!
Also verdränge ich den Gedanken und finde: In dieser Hinsicht ist es gut, dass meine Eltern das nicht mit erleben müssen.
Ich gehe weiter, ins Wohnzimmer. Auf dem Tisch steht eine Vase mit Blumen. Wir setzen uns gemeinsam hin. So, nun bin ich angekommen. Herzlich willkommen zu Hause!
Doch, tatsächlich, jetzt bin ich auch innerlich angelangt. Ganz sicher nicht so, wie ich zurückkommen wollte ... Doch nun geht's hier los! Ich bin richtig froh, dass wir wieder hier beisammen sind und uns noch haben.
Aber was wird weiter? Nun schlägt der Alltag zu. Es ist Mittag. »Makkaroni?« - Na klar, es handelt sich um das schnelle Standardgericht, falls wir mal nicht wissen, was zu essen machen. Schon steht Ralf am Herd. Er kocht ja sowieso gern. Zum Glück, muss

ich jetzt sagen. Ich stehe am Fenster, sehe zu und lasse mich buchstäblich bekochen. Und es schmeckt, das Begrüßungsmahl!
In den folgenden Stunden streife ich durchs Haus und schaue mir alles an. Dabei entdecke ich gewissermaßen vieles neu.
Das ist er also, der Start in ein zweites Leben. Wer hätte das gedacht??

***

Ich bin heilfroh, Rollstuhl und Rollator zur Vergangenheit zu zählen. Hürden, die zum Glück geschafft sind. Doch da liegen ja genügend weitere vor mir, von denen ich nicht weiß, wie sie zu bewältigen sind und ob überhaupt. Die Anzahl und der Umfang der »offenen Baustellen« gestaltet sich unüberschaubar, scheint es mir. Eines weiß ich genau: Ich muss das alles angehen, ein anderer Weg existiert nicht. Und noch etwas: Allein bin ich dabei keineswegs, beginnend mit meiner tollen Familie. Darüber hinaus gibt es viel Unterstützung von den verschiedensten Leuten, und darunter sind solche, von denen ich das nie annahm! Ein Fakt, der mir übrigens immer wieder Auftrieb verleiht und worüber ich äußerst dankbar bin, auch wenn ich meistens nichts sage.
Einfach nur: D A N K E !

***

Wie geht es mir gegenwärtig bewegungsmäßig? Ich bestehe gewissermaßen aus zwei Teilen: Rechts funktioniert alles annähernd so, wie ich es bisher gewöhnt bin. Auf der linken Seite ist das anders. In der rechten Hirnhälfte hat der Infarkt ordentlich zugeschlagen - »Kleinhirn- und Posteriorinfarkt rechts bei traumatischer Vertebralisdissekton rechts« steht da medizinisch zu lesen. Im Bereich der linken Körperseite merke ich die Auswirkungen in verschiedenster und keineswegs schöner Art.
So macht es sich beim Gehen notwendig, dass ich ständig auf diese Seite besonders achte. Zum Beispiel, so aufzutreten, dass ich einigermaßen geradeaus laufe. Ich sage »einigermaßen«, weil man das noch keinesfalls als sicher zu bezeichnen kann. Immer muss ich besonders kontrollieren, wo ich hinlaufe, denn jede Unebenheit des Bodens wirkt negativ aufs Gleichgewicht. Da spielt die visuelle Kontrolle eine große Rolle, merke ich. So wie bisher, dass ich

selbstverständlich Unregelmäßigkeiten des Untergrundes während des Laufens ausgleiche, ohne hinzuschauen - so einfach funktioniert das nicht mehr. Daraus folgt, dass ich den Kopf notwendigerweise immer ziemlich starr geradeaus und den Blick auf den Boden vor mir richte, und das sieht man.

Um möglichst geradlinig zu laufen, benötige ich die Nordic-Walking-Stöcke, sonst verliere ich die Balance. Außerdem kann ich auf diese Weise während des Gehens auch die Arme, speziell den linken, mit beschäftigen und trainieren.

Bei der linken Hand ist das so: Das Greifen funktioniert prinzipiell und das Festhalten schon besser als vor einiger Zeit. Nur ermattet die Kraft relativ schnell. Folge: Gegenstand fallen lassen, wenn es nicht anders geht! Das bewusste Loslassen stellt nach wie vor ein Problem dar.

Verfolgt man meine Armbewegungen links, sieht es aus wie bei einem Roboter. Alles erfolgt ruckweise. Wenn ich eine Tasse Kaffee füllen und mit links von einem Ort A zu einem Ort B transportieren könnte, ohne zu kleckern, hätte ich viel erreicht! Gegenwärtig kann ich derartiges nur mit rechts bewerkstelligen. Im anderen Fall entstünde eine deutlich sichtbare Spur.

Problematisch ist es auch, den linken Arm weit nach oben zu heben. Oder hinter auf den Rücken langen, um sich dort zu kratzen. Das tut so weh, dass ich freiwillig aufhöre. Wenn ich links Dinge ergreife bzw. umlagere, bin ich gut beraten zu kontrollieren, wie das geschieht. Sonst werfe ich dabei Gegenstände rücksichtslos um, weil ich sie übersehe.

Im Haus kann ich zum Glück ohne zusätzliche Hilfen gehen. Ich brauche allerdings immer etwas für die Balance. Das Treppenlaufen herauf und herunter geht bei weitem noch nicht so schön mühelos, wie ich das »aus meinem früheren Leben« kenne. Unsere Treppengeländer sind dabei jedoch sehr günstig, weil ich mich gut daran festhalten kann.

Wenn ich treppauf laufe, funktioniert das besser. Mit genügend Konzentration bin ich sogar in der Lage, freihändig die Treppe hochzusteigen. Trotzdem muss ich auf jeden einzelnen Schritt achten. Doch abwärts sieht das so aus: Erst drei oder vier Stufen steigen und dabei links und rechts am Geländer festhalten, dann stehen bleiben, umgreifen am Geländer, und wieder drei oder vier Stufen in Angriff nehmen, und so weiter. Hinunterzustürzen wäre das Schlimmste - zum Glück nie passiert. Und das darf auch zukünftig niemals vorkommen, unter keinen Umständen! - Sicherheit ist A und O!

Während des Laufens auf der Treppe noch etwas zu transportieren ... also, das wäre etwas viel verlangt und momentan unvorstellbar! Nichts mit »einfach mal was in den Keller schaffen«! Oder lässig die Stufen hinauf bzw. hinunter eilen oder etwa rennen, niemals! Wird es das jemals wieder geben??

Kommen wir zu den »kleinen Kunststückchen«:

Zum Beispiel auf einem Bein zu stehen. Rechts ja und ziemlich problemlos, aber links ... na Hilfe! Da gäbe es noch das berühmte Kaffeebohnenlaufen: Vorwärts - hmmm. Etwa gar rückwärts - oh je!

Dass es um meine Balance schlecht bestellt ist, bemerke ich auch, wenn ich auf den großen Gymnastikball sitzen möchte, den wir uns schon vor Jahren zugelegt hatten (damals aus Überlegungen zur Sitzhaltung). Da ist größte Vorsicht geboten. Weil ich merke, dass ich damit ruck-zuck umfallen würde, platziere ich ihn kurzerhand in einen Winkel, um ein Wegrollen zu verhindern.

Die gesamte linke Seite fühlt sich außerdem schon ganz anders an. Das kann ich schwer beschreiben. Vielleicht so: Diese Körperhälfte (insbesondere dabei Arm und Bein) kommt mir vor, als sei sie völlig mit einer Art Binde umwickelt, welches natürlich wie eine Hemmung wirkt und bei jeder Bewegung stört. Die linke kleine Zehe und der linke kleine Finger sind wie gefühllos und wirken, wenn ich mich ruhig hinsetze, eingeschlafen. Das war und ist so. Aber dabei handelt es sich »nur« um eine Irritation.

Allerdings spüre ich auf dieser Seite alles - auch, ob ich etwas berühre, oder ob es sich um Heißes oder Kaltes handelt - eigentlich schon immer. Zum Glück, kann ich nur sagen. Dass das ganz anders sein könnte, davon haben mir in der Reha verschiedene Leute erzählt.

Doch da gibt es noch mehr: Dass man nicht bemerkt, was auf der einen Hälfte des Tisches liegt. Oder dass man die Zeit, die auf einer großen Uhr angezeigt wird, überhaupt nicht deuten kann. Und so weiter. Zum Glück alles Dinge, bei denen ich erleichtert sage: Da scheint es bei mir da und dort ein Problem weniger zu geben!

Meine insgesamt reichlich üble Situation bringt natürlich Konsequenzen für vieles Praktische. Ich muss immer wieder daran arbeiten, die linke Seite fit zu machen. Wie lange wird das dauern, und inwieweit ist das möglich? Dringende Fragen für mich, die mir aber niemand so recht beantworten kann.

***

Man sagt so schön: »Hast du deine Sinne beieinander?«
 Es ist doch so: Ein solcher Hirninfarkt erzeugt eine Reihe tote Stellen im Gehirn. Mitten durch diese geschädigten Areale verläuft zum Beispiel auch der Sehnerv. Also könnte der unter Umständen ebenfalls betroffen sein ... Ein ausgesprochen unschöner Gedanke. Er hat ja offensichtlich etwas abbekommen bei mir. Im linken oberen Quadranten existieren Lücken im Gesichtsfeld. Wie wird das vorstellbar?? Schaue ich auf einen Punkt gerade vorn, dann fehlt links einiges. Wie nehme ich das wahr? Sieht das dort schwarz aus? Nein. Da ist eben n i c h t s. Wende ich den Blick weiter nach links, bemerke ich, dass das nicht stimmt, sondern dass es da doch etwas gibt.
Beim Schauen in den Fernseher aus geringerer Entfernung kann man es noch deutlicher sagen: Blicke ich ein bis zwei Meter rechts neben den laufenden Fernseher, verschwindet das Fernsehbild größtenteils. Statt dessen erkenne ich nur Graues, also praktisch nichts. Da gibt es null Bewegung an dieser Stelle. Schaue ich woanders hin, sehe ich alles genauso von der Seite, wie man das »normal« annimmt. Ansonsten ergibt das dort eben, in einer bestimmten Richtung, einen leeren Fleck. (Übrigens könnte ja auch eine völlige Blindheit eine Folge des Schlaganfalls sein. Andererseits hörte ich schon von manchen Leuten aus der Reha, ihr Gesichtsfeld besserte sich allmählich wieder - Hoffnung!).
 »Aber Sie sind ja noch jung, warten Sie nur ab, da haben Sie sicher gute Aussichten!« Solche Worte gehen mir zugegebenermaßen wie Öl herunter (mit rund fünfzig Jahren).
Also hoffe ich immer weiter, dass vielleicht irgendwann nachwachsenden Nervenzellen Positives bewirken können. Unser Wunder-Gehirn leistet ja doch einiges bezüglich solcher Fehlfunktionen. Damals in der Schule lernten wir das ursprünglich

anders - da hieß es nämlich: Nervenzellen wachsen nicht nach - Punkt! Stimmt offenbar nicht in dieser Absolutheit. Man kann davon ausgehen, dass die Nervenzellen nachwachsen, jedoch seeeeehr, seeeeehr langsam. Besser: Benachbarte Areale können verloren gegangene Funktionen seeeeeeehr allmählich übernehmen. Konsequenzen? Ich muss gegenwärtig besonders achten auf das, was von links kommt oder was sich links befindet, um nichts zu übersehen. So etwas ist fürs Autofahren undenkbar, es sei denn, der Gegenverkehr bleibt zu Hause ...

***

»Kannst du eigentlich riechen und schmecken?«, werde ich gefragt. Eine Antwort bleibt mir erst einmal im Halse stecken. Eine Selbstverständlichkeit, an die ich noch gar nicht gedacht habe! Und warum nicht? Weil es zum Glück offensichtlich damit funktioniert. So darf ich diesmal erleichtert aufatmen, beruhigt, dass es da nicht unvermutet wieder eine Lücke gibt.

Genauso verhält es sich mit der Akustik. Das teste ich selber mehrfach, zum Beispiel, ob ich bei Spaziergängen Fahrzeuge von hinten kommen höre, oder etwa, wenn jemand von weitem ruft. Ich glaube, da stimmt es glücklicherweise mit mir. Ein messbares Ergebnis bringt der Besuch beim HNO-Arzt, und siehe da: Der Hörtest enthebt mich aller Sorgen, und so bringe ich unbelastet heraus: »Schlecht hören konnte ich schon immer gut!«

Auch das Gleichgewicht zeigt sich medizinisch in Ordnung. Ursachen meiner Balanceprobleme sind folglich bei Kraft und Koordination auf der linken Seite zu suchen und nicht beim Gleichgewichtsorgan, glücklicherweise. Also werde ich die Bewegungsprobleme der linken Körperhälfte unter günstigeren Voraussetzungen angehen können.

Wieder eine dieser Selbstverständlichkeiten, die zum Glück noch funktionieren. Ich freue mich über jede positive Tatsache, denn leider existieren daneben genug andere weniger gute Dinge.

***

Zum Beispiel das Sprechen. Zum Glück weiß ich, was ich sagen möchte und habe keine Wörter vergessen. Erst einmal eine Tatsache zum Aufatmen. Nur das Aussprechen, das dauert, und dann kommt das

Gesagte häufig reichlich verwaschen bis unverständlich heraus. Da gibt es noch einiges zu tun. Es fehlt die »Alltagstauglichkeit«. Das Reden selbst sollte ja normalerweise Nebensache sein. Für mich jedoch nicht. Ich muss mich zu sehr darauf konzentrieren. An meinen Beruf darf ich da lieber überhaupt nicht denken.

Bei den »normalen« Unterhaltungen hapert es ebenfalls. Bestimmte Wörter machen Schwierigkeiten. Welche, das merke ich meist erst, wenn ich sie aussprechen will und dabei hängen bleibe.

Zur Problematik »Reden« mal eine Begebenheit kurz nach meiner Ankunft zu Hause: Wir waren zu einer Geburtstagsfeier in der Nachbarschaft eingeladen. Über die Freude des Wiedersehens brauche ich wohl kein Wort zu verlieren. Natürlich war mein Bedürfnis, mich zu äußern, arg nahe dem Nullpunkt durch die beschriebenen Probleme beim Sprechen.

Eines kam noch hinzu: Als ich dann doch begann etwas zu schildern, funktionierte das sehr schlecht. Warum? Ich hatte nach dieser langen Zeit wieder einmal ein Glas Wermutwein getrunken, ein kleines wohlgemerkt. Obwohl ich im Kopf klar war, merkte ich, dass ich nichts so recht sagen konnte von dem, was ich eigentlich äußern wollte. Alles am Mund kam mir vor wie gelähmt. Das, was ich von mir gab, kam so heraus, dass ich so bald wie möglich verstummte. Für meine Gegenüber dagegen erschien das völlig anders aus.

Als wir uns dann nach Hause begaben und das Aufstehen und Zur-Tür-Gehen durch die Probleme mit der linken Seite auch nicht ganz geradlinig vonstattengingen ... Das sah wahrscheinlich aus wie zugedröhnt mit Alkohol! Ich konnte jedenfalls den Vorfall gewissermaßen wie von außen beobachten (was man bei einem Alkoholrausch eigentlich nicht mehr kann!).

***

Um das Gedächtnis steht es nicht sonderlich gut. Unterbreche ich eine Tätigkeit, weil plötzlich etwas anderes zu machen ist, vergesse ich garantiert, was ich zuerst wollte. Ich merke es unter Umständen erst, wenn ich am Ort des Vergessens wieder vorbeikomme.

Ein bekanntes Beispiel wäre das mit der offen gelassenen Zahnpastatube. Also: Ich komme rund zwei Stunden nach dem

Zähneputzen ins Bad und denke: ›Welcher Idiot hat hier die Tube aufgelassen!?‹ Die Antwort finde ich im Spiegel ... Mir fällt es zum Glück wenigstens auf. Besonders zufrieden macht mich dieser Zustand weniger, weil ich bisher nicht von sonderlicher Vergesslichkeit geplagt war. So wie jetzt - das ist mir zu bunt.

Außerdem stelle ich an den Reaktionen meiner Gegenüber fest, dass ich einiges unnötig mehrfach erzähle. Oder ich fange an zu überlegen, mit wem ich denn über ein bestimmtes Thema gesprochen hatte und mit wem noch nicht. Einfach belastend!

Bei manchen zu erledigenden Dingen fand ich es nützlich: so etwas in einer Liste zu notieren und danach abzuarbeiten. Oder den Kurzzeitwecker nutzen, um an Wichtiges zu erinnern.

Gerade vor Arztbesuchen schreibe ich das Notwendige auf, damit ich nichts vergesse (was man eigentlich sowieso machen sollte!).

An dieser Übersicht, Nötiges zu bedenken und nichts zu vergessen, fehlt es noch ganz gewaltig bei mir. Auch zweifle ich manchmal, ob ich alles mitbekomme und erfasse.

Bei Unterhaltungen: Währenddessen fällt mir etwas ein, was ich antworten möchte. Aber ich will den anderen nicht unterbrechen und erst ausreden lassen. Das Dumme ist: Inzwischen sind mir meine Gedanken entfallen, und vergeblich krame ich im Kopf danach - weg! Weniger schlimm - da schweige ich eben! Doch besonders schön finde ich nicht, das festzustellen!

Ähnliches passiert mir beim Merken von Zusammenhängen und Fakten in Filmen oder Büchern: Was war vor ein paar Minuten los? - Wo kommt diese Person her? - Wer ist das überhaupt?? Danach fragen - wie sieht denn das aus ...

Bei verschiedenen Gelegenheiten stelle ich eine ziemlich »lange Leitung« bei mir fest. Ob meine Reaktionsfähigkeit durch den Schlaganfall gelitten hat? Oder ob es an einem der Medikamente liegt?? Jedenfalls möchte ich da nach Möglichkeit noch einiges verbessern. So wie derzeit finde ich es unmöglich!

Worüber ich glücklicherweise überhaupt nicht zu klagen habe, sind Kopfschmerzen. Die gibt es absolut nicht bei mir.

**

Vor einiger Zeit hatte ich mir das Zehnfingersystem auf der Tastatur selbst beigebracht, um Arbeitsblätter, Mitteilungen und so etwas schneller schreiben zu können. Ich will nicht behaupten, dass das perfekt war. An Profis wie Sekretärinnen kam ich damit ganz sicher nicht heran, aber für meine Bedürfnisse reichte es vollauf. Für das Lernen gab es ein Heft mit Übungen, die mit »ASDF...ÖLKJ« anfingen und bis hin zu verschiedenen Texten führten, die man möglichst schnell und zudem fehlerfrei abschreiben sollte. Na ja, viele kennen ja, wie das anfängt.

Nun habe ich beim Schreiben besonders die linke Hand zu beachten und viel zu üben - was ich auch oft tue (zum Beispiel mit diesem Buch). Vom Prädikat »Zufriedenstellend« bin ich noch weit entfernt. Ich muss oft kontrollieren, ob ich die richtige Taste erwischt habe und ob ich sie nicht etwa zuuuuuuuuuuuuuuuuuuuuu lange drücke oder gr nit.

Ähnlich verhält es sich mit dem Klavierspielen. Einfache Stücke nach Noten zu spielen, das erlernte ich als Kind und übte von Zeit zu Zeit. Das ging in der Vergangenheit recht gut, natürlich nur für den Hausgebrauch. Und jetzt? Links verspiele ich mich oft. Folglich muss ich wieder mit dem »Fröhlichen Landmann« oder dem »Knecht Rupprecht« beginnen (was so die Anfangsstücke sind beim Klavierlernen!?). Zweiter Fakt: Ein solches Stück reicht, dann bin ich kaputt. Also: Die Noten kann ich schon noch. Es hängt nur gewaltig an der Umsetzung.

Sind weitere Stücke wie zum Beispiel »In mir klingt ein Lied« von Chopin bzw. ein Teil der»Mondscheinsonate« von Beethoven passé für mich? Erst einmal, eventuell jedoch für immer?? Ich probiere es ab und zu wieder und breche oft ab - aus Frust und Ärger!

***

Die Frage, finanziell zurechtzukommen, hat eine wichtige Bedeutung. Ich muss einfach zugeben: Auch wenn es diesbezüglich bei uns recht reibungslos funktioniert: Ich hätte das allein niemals bewältigen können Das ist nicht mein Verdienst: Dinge zu überschauen, was wann zu tun ist. Da eine notwendige Tätigkeit, dort eine erforderliche Antwort, oder ein Brief ist zu schreiben. Oder wer weiß was noch, jedenfalls ist mir einiges schlicht zuviel. Das schaffe ich keinesfalls, weil mir beispielsweise die Übersicht fehlt. Ich bin kein Freund davon, alles machen zu lassen, aber ich bewältige es einfach nicht und vergesse garantiert etwas. Mir bleibt nur übrig, froh und dankbar zu sein, dass das Ralf so selbstverständlich erledigt.

Zum Beispiel ist für mich im Abstand einiger Wochen jeweils ein Blatt auszufüllen wegen des Krankengeldes - erst zum Arzt, und anschließend bei der Krankenkasse abgeben.

Nur eines von vielem. Und dann gibt es noch genügend an Dingen, die nicht nur mich angehen ... Alles auf einmal entschieden zuviel!

Thema Versicherungen. Eigentlich kann man bereits bei meinem ADAC-Flug damals im August beginnen, denn der kostete ja sein Geld, welches zu bezahlen war. Welches erleichternde Gefühl, eines Tages eine Information zu bekommen über die fünfstellige Summe für den Flug und erleichtert festzustellen: Wir haben »ADAC-Plus«, und somit brauchen wir das nicht selbst zu zahlen. Wenn man schon an dieser Stelle einen Kredit aufnehmen müsste ...

Ich gebe es zu: Als wir vor einigen Jahren eine Versicherung zur Berufsunfähigkeit abschlossen, lächelte ich innerlich. Nun meine ich natürlich: Gut, dass wir das getan haben. Eine Versicherung ist da für den Fall, der nicht eintreten soll. Stillschweigend nimmt man an, dass er nie eintritt! Hier bleibt mir zu nur sagen, was ich schon lange denke: Ich zahle da lieber einen regelmäßigen Versicherungsbeitrag ein (und im Hinterkopf denkt man: Dafür geschieht mir vielleicht nichts ... und den weniger Glücklichen hat man geholfen ... Wäre das ein »Abkommen« mit sich selbst?).

Jedoch: Es könnte ja auch andersherum kommen - aber das passiert doch nur »den anderen«. Denkste!

***

> **»ERFAHRUNG IST DIE EINZIGE SCHULE, IN DER AUCH DUMMKÖPFE ETWAS LERNEN KÖNNEN.«**
>
> *(Georg Christian Lichtenberg)*

Vor irgendwelchen Tätigkeiten kommt erst einmal - der Schlaf. Auch dort ist jetzt verschiedenes etwas anders als gewohnt. Klar, das eigene Bett ist eben das eigene Bett, und das genieße ich. Schlaftabletten brauche ich generell nicht mehr seit dem Krankenhaus. Also stimmt es, dass diese Baldriantabletten keine Abhängigkeit erzeugen. Abends so gegen 22 Uhr werde ich meist müde und schlafe gut ein. Wenn ich aufwache, kann es sein, ich drehe mich auf die andere Seite, und weg bin ich. Der schöne, aber seltenere Fall.

Oft kommt es leider so: Irgendwann wache ich auf, natürlich in der Finsternis. Wo bin ich? Ich schaue mich um. Aha, dort gibt es eine leicht helle Fläche, also das Fenster. Geschlossenen Jalousien im Schlafzimmer mögen wir nicht. Da erkennt man wenigstens, wo man aufwacht - in meiner jetzigen Situation doppelt wichtig. Deshalb bekomme ich eine erste Orientierung.

Die Wahrnehmung, welche Zeit es sein könnte, täuscht mich gegenwärtig ganz schön; früher lag ich in so einem Fall mit Schätzungen ganz gut. Jetzt weniger. Mein Blick geht in Richtung der Leuchtziffern des Radioweckers, reichlich drei Meter entfernt. Wie spät ist es? Ich nehme an, schon gegen Morgen, denn ich habe das Gefühl, viel geschlafen zu haben. Die Anzeige zeigt sich recht verschwommen. Ich kneife die Augen immer wiederholt zusammen, und so allmählich beginne ich, etwas zu erkennen. Das Bild wird langsam schärfer, aber das dauert mir viel zu lange! Endlich erkannt: Ein Uhr dreiundvierzig - entziffere ich schließlich. Mist - mitten in der Nacht!

Enttäuscht lasse ich meinen Kopf fallen. So lange noch bis zum Morgen! Müdigkeit verspüre ich nicht mehr so recht, als dass ich jetzt wieder einschlafen könnte. Dadurch, dass mir am Tag die Auslastung fehlt, bin ich nachts häufiger munter. Nach endlosem Herumwinden steht mir nicht der Sinn. Also - aufstehen.

Ich taste mich in der Dunkelheit durch bis zur Tür, denn im Schlafzimmer Licht machen wir nicht, wenn geschlafen wird (wie manche zum Lesen). Manchmal ist es ja nachts trotzdem etwas hell, aber heute nicht, wegen Neumond.

Nebenbei muss ich immer noch aufpassen wegen des Hinfallens, was ich vermeiden möchte. Deswegen taste ich mich an der Schrankfront entlang. So, nun müsste die Tür kommen ... Jedoch wo ich eben angelangt bin, gibt es keine Zimmertür ... Nein, das war die eine Nische, ein Irrweg!

Endlich gelange ich hinaus in den Flur. So, Licht machen, aufatmen.

Jetzt kann ich ins Wohnzimmer schleichen. Dort greife ich mir das Scrabble-Spiel und bastele mir in der nächsten halben Stunde Wörter zusammen. Übung fürs Hirn - immer gut.

Dann bin ich wieder ausreichend müde, um weiter zu schlafen. Diesmal bis zum Weckerklingeln gegen dreiviertel sechs. Eines muss ich zugeben: In dieser ersten Zeit kommt mir oft beim Aufwachen der irre Gedanke: ›Nun könnte der böse Spuk vorbei sein und alles normal weitergehen. Ich habe genügend mitgemacht, es reicht jetzt!«

Also teste ich beim Aufstehen, wie es sich mit meiner linken Seite verhält. Aber nein, das bekannte »Supergefühl« existiert leider immer noch, also muss ich mich nach wie vor schön langsam und vorsichtig aus dem Bett heraus bewegen.

Der ganze »Spaß« endet nicht, es gibt keine Gnade.

Los, vorwärts geht´s!

***

»Was machst du eigentlich den ganzen Tag?« Das werde ich ab und zu gefragt in Gesprächen oder Telefonaten. Da entsteht das Szenario: Jetzt fällt ihr bestimmt die Decke auf den Kopf! Alle, die so denken, kann ich beruhigen. Die Situation, dass ich da sitze und erschrocken überlege: »Wann ist denn endlich mal der Vormittag vorbei, und Ralf kommt heim, damit die große Langeweile aufhört ...« - die existiert in keiner Weise!

Einerseits gibt es genug zu tun, und andererseits dauert so manches leider länger als vorher.

Ich stehe immer mit Ralf gemeinsam auf, und wir trinken anschließend Kaffee. Nun bin ich sowieso nicht mehr so müde, dass ich liegen bleiben möchte. Außerdem erscheint mir das unschön: Einer steht auf und fängt an zu rotieren, und der andere schläft jedes Mal weiter.

Dann begibt sich Ralf in die Schule. Bei mir hört sich die Aufstehzeit vielleicht an wie noch einmal hinlegen. Fehlanzeige! Zu tun gibt es vieles.

Eine Sache mache ich übrigens jeden Morgen. Ich suche mir einen nicht zu langen Artikel aus der Zeitung, den ich laut lese. Das Sprechen muss ich üben, immer und immer wieder. Denn ständig bleibe ich bei manchen Wörtern hängen.

Ich sage nur: »Fürchterlich«! Das ist nämlich ein solches Beispiel!

***

Da ich nun ständig zu Hause bin, gibt es natürlich eine Reihe Tätigkeiten, die oft leider nicht mehr so ablaufen können wie bisher.

Im Erledigen der normalen Haushaltstätigkeiten kann schon eine ganze Menge Konfliktpotenzial liegen, es sei denn, man einigt sich auf generelle Verfahrensweisen. Wir hatten da einen Weg gefunden. Dazu gehörte, dass wir uns beide für den Haushalt zuständig fühlten, logischerweise jeder mit seinen Spezialstrecken.

Und jetzt? Schließlich bin ich ja nun als Frau immer zu Hause. Da kann ich mich entfalten, und folglich müsste die Bude blitzen, oder? Das gehört sich für eine gute Hausfrau!

Na ja, die war ich noch nie so recht. Erstens gehöre ich nicht zum Typ »Putzfrau« (keinesfalls negativ gemeint!!). Und zweitens gehen mir die meisten Betätigungen gegenwärtig alles andere als leicht von der Hand, so dass ich manchmal bereits aufhöre mit dem Hintergedanken »Es reicht!«, weil ich einfach nicht mehr kann und deswegen auch nicht mehr will.

Ich glaube, hier sind Situationen, an denen wir uns beträchtlich aneinander aufreiben könnten, obwohl es absolut keinen Sinn ergäbe. Ralf wäre öfter dran mit Geduld-verlieren, und ich mit Verbittert-sein darüber, dass Dinge dauernd nicht bzw. schlecht funktionieren, woran ich kaum etwas ändern kann. Aber solche Probleme treten glücklicherweise nicht auf.

Zum Beispiel: Wischen soll ich erst mal sein lassen, meint Ralf. Er empfahl mir das mehrfach. Ich glaube im Nachhinein, der Rat ist gut. Außerdem fällt mir das Bücken schwer, weil ohne Festhalten eine harte Landung auf dem Fußboden vorprogrammiert scheint. Also abwarten ...

Aber mir steht ja der ganze Vormittag zur Verfügung, und abnehmen kann ich Ralf schon etwas von den vielen Tätigkeiten. Er hat noch genug anderes zu tun. Und so »nebenbei« existiert ja da der Beruf.

Also beschließe ich, die Küche zu wischen, schnappe mir unseren kleinen Eimer, weil mir der große zu schwer ist, und trage ihn wassergefüllt samt Wischlappen in die Küche. Und los gehts. Immer bücken, hinknien und aufstehen ist weniger schön für mich. Jedoch allmählich komme ich ins Geschick.

Dann plötzlich ein Schmerz links am Kopf. Hoppla, da war ja der Tisch! Klar, dass er vorhanden ist, aber das Unter-den-Tisch-Kriechen ohne anzuecken, das klappt offenbar schlecht. Da existiert als harte Tatsache die Tischkante, worauf ich natürlich nicht geachtet habe. Also erst einmal Schluss und abwarten, bis die Schmerzempfindung nachlässt.

Tja, durch mein Problem mit dem Gesichtsfeld passieren solche Sachen. Da kann es sein, dass plötzlich links ein Stuhl im Wege steht, und den schubse ich rücksichtslos weg, weil ich ihn zu spät bzw. gar nicht bemerke. Oder ich hole mir eine Beule an einer Tischkante wie jetzt eben trotz aller Umsicht, wenn ich mich gebückt habe, aufstehen will und das Hindernis übersehe.

Nach der kleinen Pause wische ich langsam weiter, bis ich fertig bin. Vor jeder Ecke lasse ich mindestens doppelte Vorsicht walten. So gibt es keine schmerzhaften Überraschungen mehr, jedoch dauert es ganz schön lange. In-Acht-Nehmen kostet Zeit, und beispielsweise das Auswinden des Scheuerlappens bereitet mir immer große Mühe. Am Ende schwitze ich, letzten Endes zufrieden, dass ich es geschafft habe.

Als Ralf kommt am frühen Nachmittag heimkommt, tun mir seine lobenden Worte gut, weil es ja jetzt in der Küche wieder sauber aussieht: »Gut, dass du das übernommen hast, aber ich hätte das auch machen können!«

Doch ich bin glücklich und stolz darüber, dass ich das allein bewältigen konnte.

***

Noch so ein Bonbon: das Staubsaugen. Geht ganz einfach. Denkste! Immerhin habe ich hier den Vorteil, dass der Staubsauger mich außer dem, was er tun soll, obendrein in der Balance hält.

Also los. Hin - her - hin - her. Um den Tisch herum. Und vorher die Stühle zur Seite stellen, damit Platz ist. Puhhh! Das macht ja richtig Arbeit! Weiter hin - her - hin - her.

Erst das halbe Wohnzimmer ist fertig. Und mir reicht es. Ich schwitze, als hätte ich ein großes Beet umgegraben, und setze mich deswegen hin, völlig außer Atem. Im Gesicht spüre ich Schweißperlen, und am Pulli entdecke ich ein paar dunkle Flecken. Trotzdem, ich kann nicht mehr. Also bleibe ich eine ganze Weile im Sessel sitzen. Durchatmen.

Nach fünf Minuten fühle ich mich imstande, weiterzumachen mit der zweiten Hälfte des Zimmers. Und da habe ich schon gar nicht manche Sachen zur Seite gestellt, um auch in die Ecken zu kommen. Das lasse ich einfach weg, weil sich bereits der Gedanke »etwas zur Seite stellen« zu anstrengend anfühlt - und es mir deswegen schlichtweg egal ist.

Soll das jetzt etwa immer so sein?? Ich mache irgendetwas Einfaches und muss aufhören, weil ich nicht mehr kann?! Aber das scheint nun so zu sein, oder wie?! Ich sollte mich darauf einrichten, dass solche Tätigkeiten doppelt so lange dauern ...

***

Beim Wäschewaschen setzt sich das fort: Die schmutzige Wäsche muss in die untere Etage zur Waschmaschine. Schon wieder so etwas, was mir zur Zeit ganz schlecht möglich ist: Die Treppe hinunter laufen und dabei noch Sachen tragen! Ich muss mich festhalten, denn die Vorstellung, die Stufen abwärts zu fallen, erscheint nicht verlockend. Da könnte ich Ralf bitten, mir die Wäsche dorthin zu bringen. Dazu verspüre ich aber keine Lust. Oder ich befördere sie in einen

Stoffbeutel und schaffe sie so in zwei bis drei Etappen selbst in die untere Etage. Das geht schon eher.

Einmal reicht es mir, und ich werfe die Wäschestücken die Treppe hinab und sammle sie dort einzeln wieder ein. Weniger elegant, zumal so alles irre kreuz und quer herumliegt, doch eben eine Möglichkeit. Niemand da, der sagen könnte: »Warum machst du denn das auf diese Art und Weise, und wie sieht das überhaupt aus!?« Na gut, von Ralf käme keine solche Äußerung; er würde sich nur stark wundern.

Ich setze anschließend zwar die Waschmaschine in Gang, aber das Folgende getraue ich mir noch nicht. Die Wäsche muss danach in den Wäschetrockner. Übrigens: gut, dass wir ihn haben! Sonst müsste alles auf die Wäschespinne. Die erste für mich unlösbare Aufgabe wäre schon das Aufmachen der Wäschespinne. Und das Aufhängen der Wäsche stellt im günstigsten Falle anstrengende Ergotherapie dar - und es dauert sehr lange! In der wärmeren Jahreszeit mache ich das schon, aber jetzt nicht.

Das Bestücken des Trockners und das Entnehmen der trockenen Wäschestücke, die in einen Korb kommen und die Treppe wieder hinauf sollen - das ist wiederum nichts für mich.

Anschließend möchte die getrocknete Wäsche noch zu einem zum Glück geringen Teil gebügelt werden. Meinetwegen, nur den Gedanken an ein heißes Bügeleisen schiebe ich lieber vorerst lieber weg. Also wird das meiste einfach zusammengelegt. Einfach? Etwas ordentlich zusammenzulegen, das ist mir ein Grauen, weil es schlecht funktioniert. Das will und will nicht glatt werden! Ein paar Abstriche gestatte ich mir, zwar ungern, aber die Geduld ist auch irgendwann zu Ende.

Und anschließend muss die fertige Wäsche noch sortiert in den Schrank gelangen ...

***

Am Tage meiner Ankunft treffen wir uns am Abend mit einem Nachbarn, von Beruf Arzt. Er wäre bereit, die weitere Behandlung zu übernehmen, und ich sähe das auch gerne, wenn es möglich wäre. Aber er hat leider ein anderes medizinisches Spezialgebiet. Wo er mir helfen kann, sei das kein Problem, versichert er, als wir zusammensitzen.

Von meiner bisherigen Auffassung, dass ich eher selten zum Arzt gehe, nämlich zu den Routineuntersuchungen, muss ich mich lösen. Man wird sehen. Einfach hingehen ist schon mal nicht drin, denn ich wohne auf dem Dorf, und die Arztpraxen sind meist in irgendeiner Stadt, eventuell weiter entfernt. Die ersten Ziele heißen »Hausarzt« und »Neurologe«. Außerdem wird ein Termin beim Augenarzt vereinbart wegen meines Gesichtsfeldes. Darum, dass die Therapien gleich beginnen können, kümmert sich der Arzt aus der Nachbarschaft.

***

So führt der Weg zunächst zum Hausarzt. Wie das jetzt so ist: Der Bürokratie muss Genüge getan werden, das heißt, es sind zunächst die zehn Euro Krankenkassengebühr zu entrichten. Nicht, dass ich prinzipiell etwas gegen das Bezahlen eines Arztbesuches hätte - aber dass das Einkassieren des Betrages, den ja dann die Krankenkassen bekommen, voll den Ärzten aufgedrückt wird - na ja ... Die haben genügend Schriftkram; so was fehlt ihnen gerade noch. Ganz nebenbei müssen sie sich ja auch ein bisschen um die Patienten kümmern. Außerdem dürfen sie die bitteren Bemerkungen mancher Leute darüber »genießen« (ob diese berechtigt sind oder weniger); da wird nicht erst gefragt, ob sie zuständig sind.

In mir läuft manchmal im Hinterkopf ein Film ab, kaum realistisch, dafür aber wenigstens ein bisschen amüsant: An der Tür zum Arztzimmer steht ein Riesenspalier, nämlich von jeder der viel zu vielen Krankenkassen je ein Angestellter. Dort wird die Kassengebühr eingesammelt, und natürlich hat jeder Patient bei seiner Krankenkasse zu bezahlen, was erst einmal festgestellt werden muss ...

Nächstes: Die Überweisungen zu den anderen Ärzten. Und immer schön in Quartalen denken, denn neues Quartal heißt »neues Glück«. In meinem gegenwärtigen Zustand sind das gleich eine Riesenmasse Probleme. Ich weiß gar nicht, wie ich alles bewältigen soll, und bin heilfroh, dass mir Ralf dabei hilft.

Ich gehe mit Ralf gemeinsam ins Sprechzimmer. Schließlich kann er sich schneller verständlich machen, und vier Augen und Ohren sind besonders in diesem Fall besser als zwei. Ich weiß sowieso nicht, ob ich alles richtig und vollständig mitbekomme und nichts vergesse zu sagen oder zu fragen. Treffender gesagt: Mir entfällt garantiert vieles - leider derzeitiger aktueller Zustand.

Mein Hausarzt schaut schon etwas verwundert, als er mich da sieht, kommt aber dann gleich zu den Notwendigkeiten. Nach verschiedenen Befindlichkeitsfragen, die meistens Ralf für mich beantwortet, wird der Blutdruck gemessen - in der Norm wie immer, runde 120:80. Und das Blut wird kontrolliert. Letztere Messung macht sich regelmäßig notwendig wegen des Quickwertes für die Blutverdünnung, bei dem bei mir angewendeten Medikament (Falithrom) erforderlich. Also werde ich ständig zur Blutkontrolle kommen müssen. Besser: Ralf muss mich herfahren, denn allein von uns zu Hause hierher ist ein Ding der Unmöglichkeit für mich. Anhand des aktuellen Quickwertes wird immer wieder neu über die künftige Dosis von Falithrom entschieden, bekomme ich erklärt. Und was mir überhaupt zuwiderläuft: Man möchte dazu eine Ampulle Blut entnehmen. Blut ziehen aus der Vene ist mir einfach ein Grauen, auch wenn solche Entnahmen in letzter Zeit häufig vorkamen. An so etwas gewöhnen - undenkbar. Wie lange soll das so gehen??

Das Einnehmen des Blutverdünners geschieht zum einen in der Hoffnung, dass das verschlossene Blutgefäß im Nacken vielleicht doch noch frei gespült wird. Da meine Adern offensichtlich nicht zugesetzt sind, wäre das immerhin denkbar. Ob dieser günstige Fall eintritt, darüber gibt es logischerweise wieder einmal keine Vorhersagen. Zum anderen ist leichter fließendes Blut sowieso von Vorteil.

So ein Blutverdünner kann auch Probleme bringen. Über Falithrom erzählt man sich allerlei. Zum Beispiel entstehen blaue Flecken schneller und intensiver, als man das gewöhnlich annimmt. Das durfte ich schon hier und da erleben. Unter Umständen sehe ich gleich mal aus wie verprügelt, und eigentlich konnte ich mich überhaupt nicht erinnern, wo da ein blauer Fleck entstanden sein sollte. Irgendwo gestoßen ... null Ahnung (??). Grauenhaft!

Mit einem Rezept verlasse ich schließlich die Praxis. Darauf steht nach unserem ausdrücklichen Hinweis kein »Remergil« mehr. Nein - weg mit dem so genannten Stimmungsaufheller gegen Depressionen, die ich nie hatte, weg mit der Schlaftablette, die nebenbei offensichtlich das Gewicht erhöht!! Depressionen gab und gibt es nicht bei mir!

***

Zwei Wochen später ist dann der Termin beim hiesigen Neurologen, bei meiner Krankheit ja klar. Auch hier möchte ich, dass Ralf mich ins Sprechzimmer begleitet. Nach einer Reihe Fragen, meine Befindlichkeit und die Therapien betreffend, (wobei er während der Beantwortung mein mühsames Sprechen ersehen kann), testet er anschließend die Reflexe und Weiteres, um den Zustand konkreter festzustellen.

Beim Laufen mit geschlossenen Augen hält er mich sicherheitshalber fest, ebenso beim Rückwärtsgehen, besser gesagt: einem solchen Versuch. Kaffeebohnenlaufen vorwärts und etwa rückwärts - das ist nichts für mich, bemerkte ich derzeit schon selbst. Das Fassen an die Nase bei geschlossenen Augen klappt mit der rechten Hand. Jedoch der linke Zeigefinger landet bei diesem Test deutlich neben dem eigentlichen Ziel, zum Glück nicht im Auge. Hier offenbaren sich noch beträchtliche Defizite. Wieder einmal steigt bei mir der Gedanke auf: Wie kriege ich das alles in den Griff!? Werde ich das jemals schaffen?

Aus seiner Art, mit einem zu reden, zum Beispiel verschiedenes Wichtige mehrfach zu sagen oder betont langsam und sehr deutlich zu sprechen, hört man auch den Psychiater heraus. Na ja, und mit meinem Gedächtnis scheint es tatsächlich nicht besonders gut auszusehen. Ich bekomme hier am Ende einen Kontrolltermin in einem Vierteljahr und ein Rezept mit den notwendigen Medikamenten. Dieses hält sich zum Glück stark in Grenzen.

***

Nach einigen Wochen rückt dann der Termin beim Augenarzt heran. Zunächst heißt es: Platz nehmen im Wartezimmer und eine Weile warten, auch wenn ich einen Termin habe. Hier hängt übrigens ein Plakat im Raum, auf dem Sehfehler dargestellt sind, und wie dem Patienten unter Umständen ein Abbild seiner Umwelt erscheinen kann. Hilfe, was es da gibt! Verzerrungen und Verformungen, ein Teil des Bildes könnte ganz schwarz sein, an der Seite oder in der Mitte ...
Für mich kommt nur eine gewisse Beruhigung: ›Schau an, was ich alles

haben könnte und nicht habe...‹ Mein Problem stellt sich wieder anders dar.

Schließlich werde ich aufgerufen, zunächst zum Sehtest. Was ich früher nie so beachtete, wird jetzt wichtig: Wie komme ich möglichst geradlinig und ohne Straucheln ans Ziel - die reichlich fünf Meter zur Tür, die zum Behandlungsraum führt? Was mögen die Leute denken, wenn ich da vorbeilaufe, und wie sieht das überhaupt aus? Ich bemühe mich schon, relativ »normal« zu erscheinen, doch wie ist es in der Realität? Offensichtlich nicht so ganz »normal«, denn manche beobachten mich bereits etwas genauer. Richtig einschätzen kann ich das schlecht. Die Unsicherheit beim Laufen bemerkt man bestimmt, das sollte mir jedoch egal sein (weil es sowieso nutzlos ist, sich darüber Gedanken zu machen).

Aber es klappt. Ich komme am Ziel an, ohne etwa auf den Schoß eines anderen Patienten zu stolpern. Huch, wie wäre das peinlich!

Als ich im Raum angekommen bin, bekomme ich einen Stuhl zugewiesen, und die Schwester beschäftigt sich zunächst mit der Sehschärfe. Dann kommt das Gesichtsfeld an die Reihe. Dabei schaut man auf eine runde Fläche, auf der irgendwo und irgendwann Leuchtpunkte erscheinen. Bei deren Aufleuchten soll ich einen Knopf drücken. Das dauert für jedes Auge einige Minuten. Mein Eindruck (oder die Befürchtung?) lautet, dass ich besonders im linken oberen Bereich zuwenig erwische. Mal sehen.

Nach einer weiteren Wartezeit werde ich zum Arzt gerufen. Er fragt zunächst nach meinem Befinden und versucht, mir Mut zu machen. Die Auswertung der Gesichtsfeldprobe bestätigt meine Vermutung wegen des defekten Bereiches. Der Arzt erklärt mir, dass Netzhaut und Sehnerv in Ordnung sind. Nur das Gesichtsfeld vor allem links oben weist eben lückenhafte Stellen auf. Wenn ich es beschreiben sollte: Wie eine Art (unsichtbarer) Streifen im Sichtbereich, der nicht zu entfernen geht und irgendetwas verdeckt. Ich muss deswegen eine Belehrung wegen des Autofahrens unterschreiben. Auto fahren - das hätte ich sowieso sein lassen, zwar ungern, aber na ja, erscheint mir sicherer so.

Wie dieser Zustand zukünftig aussehen wird und was man da tun kann? Das frage ich natürlich. Fleißig lesen oder zum Beispiel Rätsel lösen. Hoffentliche Besserungen abwarten ... Dazu der aufmunternd gemeinte Hinweis, dass in meinem Alter sicher noch einige positive Veränderungen zu erwarten sind - mit der Zeit. (Manchmal glaube ich, das inzwischen zumindest diese Lücke von »gar nichts sehen« inzwischen auf »hell - dunkel« übergegangen ist ...).

Die Überprüfung der Sehschärfe ergibt, dass ich keine Brille brauche. Die Anpassung nah - fern bzw. hell - dunkel dauert etwas länger, was insgesamt wohl relativ normal ist (in Worten: »dem Alter entsprechend gut«).

Doch der Gesichtsfelddefekt lässt sich mittels einer Sehhilfe leider nicht korrigieren. Da käme bei einigen mit der Zeit vieles wieder. Diese Äußerung sitzt bei mir im Hinterkopf. Daraus resultiert meine Hoffnung, dass ich da einmal etwas Positives erlebe. Garantien existieren selbstverständlich nicht.

Dass das mit dem Sehen nicht mehr wie gewohnt funktioniert, habe ich ja schon mitbekommen. Eine Ursache stellt auch der Schlaganfall dar, erfahre ich, und da könne ich wohl noch Besserung erwarten. Der berühmte, viel beschworene Zeitfaktor wird anscheinend einiges bringen.

Hoffen, hoffen, hoffen - was sonst bleibt mir?? Ach so, und natürlich ständig etwas tun!

Nach einem angebotenen Test auf grünen Star oder dessen Vorboten, der zum Glück negativ ausfällt, können wir gehen.

Ungefähr in einem halben Jahr wird eine weitere Kontrolle folgen.

***

Nach wenigen Monaten bekomme ich dank meines Hausarztes auch einen MRT-Termin, ebenfalls eine gute Kontrollmöglichkeit. Wie das funktioniert in so einem Apparat, das weiß ich ja inzwischen ein bisschen besser.

Der Aufruf kommt. Es gibt eine Anzahl Türen, die für mich in Frage kommen. Welche ist die Richtige? Aha, diese hier. Die Schwester deutet auf die Liege, fordert mich auf zum Bereitlegen und fragt, ob das allein möglich sein wird. Natürlich. Das Hinlegen ist zwar etwas mühsam, funktioniert jedoch ohne Hilfe, und darauf kommt es mir an.

Zu Beginn bekomme ich einen Knopf in die Hand, der es mir erlaubt, ein Signal zu geben, sollte es mir plötzlich nicht gut gehen, und es wäre ein Abbruch nötig. Außerdem gibt es Kopfhörer mit Musik. Dass diese nützlich sind, ist mir bereits bekannt. Also lasse ich sie mir mit Kennermiene aufsetzen. Nun werde ich in die Röhre gefahren. Rundherum erscheint alles cremefarben bis weiß. Wenn man hier Platzangst hätte, bedeutete das Panik ohne Ende. Zumindest das Gefühl, dass man sich da hineinsteigern könnte, kommt in mir schon hoch. Aber ebenso taucht ein vernünftiger Gedanke auf: ›Lass das jetzt, bleib einfach liegen, denk an irgendetwas, was dich so beschäftigt, dass die Zeit vorbeigeht.‹

Also die Gedanken rotieren lassen.

In der Röhre knallt es mehrfach, wie angekündigt und bekannt, und die Kopfhörer dämpfen das Geräusch gut ab. - Wieder Ruhe, dann ein Knall. - Ruhe. - Knall. - Und so fort. Warten.

Mir kommt die Frage: ›ist mir noch gut?‹ - Ja, zum Glück. Wann ist es endlich vorbei?? Keine Ahnung. Ich öffne die Augen und sehe den Apparat über mir, ringsum. Liegen bleiben, alles andere ist sinnlos! Sonst muss es erneut losgehen, und das will ich keinesfalls. Ich zwinge mich zur Ruhe. Dann beginnt das Knallen von vorn. Einfach vorbeigehen lassen. Und der nächste Knall. - Ruhe. - Und wieder das metallische Geräusch. - Ruhe. - Schließlich ist die Viertelstunde vorbei. Ich werde herausgefahren, atme auf, nehme die Kopfhörer ab und stehe auf. Zum Glück geschafft!

Was sagen nun die MRT-Werte aus? Das Ergebnis bekommt der Hausarzt zugeschickt, und der erläutert mir das bei einem Arztbesuch ein paar Tage später. Aber verstehen kann ich manches nicht; da gibt es viele spezielle medizinische Fachbegriffe, mir kaum vertraut. Andererseits fällt mir das Erfassen von Fakten sowieso schwer, besonders weil ich alles als zu schnell empfinde - geschuldet meinem verminderten Reaktionsvermögen. - Fragen? Was denn?

***

Nach einiger Zeit entschließe ich mich zu einigen alternativen Behandlungsversuchen. Schließlich kann ich nur ausprobieren, was mir hilft und mich weiter bringt. Und dafür habe ich nur das eine Leben zur Verfügung und eine endliche Zeit.

Zum Beispiel gehe ich nun in zweiwöchigem Abstand zu einer Art Lichtimpulstherapie, vergleichbar mit einem Stroboskop. Ich schaue rund zehn Minuten auf Lichtblitze in grün - rot - blau. Ziel: Die Nerven sollen angeregt werden. Vielleicht erfolgt ein positiver Impuls beim Gesichtsfeld. Gewissheit existiert da nie, das ist mir schon klar. Garantierte Aussagen stehen nicht zur Debatte.

Bei abgesetztem Falithrom ergäbe sich auch die Möglichkeit, Blut zu entnehmen, mit UV-Licht zu bestrahlen und dieses anschließend wieder einzuspritzen. Das wirkt gut auf den Sauerstoffgehalt des Blutes (wäre ich Leistungssportlerin, liefe das unter »Blutdoping«).

***

Auch einen Termin in der thüringischen Klinik, die ich im August »kennenlernen durfte«, erhalte ich.

So begeben wir uns zum angegebenen Termin im Spätherbst dorthin. Als erstes gibt es eine Ultraschallanalyse, um den aktuellen Stand der Blutgefäße am Kopf zu prüfen. Das ergibt leider, dass die verschlossene Arterie weiterhin zu ist. Eine knappe halbe Stunde später unterhalten wir uns mit einem jungen Neurologen, der sich genügend Zeit nimmt und uns vieles genau erklärt.

Er ruft bei dieser Gelegenheit auch die MRT-Aufnahmen vom August auf und erläutert sie. Das eine Blutgefäß wird vermutlich verschlossen bleiben, erfahre ich. Das ist aber weniger bedenklich, denn manche Menschen werden bereits nur mit einer solchen Arterie anstelle von zweien geboren und wissen das gar nicht, ohne dadurch einen Nachteil zu bemerken.

Das Bild des Gehirns im Computer dürfen wir uns mit anschauen. Man kann es mit der Maus beliebig drehen. Egal, aus welcher Richtung, eines erkennt man: Beim Infarkt sind eine Reihe Nervenzellen ausgefallen, und deren Funktion müssen andere Zellen erlernen. Ich sehe es an einer Anzahl heller Stellen in der Abbildung. Das sind die Bereiche des abgestorbenen Gewebes, quer durch das gesamte Hirn verteilt, so, als ob man dort eine Schrotladung abgeschossen hätte. Weil zum Beispiel der Sehnerv mitten durch das Gehirn verläuft - aha, die Positionen, die mir im Gesichtsfeld fehlen. Und im Sprachzentrum existieren offensichtlich ebenfalls solche Stellen - so erklären sich die Behinderungen beim Sprechen. Und da sehen wir das Bewegungszentrum, das nachweislich ebenso genügend abbekommen hat.

So erkennt man auf optischem Wege den Ursprung für die vielen Sachen, die bei mir nicht mehr oder schlecht funktionieren und wo ich durch intensives Üben neu lernen muss. Und - mir schon fast vertraut, diese Bemerkung - nirgendwo existiert eine Garantie, welchen Erfolg die Bemühungen zeigen werden. Deswegen kann auch dieser Neurologe mir keine umfassende Hoffnung machen, dass sich die Missstände je wieder alle beheben ließen. Wie weit überhaupt - ungewiss. Aber er macht mir Mut, und dafür bin ich ihm dankbar.

Bezüglich des Absetzens von Falithrom will er per E-Mail Bescheid geben. Vermutlich ja. Zum Antiepileptikum Trileptal meint er, es verleiht die Sicherheit der Anfallsfreiheit, und empfiehlt deswegen eine unbedingte weitere Einnahme. Wenn es nicht schläfrig macht (macht es mich nicht!), könnte ich es bedenkenlos einnehmen und trotzdem Auto fahren. Ein Jahr Anfallsfreiheit sollte vergehen, dann wäre das Autofahren auch mit Medikament möglich - eine positive Auskunft. Außerdem müsste sich eben das Gesichtsfeld noch weiter bessern. Linke Hand und linker Fuß sollten »normaler« werden.

Das ist alles recht umfassend und ausführlich. Schließlich will ich auch nicht auf dem Stand stehen bleiben, nur regelmäßig meine Medikamente einzunehmen. Mir ist klar, dass ich verschiedene Dinge ausprobieren und trainieren muss, um voranzukommen.

Ich bekomme bald mitgeteilt, dass ich von Falithrom zu ASS wechseln darf. Damit sind die mir allmählich lästigen Blutkontrollen wegen des Quickwertes nicht mehr erforderlich, zum Glück! Auch manche andere ärztliche Behandlung wird ohne Falithrom weniger umständlich beziehungsweise erst möglich.

***

Wirkungen von Falithrom muss man einfach erleben - oder besser nicht! Ich weiß ja, dass ich einen Blutverdünner nehme und auch warum. Das vor einiger Zeit Erlebte stellt an sich eine banale Kleinigkeit dar:

Eines Tages öffnete ich eine Konservenbüchse Champignons mit dem elektrischen Öffner. Beim Hochklappen des Blechdeckels passierte das, was irgendwann einmal vorkommen kann: An der sehr scharfen Kante verletzte ich mir den rechten Daumen, nur wenig.

Pflaster raus, ausprobieren, ob es denn auch richtig klebt, und dann drauf auf diesen Riss. Ein Stück später kontrollierte ich, ob ich das Pflaster, was mich bei jeder Tätigkeit störte, entfernen könnte. - Nein. - Folglich erneut zukleben. Nach ein paar Minuten wieder das Gleiche. Es wollte jedoch nicht aufhören mit Bluten!

Eine Weile später schaute ich mir das Pflaster wieder an: Das Blut begann, an der Seite herauszulaufen. Also das Pflaster erneuern. - In Ordnung. - Dann ein erneuter Kontrollblick: Das Pflaster färbte sich, folglich ein neues drauf, sonst käme das Blut noch irgendwo an ein Kleidungsstück, und als Krönung müsste ich das Blut mühsam auswaschen. Machen wir es kurz: Den gesamten Tag über hielt mich die kleine Wunde in Atem.

Das Drama hatte übrigens auch einen Vorteil: Wir erneuerten unseren Pflastervorrat, weil ich mit der Zeit das Päckchen aufbrauchte.

Gegen Abend gab es endlich die gute Nachricht: »Das Bluten ist zu Ende!« Jedoch aufgepasst! Wenn ich den Daumen zu sehr bewegen würde, könnte die Wunde wieder aufreißen! - Oh, bitte nein, lieber umsichtig sein.

Deswegen legte ich mich diesmal ganz vorsichtig schlafen, die verletzte Hand mit einem dicken alten Handtuch umwickelt. Und öfters wachte ich auf und kontrollierte: Geht es der Hand noch gut, oder schwimme ich bereits in Blut? Am folgenden Morgen erwachte ich, natürlich weniger ausgeruht, aber sonst in Ordnung. Endlich war das Bluten vorbei!

Bei meinem nächsten Arztbesuch fragte ich etwas beiläufig, was zu unternehmen wäre, sollte ich mich trotz aller Vorsicht einmal verletzen - wegen Falithrom und so.

»Na, da müssen Sie schon aufpassen, dass möglichst keine Verletzungen auftreten. Und wenn: Legen Sie einen Druckverband an, und rufen Sie umgehend den Notarzt!«

Ach so. - Danke für die Auskunft. - Sag nichts, vor allem über das aktuelle »Erlebnis«.

Logisch, dass ich wegen dieses Wechsels beim Blutverdünner äußerst froh bin.

Eine weitere unschöne Sache hat damit zu tun, womit wir Frauen einmal monatlich beansprucht sind (» ... wir Männer aber müssen uns rasieren.« - Kurt Tucholsky). Zwangsweise ist man es gewöhnt, seine »Tage« zu haben. Mit Falithrom erhöht sich der zweifelhafte Genuss noch. Mag es auch so bedingt sein, dass durch den Schlaganfall reichlich drei Monate »Pause« entstanden, jedenfalls wurde das zu einem unvergesslichen monatlichen Ereignis für mich. Denn mein Körper schien nun Versäumtes unbedingt nachholen zu wollen. Ich bezeichne das kurz und bündig als Sauerei.

Aus diesem Grund kommt es auch einmalig dazu, dass ich Ralf anrufe, er solle kommen, mir würde unter Umständen schwindlig. Da spielt mein relativ niedriger Blutdruck eine eher negative Rolle, denn zusammen mit dem Blutverlust kann das ein »interessantes« Befinden hervorrufen. So nehme ich, wenn es die Situation erfordert, vorbeugend Kreislauftropfen, um den Blutdruck anzukurbeln.

Da kommt mir manchmal der Gedanke: Wie soll das überhaupt weitergehen? Ständig jemand her holen müssen ... Immer in der Angst leben, dass da etwas passieren könnte, na, also ...!

Seit ich auf ASS umsteigen durfte, haben sich glücklicherweise einige Probleme gegeben.

∗∗∗

Insgesamt halten sich die Medikamente zum Glück in Grenzen. Klar denke ich manchmal: Wäre dir damals nichts passiert, bräuchtest du nicht ...! Aber »hätte«, »wäre«, »könnte« - das sind Wörter, die ich unter »unnötig« verbuche. Das bringt gar nichts. Und die Frage, was sich noch notwendig macht an Medikamenten, ist als Standardfrage bei Arztbesuchen einprogrammiert bei mir.

Manchmal komme ich zur Vermutung, das Antiepileptikum »Trileptal« wäre mit verantwortlich für meine »lange Leitung« - und somit dafür »begünstigend«, die Fahrtüchtigkeit zu beeinträchtigen.

Andererseits leidet die Reaktionsfähigkeit durch den Schlaganfall offenbar sowieso. Schließlich habe ich durch diese »Zwangspause« insgesamt weniger Reaktionstraining, was schlecht zu ändern geht.
Requip gegen die Restless Legs ist gut eingestellt und eine Tatsache, die mir zwangsläufig erhalten bleibt. Und ein Cholesterinsenker ist weniger schädlich, nehme ich an. Meine Ernährung sehe ich sowieso nicht als besonders cholesterinintensiv an, als dass es bedenklich würde.

***

>>UNSER ÄRGSTER FEIND KANN NUR UNSER MANGELNDER

GLAUBE AN UNS SELBST SEIN.<<

(Angela Merkel)

Herbst 2009

Wir machen täglich einen Spaziergang. Die Bewegung an frischer Luft und das Umschalten erweist sich nicht nur nützlich für mich, sondern vor allem auch für Ralf. So entstand eine nützliche Regelmäßigkeit für uns. Diese Wanderungen kann ich kräftemäßig gut bewältigen, natürlich mit den Nordic-Walking-Stöcken.
Klack - klack - klack - klack! Das gefällt mir im Grunde überhaupt nicht. Doch ich brauche sie eben, einerseits wegen des Gleichgewichtes beim Geradeauslaufen und andererseits, weil so der linke Arm immer mit bewegt wird. Eines habe ich herausgehört: dass das Wiederlernen am besten gelingt durch viel Bewegung und ständigen Gebrauch. Daran geht kein Weg vorbei, möchte man Fortschritte erreichen. Außerdem tut es dem Arm gut, wenn er spürt, dass er eine Aufgabe erfüllt. So gleichmäßig, wie er soll, funktioniert er sowieso nicht. Links komme ich immer irgendwie schief auf mit dem Stecken. Ein Glück, dass da niemand läuft, denn das wäre richtig gefährlich!
Die ersten Male gehen wir einfach die Straße entlang bis zum nächsten Ort. Nehme ich die Annäherung eines Fahrzeug wahr, stoppe ich und stütze mich ab, damit ich unter keinen Umständen auf die Fahrbahn

oder in den Seitengraben strauchele. Wenn das Auto vorbei gefahren ist, laufe ich weiter.

Während solcher Wanderungen macht mich Ralf oft auf Dinge aufmerksam: »Schau mal, da drüben der Baum!« ... oder irgend etwas anderes. Aha, schräg rechts hinten meint er. Also bleibe ich stehen, visiere die Richtung an und erkenne, was er meint. Doch mit der Zeit bin ich genervt, ständig irgendetwas in allen möglichen Richtungen zu suchen. Mir reicht es vollauf, dauernd darauf achten zu müssen, richtig vorwärts zu kommen. Da bleibt kein Sinn für das Drumherum. Während des Fortbewegens seitwärts schauen oder etwa nach hinten wird zur Unmöglichkeit, denn da falle ich gleich hinterher!

Außerdem scheine ich auch nicht so ganz normal aufrecht zu laufen, sondern etwas vornüber gebeugt. Das fällt mir manchmal auf, wenn die Sonne aus einer für die Wahrnehmung günstigen Richtung scheint und ich meinen Schatten sehe. Aber daran etwas ändern - momentan unmöglich. Ich bin froh, dass ich mich überhaupt frei fortbewegen kann. Doch weiter so ein Trend ... kein schöner Gedanke!

Als das Extremste bei einem dieser Spaziergänge erweist sich ein Stück Weg im Tal, der durch knietiefes Laub führt. So etwas erspart mir Ralf nicht. Auf einmal sind wir hier, und es geht nur vorwärts; der Weg zurück ist viel länger. Schritt für Schritt muss ich mich weiter tasten, auch mithilfe der Nordic-Walking-Stöcke, denn mit Unebenheiten komme ich schlecht klar, weil ich sie mit dem linken Fuß kaum gut spüre.

Insgesamt fällt es mir diesmal besonders schwer. Ohne die Nordic-Walking-Stöcke zum Abstützen und Vorwärtstasten wäre das nichts geworden. Doch da muss ich jetzt einfach durch, was sonst?! Erst raus aus dem Laub, anschließend weiter, noch den Berg hoch.

Als wir endlich zu Hause sind, ziehe ich mich gleich um, denn die Sachen sind alle nass vom Schwitzen. Aber geschafft habe ich es!

***

Wir fahren gemeinsam in den »Netto«, unseren nächstgelegenen Supermarkt. Das erste Mal, dass ich hier wieder mit hineingehe. Zunächst quäle ich mich aus dem Auto heraus und gehe, gestützt von Ralf, bis zu den Einkaufswagen. Dort versuche ich vergeblich, ein fahrbares Einkaufsbehältnis zu bekommen, denn der Euro fällt ständig herunter. Also gebe ich lieber auf und lasse mir helfen. Dann habe ich endlich den Wagen zum Festhalten, und wir betreten den Supermarkt. Der Blick in die Regale erscheint mir verwirrend. Alles ist furchtbar bunt und grell. Davon wird mir fast schwindlig. Ich muss mich darauf konzentrieren: Was wollten wir eigentlich hier - Wo ist das Wurstregal? - Wo befindet sich die Getränkeabteilung? - Wo haben wir das Gemüse? Die vielen Eindrücke sind einfach zu überwältigend.

Dann tauchen die Dinge auf, über die man einst Witze machte: Da vorn entdecke ich eine Pyramide von Konservenbüchsen. Der Durchgang daneben ist natürlich schön eng, so dass ich aufpassen muss, überhaupt daran vorbeizukommen.

Jetzt läuft wieder in meinem Hinterkopf ein Film ab: Man könnte doch auf die putzige Idee kommen, ausgerechnet die linke untere Büchse herauszunehmen. Interessant, gerade diese zu nehmen. Das gäbe einen schönen Krach! Und da befindet sich bereits die versteckte Kamera ... - Aber nun ist die Lage anders. Das Umwerfen des Stapels ginge ganz schnell, denn die Gefahr, dass ich unglücklich anecke, sehe ich jetzt durchaus. Schritt für Schritt schleiche ich an dem Büchsenturm vorbei und vermeide, ihm aus Versehen zu nahe zu kommen, damit mir eventuell tatsächlich so etwas Dummes passiert. Überhaupt sehen die Wege zum Vorbeilaufen äußerst eng aus!

Ob unter den vielen Leuten vielleicht sogar jemand Bekanntes wäre, darauf kann ich momentan nicht achten. Das wird einfach nur unwichtig.

Was wollten wir eigentlich hier? Wo bin ich überhaupt? Wo ist der Ausgang? Ich halte mich fest und schaue umher. Irgendwo müsste ja auch Ralf sein ...

Orientierung gehört zur Zeit zu einer meiner großen Schwächen, bemerke ich wiederholt. So, jetzt erkenne ich es endlich: Dorthin gelange ich zu den Kassen - wo wir uns glücklicherweise auch wieder treffen.

Beim Herausnehmen der Artikel aufs Band und dem anschließenden Hineintun in die Taschen helfe ich vorsichtig mit. Doch weil ich mit der linken Hand nicht sicher zugreifen kann, geht das natürlich äußerst stockend. Das Bezahlen jedoch delegiere ich stillschweigend ab. Wenn ich ans Entnehmen des Geldes denke, muss ich mir immer wieder vorstellen, wie ich das Portemonnaie der Verkäuferin hingeben oder ihr die Münzen hinschütten müsste. Sie würde sich ja dann den Betrag heraussuchen ... Nein, bitte nicht!

Na gut, mit Karte bezahlen, das ginge einfacher, denn unterschreiben, das könnte ich ja wenigstens wie gehabt. ›Aber Ralf macht das schon‹, beruhige ich mich, und lasse es bleiben ...

Jedenfalls bin ich hinterher froh, wieder draußen zu sein. Da käme jetzt noch der Weg zum Auto ... Ja, wo ist es denn eigentlich, da stehen so viele (obwohl es sich eher um einen kleineren Parkplatz handelt)? Mir erscheint es ratsam, ich gehe einfach mit in die Richtung, die Ralf einschlägt. So kommen wir wenigstens am Ziel an ...

***

Da liegt er, der Patient. Er hatte einen Schlaganfall. Die Angehörigen kommen ans Bett, schauen. Und siehe an, er schaut um sich. »Wie geht es dir?«, fragt die Partnerin. Und - er antwortet klar und verständlich ... - Eine Szene aus der Krankenhausserie, die wir uns regelmäßig ansehen, jetzt noch zugegebenermaßen. Nur dass wir nun manches, zum Beispiel das eben Geschilderte, mit anderen Augen betrachten.

Für uns ist das so Dargestellte nun eher unglaublich. Natürlich, der Film muss irgendwann ein Ende haben. Aber das für mich Unglaubliche beginnt bereits mit diesem spektakulären Moment des Aufwachens. Wann der bei mir war?? Null Ahnung. Auch nicht, wann die zum Teil wirren Vorstellungen endlich in die Realität übergingen ...

Auf keinen Fall wachte ich auf und schaute gleich umher - bewusst, wo ich mich befand, wer da war und und und ...

Nächste Sache: Dass ich nach diesem Erwachen gleich klare Sätze sprach?! Schön wär's gewesen!

Da hängt es jetzt immer noch ...

***

Fitnessstudio, was wäre ohne?

Vor rund fünf Jahren gab es in meinem Kopf das Klischee vom Fitnessstudio: »Um dorthin zu gehen, musst du jung, fit und vor allem markengerecht angezogen sein, sonst bist du fehl am Platze oder fühlst dich zumindest ziemlich mies.« So wird es in manchen weniger guten Berichten suggeriert. Also hatte ich das abgebucht als nicht besonders erstrebenswert. Bis von unserer Krankenkasse ein Angebot kam, nämlich, sechs Wochen kostenlos ein Fitnessstudio eigener Wahl zu besuchen, was wir daraufhin realisierten. Ausprobieren unter solchen Voraussetzungen - was soll´s! Danach aufhören könnten wir dann immer noch, war der Gedanke. Gelesen - getan.

Ja, und nach dieser Zeit? Wir blieben dabei, weil hier das genannte Klischee überhaupt nicht stimmte. Gesundheitlich taten wir uns etwas Gutes, mit vereinbartem Trainingsplan, aber ohne moralischen Druck. Außerdem kamen wir in eine schöne Gemeinschaft und fühlten uns hier wohl. Von unter zwanzig bis jenseits von achtzig Jahren sieht man alles. Seitdem bearbeiten wir so ein- oder manchmal auch zweimal in der Woche den inneren Schweinehund. Die vorherige Meinung haben wir korrigiert.

Heute lautet unser Ziel wieder einmal »Fitnessstudio«. Vor einem guten Vierteljahr trainierte ich das letzte Mal hier unter »normalen« Umständen. Nun gibt es, auch mit den neuen, nicht gerade günstigen Bedingungen, einen erneuten Anlauf.

Vier Etagen sind es bis nach oben. Klar, die Alternative »Fahrstuhl« existiert. Also, das wäre doch mal etwas, zumal wir das noch nie in Anspruch nahmen!

Aber nein, der Weg führt über die Treppe! Nur das Festhalten am Geländer ist wichtig für mich, sonst wäre das Hinaufgehen undenkbar. Über ein sonderliches Konditionsproblem muss ich nicht klagen, denn außer Atem gerate Ich so schnell nicht beim Treppensteigen. Die Balance bereitet eher Probleme. Schließlich kommen wir oben an. Das bedeutet gewissermaßen bereits die erste Fitnessübung, dieser Weg in die vierte Etage.

Irgendwie ist es schön, dort anzukommen. Und sofort wird gemeinsam ein Programm erstellt, was für Übungen gegenwärtig günstig wären, mit welchen Geräten und welcher Belastung.

Zum Herumlaufen benötige ich noch die Nordic-Walking-Stöcke, wegen der Balance. Das »noch« wähle ich bewusst - schließlich soll es unbedingt mit so einem Hilfsmittel einmal getan sein, davon gehe ich einfach aus. Oder wie??

Dass da einige gucken, weil das ja ungewöhnlich ist - sei's drum, verbucht unter »egal«. Wer etwas erfahren will, kann ja fragen oder auch nicht. Manche Leute, denen wir dort begegnen, wissen, was mit mir los ist. Falls sie sich freundlich erkundigen und mich eventuell noch ermutigen, gibt mir das Elan. Wenn mir zum Beispiel eine ehemalige Kollegin sagt, dass eine Bekannte mit vergleichbarem Schicksal nach fünf Jahren wieder arbeiten konnte, handelt sich das doch um eine gute und konkrete Zielorientierung. Die brauchen Leute wie ich ab und zu einfach.

Zunächst lege ich die Gewichte an den Geräten minimal auf. Später komme ich hoffentlich wieder in die Regionen ähnlich wie vor dem Unfall.

Mir wird empfohlen, mit der Zeit die Stöcke nicht mehr beim Hin- und Herlaufen zu verwenden. Versuchen. Wir werden sehen.

Das Laufband solle ich lieber barfuß nutzen, meint meine Physiotherapeutin, damit die Füße direkten Bodenkontakt bekommen und den Untergrund gut spüren.

Ich komme ganz gut voran. Joggen probiere ich ebenfalls wieder, denn Joggen - vor allem draußen in der Natur - gehörte vor dem Unfall einfach dazu für mich. Nun muss ich mich jedoch unbedingt festhalten während des Laufens. Aus dem Geschwindigkeitsschnitt von 9 km/h sind jetzt weniger als 6 km/h geworden, und das für drei bis maximal fünf Minuten. Doch Hauptsache, es funktioniert überhaupt! Beim Gehen auf dem Laufband wird das Festhalten zum Glück allmählich unnötig. Allerdings erfordert es gegenwärtig meine volle Konzentration, nach der Seite zu schauen. Am besten, ich vermeide das.

***

Weihnachten 2009/2010

Es naht Weihnachten. Das bedeutet für uns immer: Familientreffen. Beide Kinder kommen - für sie selbstverständlich, und ich finde das gut so. Wir holen Ralfs Mutter her; die einzige von unseren Eltern, die noch übrig geblieben ist. Sie genießt die Weihnachtstage hier, fühlt sich in unserer Gemeinschaft wohl. Und einer muss der Weihnachtsmann sein, der die Geschenke von allen sammelt und sie mit originellen Bemerkungen übergibt. Weihnachtsmann - sehr großzügig gefasst, weil ich meist in der Vergangenheit in diese Rolle schlüpfte. Mit roter Mütze und Minirock, na ja. Diesmal übernimmt das Ralf aufgrund meiner Defizite beim Sprechen.

Wichtig: Alle sind beisammen! Besser: Alle sind WIEDER beisammen. Es fühlt sich schon recht eigentümlich an diesmal, zumal das plötzlich keine Selbstverständlichkeit mehr ist, sondern eine Besonderheit.

Als wir uns an den Tisch setzen zum Essen, werde ich sehr ruhig. Ich bringe kein Wort heraus, denn da befindet sich bei mir der berühmte Kloß im Hals. Schlagartig erscheint mir das Oktoberwochenende vor Augen, an dem ich endlich heim durfte.

Wir nehmen uns alle vier in den Arm, und ich kann nur »danke« denken, weil ich so etwas nicht ständig äußere (und ich sowieso nichts sagen konnte). - Und nun haben wir uns wieder im Arm. Es werden besonders schöne Feiertage, und sie gehen, wie immer in so einem Fall, viel zu schnell vorbei.

Zu Silvester? Da sortieren wir unsere Fotos, was denn sonst!?

Natürlich geht mir zum Jahreswechsel so allerlei durch den Kopf. Nicht zu leugnen: Die Frage nach dem »WARUM« kam und kommt oft. Warum das? Warum gerade ich??

Antwort: »Du hast dich halt selten blöd angestellt, und zudem ist alles noch sehr dumm gelaufen.« Vereinfacht gesagt. Hätte ich mir »nur« ein Bein gebrochen oder so ähnlich, wäre das alles Geschichte und ich hätte schon lange Ruhe. Derartige Überlegungen erweisen sich jedoch nur als müßig und bringen absolut nichts.

Ein Glück nur, dass niemand anders an der ganzen Sache eine Schuld hat. Da würde ich womöglich öfter denken: ›Wegen dem ... ‹

Und bei noch schlimmeren Szenarios höre ich einfach auf mit dem Weiterdenken - wozu denn das!?

Ich gelange übrigens immer häufiger zu dem Punkt, dass es den vollkommen falschen Weg darstellt, hinterher zu jammern: »Hätte ich nur ...« oder »Ich könnte doch ...«. Viel mehr muss alles dazu dienen, die ausreichend besch(eidene) Situation zu verbessern. Was ich dabei erreiche, geht in Ordnung, und was nicht - Pech gehabt! So einfach und so brutal sollte man das sehen.

Wer mir hilft voranzukommen ... da rückt die Vokabel »Freund« in greifbare Nähe. Wer nicht, dem werde ich niemals bösen Willen unterstellen. Der kann es eben nicht. Denn da kommt bei mir die Frage hoch: Was würde ich selber als »normaler« (eigentlich hier kein schönes Wort) Mensch sagen bzw. wie würde ich handeln?

Was jedenfalls vollkommen falsch ist: Alles abnehmen wollen, bei jeder Kleinigkeit helfen, also im Grunde gar nichts zutrauen. Um Hilfe ersuchen, wenn etwas überhaupt nicht klappen will - die Möglichkeit existiert immer noch!

Oder ich bin an einen von diesen schrecklich mitleidigen Mitmenschen geraten, die sich aber äußerst hilfreich vorkommen. Kommentar überflüssig. Stecken lassen. Und tschüss! Ich sage kein Wort - die beste Variante.

Das Nach- und Hineindenken in eine solche Situation kann auch zu dem Ergebnis führen, dass manche Erleichterung darin finden zu beten und mit Gott zu sprechen. Voll in Ordnung, wenn derjenige so Trost findet. Aber ich selbst glaube ausdrücklich nicht an diesen »Trost von oben«.

Nebenbei bemerkt, ist denn so was richtig: Man war bisher nicht gläubig, und nun auf einmal ruft man den Himmel an in der Hoffnung auf irgendeine Hilfe?? Meiner Auffassung nach kann so etwas kaum funktionieren!

Außerdem scheint dieser WER-AUCH-IMMER - ich nenne es lieber Schicksal - äußerst blind zu sein für manches, was offensichtlich ungerecht ist und ebenso offensichtlich ungestraft passieren darf, schaut man sich die Welt manchmal an ....

Trost im nächsten Leben?? Finde ich zu diffus.

Besser: »Mein Glauben ist meine Familie.« Wie heißt das so schön bei der Eheschließung: »... in guten und in schlechten Zeiten ...« Darüber denkt man naturgemäß erst einmal weniger nach. Aber dabei sind wir jetzt, so könnte man es ausdrücken. Besagter Teil funktioniert auch, was einen sehr, sehr großen Wert darstellt!

Davon möchte ich unsere beiden Kinder keinesfalls ausnehmen. Sie sind ebenso betroffen von der üblen Situation, und sie helfen genauso, so sehr sie können. Wir halten zusammen als Familie. Was gibt es in diesem Fall Schöneres?!

Da existieren auch eine Anzahl interessanter Satzfetzen, die ich in der letzten Zeit von verschiedensten Seiten vernahm: »Wie du das nur machst. Bei mir sähe das anders aus!« - »Du kannst von Glück sagen, wie das bei dir ausgegangen ist. Es hätte viel schlimmer ausgehen können!« - »In so einer Situation hilft nur Geduld!« - »Ein bisschen Geduld musst du schon haben. So schnell stellen sich da keine Erfolge ein!« - »Man könnte doch glatt tauschen mit dir! Nicht arbeiten müssen - du bist ja richtig zu beneiden!«

Fakt: Wäre ich nur auf mich allein gestellt, wäre ich kaum so weit gekommen, besser: niemals! Also - danke für jede Hilfe!

***

In der Winterzeit liegt von Jahresbeginn 2010 bis März Schnee, und weil wir so günstige Bedingungen haben, versuche ich es mehrmals mit Skilanglauf. Hinter unserem Grundstück hinaus auf das schneebedeckte Feld, Skier ran und los! »Skier ran« - das braucht selbstverständlich bei mir Zeit und Hilfe, doch wenn es geschafft ist, geht es vorwärts. Schön langsam und vorsichtig, Hauptsache, es funktioniert. Das Gute: Ich kann mich mit den Skistöcken in der Balance halten.

Natürlich komme ich nicht sehr weit, ungefähr drei Kilometer höchstens; Stichwort Kondition. Jedoch dürfen nach Möglichkeit keine Abfahrten dabei sein. Insgesamt empfinde ich das Skilaufen als viel mühsamer als gewohnt. Aber dass es überhaupt geht, das ist mir wichtig. Die Kondition lässt zu wünschen übrig, und die Schwierigkeit des Balancehaltens existiert ebenfalls.

Taucht da ein (kleiner) Berg auf, komme ich mir schlimmer vor als ein Anfänger. Sofort Unsicherheit und Straucheln. Hinfallen - nein. Doch das schaffe ich trotz aller Vorsicht natürlich auch - beim Überqueren der Straße! Warum? Weil dort logischerweise kein Schnee ist. Das Aufstehen danach stellt für mich ganz schön mühsam dar.

Ich gebe zu, dass ich mir, während wir so entlang laufen, gern vorstelle, dass da jemand schaut und sagt: »Guck mal, jetzt fährt sie sogar wieder Ski!« - So viel Eitelkeit muss erlaubt sein!

***

Zweimal wöchentlich gibt es, seit ich zu Hause bin, regelmäßig Therapien. Beispielsweise eine dreiviertel Stunde lang Ergotherapie. Zunächst massiert die Therapeutin den linken Arm und die linke Schulter mit dem Igelball. Anschließend steige ich zum Beispiel auf die unten hingelegte Gummimatte und wieder herunter ... hinauf ... herunter ... und so weiter. Dasselbe rückwärts, damit es etwas spannender wird, besser: schwerer. Mir gefällt es auf jeden Fall besser, eine Stuhllehne zum Festhalten in der Nähe zu wissen. Oder die Therapeutin achtet darauf, dass nichts passiert. Andere Möglichkeit: Ich bleibe auf dieser Matte stehen, und wir werfen einen Ball hin und her. Schön Balance halten dabei!

Die Gelegenheit, die seitlichen Rumpfmuskeln zu trainieren: Man legt sich unten hin, auf die Seite. Dann werden die gestreckten Beine angehoben, nur ein paar Zentimeter, das genügt. Bis die Therapeutin meint:»Pause!«, vergeht bestimmt nur eine halbe Minute (gefühlt erscheint es mir viel länger!). Aber ich zwinge mich, nie vorher aufzugeben. Natürlich genieße ich die Pause danach. Das auf jeder Seite dreimal - völlig ausreichend!

Anschließend folgen noch Tätigkeiten am Tisch. Zum Beispiel mit einer Handvoll Knete. Mit der linken Hand wird diese gedreht und dabei allmählich eine Kugel geformt. Sagen wir: So lange, bis das, was da in meiner Hand entsteht, sich der Vorstellung der Therapeutin von einer Kugel genügend angenähert hat. Das Maß der Geduld spielt dabei für mich auch eine gewisse Rolle.

Danach soll ich aus der Kugel Knete eine Walze entstehen lassen. Mit Daumen und einem weiteren Finger ist die Masse anschließend auseinander zu ziehen bzw. zusammen zu drücken, natürlich mehrfach. So lange bis ich am Ende der Walze angelangt bin. Neue Walze bauen und wieder von vorn. Mehrmals.

Bleibt noch ein Rest Zeit übrig. Da existiert zum Beispiel das berühmte Solitärspiel mit Holzsteckern bzw. Kugeln.

Oder die Therapeutin gibt mir ein Säckchen mit Holzgegenständen verschiedener Form enthält. Ich soll die Form der Gegenstände zunächst erfühlen und diese dann zuordnen zu Bildern, die sich auf dem Tisch befinden.

***

Auch die zweimal fünfundvierzig Minuten Logopädie wöchentlich vergehen recht schnell. Eine hingestellte Uhr sorgt dafür, dass man die Zeit nicht verpasst, für die Therapeutin selbstverständlich noch viel wichtiger als für mich.

Zum Anfang lässt sich im zwanglosen Gespräch feststellen, wie es um meine Redefähigkeit steht. Ich merke dabei, bei welchen Wörter ich hängen bleibe und ein zweites Mal ansetzen muss.

Zum Beispiel, wo »r« oder »ch« (am besten mehrfach und zusammen) enthalten ist, klappt das garantiert (eben »fürchterlich«!). Anfangs- und Lockerungsübung zwischendurch ist oft das Summen bei geschlossenem Mund. Meist konzentrieren wir uns dann auf einen speziellen Laut bzw. eine Kombination davon und üben eine ganze Menge Wörter, Wendungen oder Sprichwörter, die die zu übenden Laute beinhalten, nach dem Muster »vorsprechen - nachsprechen«.

Oder wir ziehen beispielsweise immer abwechselnd von einem Kartenstapel eine Karte. Einer erklärt, was man darauf sieht, ohne den Begriff zu verwenden, und der andere erhält die Aufgabe zu erraten, was das sein soll. Außerdem gibt es die Möglichkeit, im Wechsel Wortketten zu bilden (meist zu einem vereinbarten Thema). Der Endbuchstabe des alten Wortes ist der Anfangsbuchstabe des folgenden. Neben dem Artikulieren stellt das auch eine Anforderung an den »Grips« dar.

Oder ein längerer Text bzw. ein Dialog wird gelesen.

Ich merke immer, wie sehr ich mich auf das Sprechen konzentrieren muss. Normalerweise handelt es sich beim Aussprechen um eine Art Nebensache. Man legt sich im Kopf zurecht, was man sagen will, und spricht das dann ziemlich mühelos aus.

Jetzt ist das undenkbar, nebenbei noch auf anderes zu achten oder während des Redens schon neue Gedanken bereitzustellen. Einfach eine Überforderung.

Ganz nützlich sind auch Vergleichsaufnahmen auf Band, beispielsweise am Anfang und am Ende einer solchen Stunde bzw. von einer Woche zur nächsten.

***

Für die Physiotherapie sind zweimal wöchentlich zwanzig Minuten geplant, und die genügen, um ins Schwitzen zu geraten. Den großen Gymnastikball, den wir manchmal verwenden, besitzen Ralf und ich ja schon länger. Dass er nun diese weitere Funktion bekommt, hätten wir nie gedacht.

Inzwischen kann ich einigermaßen auf dem Ball sitzen, ohne umzufallen, aber eben mit genügend Vorsicht. Soll ich in der Therapie allerdings beim Sitzen einen Fuß anheben und womöglich noch den rechten, wird es sehr wacklig ...

Über den Ball legen, beide Arme hoch und mit den Beinen halten - diese Übung fordert die Balance. Gesteigert wird das dadurch, dass die Therapeutin Schubse gibt und ich das ausbalanciere. Es existiert noch die Variante, dass ich mich über den Ball lege, mich dann nur mit den Armen halten muss und die Beine anzuheben sind. Schweißtreibend kann das werden, soll ich zusätzlich Liegestütze ausführen.

Manchmal folgt eine Phase »Ball-zuwerfen« (das könnte ein ganz kleiner sein, aber auch der große Gymnastikball). Erschwert wird das dadurch, dass ich dabei auf einem luftgefüllten Kissen stehe. Als Anforderung an die Konzentration kann man sich währenddessen noch unterhalten oder Fragen beantworten ...

***

Frühjahr 2010

Solange Lisa-Marie noch hier bei uns zu Hause ist, fahren wir ab und zu in die nächstgelegene Schwimmhalle. Allein dorthin zu kommen, stellt sich für mich als ein Unding dar (Bus mit Umsteigen und anschließend eine größere Strecke zu Fuß. Dann den ganzen Spaß wieder zurück, von den Busfahrzeiten gar nicht zu reden).

Seit meinen ersten Versuchen in der Reha möchte ich auch weiterhin ab und zu schwimmen gehen. Vor einiger Zeit war es mein Standard gewesen, vierzig Bahnen, sprich: einen Kilometer, zu kraulen. Das nahm ich mir immer als Norm; jedoch dabei handelt es sich jetzt um keinen realistischen Maßstab. Doch schwimmen gehen - jederzeit gerne! Um die Mittagszeit ist zum Glück in der Schwimmhalle äußerst wenig Betrieb. So können wir reibungslos unsere Bahnen ziehen, ohne zu sehr aufpassen zu müssen. Abgesehen von notwendigen Pausen, meiner katastrophalen Kondition geschuldet, wird so das Schwimmen jederzeit ein Genuss für uns beide.

***

Joggen stellte für mich seit Jahren eine (vor allem geistige) Entspannung dar. Einmal rund um den nahe gelegenen Berg - das bedeutete eine knappe Stunde joggen. Am Beginn meldete sich regelmäßig der berühmte Schweinehund zum Überwinden, aber dem hatte ich zunehmend weniger Chancen gewährt. Der Hinweg - zunächst bergab, gewissermaßen zum Angewöhnen - dann eine längere Strecke ständig bergauf. Der Rückweg bewältigte sich danach wie von selbst ... Ich fühlte buchstäblich die Glückshormone und die ersehnte Entspannung nebst dem befreiten Kopf.

Das w a r einmal!

Nun möchte ich trotz aktueller Missstände das Laufen wieder aufnehmen, nicht nur auf dem Laufband im Fitnessstudio. Allein loszulegen erscheint weniger ratsam. Was mir da alles passieren könnte! Mir fehlt es an Selbstsicherheit. Wird mir unterwegs schlecht? Stolpere ich? Übersehe ich etwas? Nur Ungewissheiten überall. Ein Handy einstecken - das genügt nicht.

Auch hier ziehe ich gemeinsam mit Lisa-Marie los, die sich selbst gern sportlich betätigen möchte. Der Unterschied zu früher: Wir fahren zunächst zum Berg hin und beginnen dort erst mit dem Laufen. Die ganze Strecke wäre mir viel zu viel geworden. Den Versuch muss ich jedoch unbedingt wieder unternehmen!

Die Strecke verläuft anfangs eben hin, und nun wird gejoggt. Es funktioniert relativ gut! Auf die linke Seite besonders zu achten, daran musste ich mich sowieso inzwischen gewöhnen. Ist das Rennen einmal im Gange, kein Problem. Das finde ich gut so. Nur muss ich höllisch aufpassen, dass ich nicht strauchele. Aber ich merke allmählich, dass das linke Bein nachlässt, und deswegen erfordert das erhöhte Anstrengung. Dadurch wird es bald knapp mit dem Atmen. Ich darf da gar nicht zurückdenken an früher. Sich beim Laufen beispielsweise etwa noch zu unterhalten - unmöglich! Berge aufwärts mag ich jetzt überhaupt nicht, da benötige ich Gehpausen. Als der Weg dann bergab verläuft, nehmen wir das Rennen wieder auf. Hier kann ich in Zukunft

Strecke um Strecke hinzunehmen und die notwendigen Gehstrecken schrittweise durchs Joggen ersetzen. Erneut eine Anforderung an den Starrsinn. Der Anfang ist gemacht. Immer dasselbe - ohne Arbeit und Mühe wird nichts.

***

Unser Garten am Haus beinhaltet ständig verschiedenste Aufgaben, wobei ich einschätzen muss, dass viele gegenwärtig ungeeignet für meine Gegebenheiten sind. Lässt sich das ändern, oder wird das ein Dauerzustand!?

Der Bereich mit den Erdbeeren (in jedem Jahr drei oder vier Reihen) wartet zum Beispiel wieder einmal auf meine Person, wie sonst auch. Die Senker sprießen überall hin. Hier schreit förmlich alles danach, in Ordnung gebracht zu werden, um im Juni ordentlich ernten zu können. Eigentlich hätte das schon eine Tätigkeit für mich im vergangenen August dargestellt, jedoch da kam leider diesmal etwas dazwischen ...

Denn jedes Jahr um diese Zeit mache ich aus den »alten« Pflanzen und ein paar neu dazu gekauften die frischen Erdbeerbeete.

Dieses Jahr stellt sich einiges anders dar, aber versuchen möchte ich diese Arbeit schon. Alles Ralf überlassen - nein! Da gibt es bereits genug andere Arbeiten im Garten, und nicht nur dort.

Die Beete sehen »toll« aus: Ziemlich zugewachsen und durchmischt mit den verschiedensten Unkräutern. Zum Glück kann ich wenigstens die Erdbeerpflanzen ausmachen zwischen dem vielen anderen. Ich nehme das »Ursprungsbild« in mich auf mit dem Vorsatz: Das muss hinterher völlig verändert aussehen, wenn ich da drüber war!

Schaffe ich das?? Doch wo am besten beginnen? Schlicht in die Knie gehen - das ist zwar schön gesagt, fällt mir jedoch sehr schwer auf dem lockeren Boden. Beim Hinhocken tut mir außerdem das linke Bein weh. Am günstigsten wird es da sein, einen Campinghocker zu benutzen, auf den ich mich setzen kann bei meiner Arbeit. Und so mache ich es auch. Der Hocker erhält eine geeignete Position im Beet, stabil in der weichen Erde platziert und so, dass ich von hier aus möglichst viel erreiche. Noch ein Eimer fürs Unkraut, eine Schere zum Abschneiden alter Triebe und eine kleine Schaufel zum Herausheben der Pflanzen, das müsste es gewesen sein.

So funktioniert es ganz gut. Zeit benötige ich halt deutlich mehr als gewohnt. Außerdem strengt mich alles äußerst an, so dass ab und zu eine Ausruhphase nötig wird. Wenn ich an einer Stelle fertig bin, nehme ich den Campinghocker und lagere ihn um. Ich muss übrigens sowieso radikal sämtliche Pflanzen herausnehmen, sonst wird das nichts. Danach werde ich die kleinen Pflänzchen ansehen und sie auf Wiederverwendbarkeit überprüfen.

Nach einer halben Stunde reicht mir diese Plage. Erstens gibt es nun einen gefüllten Unkrauteimer, der zum Komposthaufen gelangen muss. Zweitens bin ich kaputt. Mann, oh Mann! Was habe ich eigentlich geschafft? Ein kleines Stück, nicht viel. Man sieht wenigstens, das ich etwas getan habe, jedoch erscheint es mir deprimierend wenig. Auf jeden Fall brauche ich unbedingt eine Pause und einen großen Schluck aus der Wasserflasche. Diese entdecke ich aber da vorn vorm Beet - weit weg. Und so kommt es, wie es kommen muss. Irgendein ungünstiger Schritt auf dem Weg dorthin in der weichen Erde - und ich finde mich sitzenderweise im Beet wieder. Aufstehen!! Doch das ist viel schwieriger als früher. Umschauen: Hat das jemand gesehen? Nein, anscheinend nicht - besser so.

Also vorsichtig weiter, bis ich endlich am Ziel bin. Der zweite Versuch, zur Flasche zu gelangen, gelingt.

Ich höre bald auf mit dieser Tätigkeit. Da ist zwar weniger als eine Reihe fertig, doch Lust verspüre ich keine mehr. Morgen haben wir schließlich auch noch einen Tag. Wieder einmal kostete dieses bisschen Arbeit über doppelt so viel Zeit wie gewohnt. Aber wie heißt das so schön: »Was lange währt, wird gut!« Jeden Tag ein ähnliches Stück, dann kommt in absehbarer Zeit der Moment, wo ich mit allen Erdbeerpflanzen fertig bin. - Fertig in sämtlicher Hinsicht.

***

Im Frühjahr beginnen wir mit kleinen Wanderungen. Ohne größere Mühe erreichen wir etwa zehn Kilometer. Es sieht so aus, als ob einfachen Touren auf weitere Sicht wenig im Wege stehen wird, natürlich weiterhin mit den Nordic-Walking-Stöcken. Das ist mir auch ziemlich wichtig, denn davon wollte ich mich nicht verabschieden: wandern und dabei etwas von der Welt sehen. Insbesondere auf Berge hinauf, die sich ohne Kletterseile und sonstige Hilfsmittel ersteigen lassen. Das war eigentlich schon immer meine Welt. Doch das Schicksal stellt keine Frage danach, ob man etwas will oder nicht! Was ich in der Lage bin wieder hinzubekommen, das versuche ich - was sonst!

Insbesondere zu Himmelfahrt handelt es sich bei uns seit langem um einen Termin, an dem wir die nähere Umgebung unsicher machen, meist zusammen mit einem Paar aus der Nachbarschaft. Also auch in diesem Jahr. Allerdings vertun wir uns auf der Hinfahrt etwas, und so landen wir nach falschem Einbiegen nicht an der Talsperre, zu der wir eigentlich wollten, sondern auf einem Weg, der ziemlich geradlinig auf den Auersberg (eine der höchsten Erhebungen in der weiteren Umgebung) führt. Also dort hinauf! Nur einen Haken stellen wir bald fest: Es ist äußerst kalt für die aktuelle Jahreszeit; weniger als zehn Grad. Und es wird zunehmend kälter, je mehr wir uns dem Gipfel nähern. Einziger Vorteil: Kein Regen. Bei diesen Verhältnissen rasten wir nur kurz, als wir oben angelangt sind, und begeben uns schleunigst wieder Richtung Auto.

Wir haben noch nicht einmal Mittagszeit, und so fahren wir von hier aus weiter nach Morgenröthe-Rautenkranz und schauen uns die neue Raumfahrtausstellung, die seit Sigmund Jähns Sojus-Flug 1978 dort im Heimatort des Kosmonauten existiert, an. Kein Vergleich zu der Vorstellung, die ich von meinem Besuch vor über zwanzig Jahren habe. Leider wird es ein kurzer Genuss, denn bald bitte ich darum, dass wir heimkehren. Alles bisher habe ich weggesteckt. Die Wanderung auf den Auersberg machte mir wenig aus. Doch jetzt ist Schluss. Mir erscheint es, als würde ich im nächsten Augenblick umfallen. Die Umgebung, die vielen Leute, das viele Bunte - das alles erschlägt mich förmlich. Also fahren wir nach Hause, und ich lege mich für einige Stunden schlafen.

Finito, nichts geht mehr!

***

THERAPIE IST DER VERSUCH, DER KRANKHEIT
BEIZUBRINGEN, WER VON NUN AN BEFIEHLT.

(Billy, Schweizer Aphoristiker)

Mai/Juni 2010

Ohne weitere Nachfragen bekomme ich einen erneuten Reha-Aufenthalt bewilligt, und zwar wiederholt in der Thüringer Klinik, in die ich bereits vom Herbst kenne. An dieser Stelle muss ich wieder einmal sagen, dass meine Krankenkasse alles Notwendige unternimmt, und ohne irgendwelche Reibereien. Das finde ich einfach nur gut.

Montag früh bringt mich Ralf dorthin. Zuerst muss ich mich anmelden an der Rezeption, und bald erscheint eine Schwester, die mich zum Zimmer begleitet. Erfreulicherweise handelt es sich um ein Einzelzimmer, und ich entdecke außerdem: Fensterblick nach außerhalb in den Wald - jetzt im Mai wunderbar - und nicht zur Hofinnenseite der Klinik.

Genau genommen, fühle ich mich im Nu wie zu Hause. Klar: Zum richtigen Zuhause in den eigenen vier Wänden ist es keine Alternative. Doch ich weiß, wozu ich hier bin, und möchte die Zeit nutzen. Zu diesem Zweck schalte ich innerlich zweckmäßig um.

Zunächst gibt es mit ein Anfangsgespräch bei der Stationsärztin. Nach einigen Tests, betreffend Reflexe, Gleichgewicht, Stand bei verschiedensten Fähigkeiten bzw. Einschränkungen, bekomme ich die Frage gestellt, was ich mir denn als Ziele vorgestellt habe. Als unrealistisch bezeichne ich die Erwartung, alles käme in Ordnung (obwohl das ganz gut klingt!). Es muss an vielem gearbeitet werden: Beweglichkeit, Gesichtsfeld, Konzentration, Ausdauer - na ja, es reicht. Die Liste ist unvollständig, aber lang genug, um den Gedanken zu haben: ›Das soll alles noch werden?!‹ In diesem Sinne mündet das in »unüberschaubar«. Wenn man darüber nachdenkt, könnte man sagen: »Hilfe, wo fange ich denn da am besten an!?« Auf keinen Fall funktioniert es so, wie ich gewöhnlich Sachen angehe: Schön eins nach dem anderen, und dann kommen wir unserem Ziel allmählich überschaubar näher. Das Ziel (wie formuliere ich das eigentlich??) befindet sich verschwommen irgendwo da vorn. Mir bleibt nur, immer darauf zuzugehen mit der grundsätzlichen Absicht: »Es muss auf jeden Fall besser werden!« Wie diese Besserung aussieht - keine Ahnung. Schon die Perspektive »ICH KANN DARAN ARBEITEN« fordert, etwas zu unternehmen, ist schön. Genau genommen gibt es keinen anderen Weg ...

Also heißt das zum Beispiel: Gehstil verbessern mit dem Schwerpunkt linke Seite, damit es zunehmend »normaler« aussieht. Denn wenn ich mich von außen beobachten könnte, würde ich feststellen, dass noch einiges fehlt, die gesamte Körperhaltung betreffend. So viel ist mir schon selbst klar.

Die Feinmotorik der linken Hand - genauso eine Daueraufgabe. Tja, die Hand ist eben kompliziert aufgebaut, und es braucht Zeit, damit sie ihre Funktionsfähigkeit möglichst wiedererhält. Wenn sie funktioniert, denkt man nicht darüber nach - warum auch? Ich fühle mich beim Bewegen von Hand und Arm links immer wieder an einen Roboter mit Schrittmotor erinnert. Hebe ich zum Beispiel links etwas an, dann spüre ich förmlich, wie die Signale hin- und hersausen.

Am Sprechen arbeiten - für meinen Beruf unumgänglich! Da gibt es kein Abweichen. Ich will wieder in die Schule. Dass ich davon noch ziemlich weit weg bin, bemerke ich selbst. Doch deshalb muss ich ja dieses Ziel nicht aus den Augen lassen. Außerdem: Man zeige mir die Person, die so ganz lässig ihre Berufstätigkeit, die ihr etwas bedeutet, sein lässt! Das stellt eines der größten Probleme für mich dar, für das ich jedoch keine so rechte Lösung erkennen kann - auch nicht eine zufrieden stellende Ausweichlösung.

Kondition und Alltagstauglichkeit können weiter qualitativ verbessert werden, ebenso die geistigen Leistungen. Das heißt: Vergesslichkeit reduzieren, weniger Fehler machen, Ausdauer erhöhen.

Das Gesichtsfeld links oben möglichst von seinen Lücken befreien.

Und bei der Medikamenteneinnahme lege ich das Augenmerk auf die Leberwerte.

Außerdem möchte ich unbedingt abnehmen. Nach dieser idiotischen Gewichtszunahme, vermutlich hauptsächlich zurückzuführen auf das eine Medikament, müsste ich ansonsten meine Standardgröße 40 allmählich abschaffen und notgedrungen umsteigen auf die 42. Mir wird mit der Zeit alles zu eng, es reicht! Das ist richtig deprimierend. Nein, das WILL ich nicht!! Also muss da etwas passieren. Schließlich bringt mir ein höheres Gewicht auch Probleme bei der Beweglichkeit und überhaupt Unzufriedenheit pur. Ich werde deshalb auf 1200 kcal gesetzt, und abends soll es keine Kohlenhydrate geben. Man wird sehen, was das bewirkt.

Die Ziele schreibt sich die Ärztin sich auf, und mir ist es ernst damit.

Weniger schön: Wegen des epileptischen Anfalls damals im Krankenhaus werde ich nicht allein ins Schwimmbad dürfen. Und dabei hatte ich mich so auf die hiesige Schwimmhalle gefreut, darauf, dass ich gegen Abend dort meine Runden drehen könnte. Geplatzt, die schöne Vorstellung! Wie lange hängt einem denn so etwas an!? Nur am Wochenende darf ich zusammen mit Ralf ins Bad, sagt man mir. Wenigstens das.

Einen Hinweis erlaube ich mir bei den Therapieplänen: Diese sollen schön voll sein. Überlastung wird es da keine geben, denke ich. Ausruhen kann ich mich zu Hause, wenn es notwendig wäre. Wozu bin ich schließlich den lieben langen Tag hier? Doch ich müsse natürlich sagen, sollte es mir zuviel werden. - Dazu kommt es aber nicht!

***

Schön, in bekannter Umgebung zu sein. Das macht den ganzen Aufenthalt leichter und vertrauter. Die Selbstständigkeit ist weiter erhöht gegenüber damals. Termine mit Zeit und Ort auf der Station wie Arztvisiten und Blutdruckmessen erscheinen per Plan auf einem ausgedruckten Blatt und sind gut eingetaktet. Folgepläne kann ich mir regelmäßig im Postfach in der Nähe der Rezeption abholen.

Das Blutdruckmessen bereitete mir ein gewisses Vergnügen. Meine Vorhersage »es wird sicher wieder etwa 120 zu 80 sein« bewahrheitet sich immer annähernd, eine schöne und beruhigende Tatsache. Zum Glück stellen Blutabnahmen eher die Ausnahme dar, denn die mag ich nach wie vor überhaupt nicht.

Eines fällt mir übrigens auf: Viele der Therapeuten, mit denen ich im Herbst vor etwa einem halben Jahr zu tun hatte, kennen mich sogar noch beim Namen, erstaunlich. Andersherum ist es doch leichter für mich!

Aber ich denke manchmal: Sogar mit meinem lädierten Gedächtnis fällt mir eine Vielzahl erneut ein. Eine angenehme Feststellung.

Zu den Therapien soll ich selbst hingehen und bin, ehrlich gesagt, oft schon neugierig. So finde ich mich zum Beispiel in der Physiotherapie ein. Der Wartebereich füllt sich kurz vor dem angegebenen Termin mit den unterschiedlichsten Patienten. Dann kommt ein Therapeut nach dem anderen und ruft »seine Leute« auf, etwa die Hockergruppe oder die »Entspannung« oder die Krankengymnastik, sodass im Laufe der Zeit immer weniger Personen warten.

Zur Krankengymnastik gehe ich mindestens dreimal in der Woche zur Einzeltherapie. Außerdem findet täglich Krankengymnastik in der Gruppe statt. Die Hockergruppe heißt so, weil wir uns dort im Kreis jeder auf einen Hocker setzen und dann Übungen durchführen wie: sich gegenseitig einen Ball zuzuwerfen - entweder zum Nachbarn oder nach Belieben zu irgendeinem der Beteiligten. Oder Ballübungen mit einem Partner. Oder alle bewegen ein großes Tuch, in dessen Mitte sich ein Ball befindet, den wir so gemeinsam hochwerfen. Und vieles andere mehr.

Zur Physiotherapie gehört zum Glück auch manchmal eine halbe Stunde im Bad, wo ich am Ende immer selbst ein paar Runden schwimmen darf.

***

Auch die Logopädinnen kennen mich noch beim Namen. Einfach erstaunlich. Bei wem werde ich landen? Ich erinnere mich an den vergangenen Herbst, an die Stunde in der Gruppe, als der Spaßvogel mit drin saß, der eine lustige Bemerkung nach der anderen herausließ und alle zum Lachen brachte. Er fand damals die intensive Art der Therapeutin sehr übertrieben und äußerte sich entsprechend.

Nun gehe ich zum ersten Mal ziemlich gespannt dorthin - und lande genau bei dieser Therapeutin. Unterm Strich finde ich übrigens ihr Vorgehen gut, zumal ich besonders nach den Therapien das Gefühl verspüre, besser sprechen zu können. Das liegt an der kontinuierlichen Behandlung, denn Logopädie steht täglich auf dem Plan, und das kann nur gut sein. Die Therapeutin hört sich das Gesprochene genau an und lässt mich so lange wiederholen, bis es schließlich klappt mit der Aussprache. Meist findet sie auch heraus, woran es wieder einmal hängt bei mir.

Was man bei »Klipp - plapp - plick - klick« alles so beachten sollte, das glaubt man gar nicht. Oder wie oft ich »Sprache - sprechen - spritzen - sprossen - sprudeln« vorwärts und rückwärts und in verschiedenen Varianten geübt habe ...

Als sie schließlich fragt, welches Gedicht aus Schulzeiten ich eventuell noch beherrsche, riskiere ich den bekannten »Osterspaziergang« von Goethe - und staune selbst, dass ich ungefähr die Hälfte des Gedichtes aus irgendwelchen Tiefen meines Hirns holen kann (gelernt ist eben gelernt!), sodass ich zunächst keine Textvorlage benötige. Nur - es geht ja vor allem um die Artikulation, und da fange ich so manche Zeile ein zweites oder ein drittes Mal an und bin logischerweise aus dem Konzept.

Neben den Einzelübungen werden auch mehrmals in der Woche Gruppenübungen vor dem breiten Wandspiegel gemacht - Zunge verschieden bewegen, Luft schaukeln im Mund, mit bzw. ohne den Spatel. Schön intensiv und schön oft.

***

Die Ergotherapie findet wieder im bekannten großen und verzweigten Raum statt. Fast täglich gibt es hier die verschiedensten Übungen: Gymnastik auf der Matte in allen Varianten, Greifübungen und und und ... Zudem darf ich jederzeit das Kiesbett nutzen, sollte es frei sein.

Zweimal in der Woche besteht für mich wiederholt die Möglichkeit, in der Ergogruppe im Laufe der Zeit, in der ich hier bin, einen Korb basteln. Dabei entsteht diesmal ein etwas komplizierteres Muster. Zum einen bekomme ich gezeigt, den Boden anders und aufwändiger zu gestalten. Das neue Muster hat sich aber niemand so ausgedacht, sondern beruht auf einem Fehler meinerseits. Da ich jedoch deswegen nicht noch einmal einen Teil wieder aufmachen will, mache ich daraus ein verändertes Muster und finde das im Ergebnis ganz passabel.

***

Um eine recht schöne Sache handelt es sich bei der Tanztherapie. Es geht hier nicht um Turniertänze, sondern um das Bewegen zur Musik. Dass das überhaupt noch so möglich ist, erstaunt mich. Beim letzten Mal Tanztherapie studiert die Therapeutin im Laufe der reichlichen halben Stunde eine Art Paartanz in der Runde ein mit schwierigeren Schrittfolgen und ständigem Wechsel zum nächsten Partner. Am Ende können es die meisten, und das macht richtig Spaß - aber plötzlich ist ja leider die Zeit vorbei!

Mehrmals in der Woche findet Computertraining statt, wo zum Beispiel Punkte fixiert bzw. gesucht werden müssen. Oder unterschiedliche Konzentrations- und Gedächtnisübungen. Man empfiehlt mir schließlich ein Programm mit verschiedensten Übungen zu einem recht erschwinglichen Preis, um es bei der Krankenkasse zu beantragen.

Jeden Morgen stehen zudem zwanzig Minuten auf dem Fahrradergometer zu Buche, außerdem noch spezielle Bäder und Wärmepackungen.

Meine Tischnachbarn fragen mich beim Abendbrot immer erstaunt, ob ich denn gar kein Brot esse. Nein - das halte ich eisern durch, und ich muss sagen, ohne großartiges Magenknurren. Äußerst günstig ist das hier mit den Büffets gelöst - eines für Vollkost und eines kalorienarm, aber deswegen keinesfalls schlechter. Bei dem freundlichen, hilfsbereiten Personal schmeckt es noch einmal so gut! Übrigens freut man sich so richtig auf das Frühstück, wenn das Abendbrot sparsamer gehalten wird!

***

Am Freitagnachmittag ist ein Treffpunkt angesetzt für eine Wanderung in die Umgebung, ungefähr sieben bis acht Kilometern mit einem kurzen Gaststättenhalt vor dem Rückweg. Das Wetter sieht gut aus: ab und an sonnig, frühlingshaft warm, also los!

Mit leichter Jacke, Jeans, Turnschuhen und Nordic-Walking-Stöcken ausgerüstet, setze ich mich ins Foyer, dem Treffpunkt für die Interessenten. Beim Blick rundum sehe ich eine Anzahl Leute. Wer davon wird noch dazugehören? Schließlich wird es, wie vereinbart, 15 Uhr, und eine Gruppe von zehn Personen findet sich zusammen. Ich betrachte in die Runde: Nordic-Walking-Stöcke hat niemand, also scheinen die anderen in dieser Hinsicht relativ »gut drauf« zu sein. Ein besorgter Blick in meine Richtung und die Frage nach dem Durchhalten. Verständlich, und im Inneren antworte ich auch: »Keine Ahnung - mal sehen.« Auf jeden Fall bittet man mich zu sagen, ginge es nicht mehr. Ja, ja, schon, aber dazu soll es gar nicht erst kommen

Also starten wir. Wir laufen lange durch den Wald, vorbei an Gewässern, woher teilweise lebhaftes Gequake dringt. Wenn wir die Stelle direkt passieren, tritt zunächst Schweigen ein. Als wir uns entfernen, nehmen die Frösche ihre Laute wieder auf. Bevor wir uns auf den Rückweg machen, genießen wir einen kleinen Imbiss - Gulaschsuppe, Würzfleisch bzw. eben nur ein Radler oder einen Kaffee.

Der Weg führt woanders entlang. Diesmal ist es ein südlicher Bogen. Das Mithalten bereitet mir Mühe. Das äußert sich darin, dass ich ganz schön schwitze. Aber Signal geben, dass es mir zu schnell ist - nein! Und in den folgenden Wochen gehe ich natürlich wieder mit!

Was mir außerdem bei diesen Wanderungen auffällt: Das Knie schmerzt beim Laufen. Wird das ein Dauerzustand? »Man wird ja kaum jünger, und da stellen sich eben bestimmte Sachen ein.« Ein Satz, den ich besonders gerne höre. Nicht, dass ich ein Problem hätte, doch: Womit soll ich mich denn noch abfinden?? Die Tatsache »schmerzhaftes Knie« ist aber vorhanden. Während des Wanderns ist das irgendwann zu spüren, insbesondere bergab. Erst einmal weiter beobachten ...

***

Am Ende der Reha, fünf Wochen später, kann ich feststellen: Beim Laufen gibt es im Knie keine Schmerzen mehr. Meine linke Seite verhält sich immer noch anders. Wegzaubern geht nicht. Erfreulicherweise habe ich aufgrund der umgestellten Ernährungsweise, abends auf Kohlenhydrate zu verzichten, fast vier Kilogramm abgenommen!

Nach wie vor sind (verständlicherweise, aber leider) keinerlei Versprechungen möglich, ob ich meinen Beruf wieder ausüben könnte die Psychologin sollte in einigen Gesprächen scheinbar überprüfen, inwieweit mich solche Aussichten eventuell deprimieren. Denn ob, wann und wie ich schulisch tätig werden kann, ist völlig ungewiss, gegenwärtig sowieso unmöglich. Dieses Ziel gebe ich trotzdem nach wie vor nicht auf.

***

Ralf bringt mich nun heim. Am ersten Vormittag, als ich allein bin, gehe ich zum Kleiderschrank und nehme einiges heraus, was ich bereits als zu eng aussortierte. Die vier Kilo Gewichtsabnahme müssen ja spürbar sein.

Und siehe an: Die eine Hose passt wieder! Die nächste auch. Überhaupt: Vieles kann ich erneut anziehen, und es sieht im Spiegel akzeptabel aus. Ich bin zunehmend begeistert und probiere Stück um Stück an. Ade, Schreckgedanke von der Größe 42, es bleibt bei der 40, jubele ich innerlich.

***

Als Ralf gegen Mittag heimkommt, stockt er:»Was ist denn hier los?« Klar, schließlich habe ich alles Anprobierte – nicht wenig – auf dem Bett abgelegt. Überall liegen Kleidungsstücke herum. Als ich es ihm erkläre und er das versteht, mache ich gleich noch eine kleine Modenschau. Ich genieße es, mich endlich wieder einmal richtig freuen zu können, und außerdem scheint er Gefallen daran zu finden! Das wesentliche Ergebnis: Mir passen erneut meine Sachen, wie sie mir immer gepasst haben! Was ja nicht ausschließt, dass ich mir etwas Neues kaufe.

***

Herbst 2010

Die Leute sagen alle, sie könnten keine Pilze mehr sehen, es reicht. Und wir waren in diesem Jahr noch nicht einmal zum Pilzesuchen! Also machen wir uns eines schönen Tages auf in den Wald an eine der bekannten Stellen, um selbst endlich Ausschau zu halten, ob wir auch Pilze finden wie so viele Leute jetzt. Obwohl ich inzwischen oft die Nordic-Walking-Stöcke weglasse, nehme ich sie diesmal wohlweislich mit für den zu erwartenden Weg über Stock und Stein.

Wir fahren zum Waldrand. Ralf geht suchen wie gewohnt. Für mich sieht es etwas anders aus, denn so einfach auf dem weichen Waldboden laufen mit eventuellen Unebenheiten und Hindernissen, das ist schwierig. So bewege ich mich eben mithilfe der Nordic-Walking-Stöcke durch den Wald. Zunächst gibt es kaum Gefälle, aber weiter vorn muss ich einen steilen Hang hinunter gelangen. Daran führt nichts vorbei. Und so »ganz nebenher« möchte ich ja auch ein paar Pilze finden, sonst macht es keinen Spaß. Ab und zu stelle ich mir einen Beobachter vor, der mich so entlang kommen sieht. Interessant wäre schon, was der sich denkt (obwohl mir das letzten Endes egal ist!). Pilze aufspießen und so ...

Doch immerhin, es funktioniert jedenfalls. Und auch der steile Berg wird zum lösbaren Problem.

Sieh an, ab und zu finde ich sogar auch ein paar Pilze, meist Ziegenlippen oder Braunkappen. Von der Menge her ist es natürlich deutlich weniger als sonst, aber die gemeinsame Beute reicht für ein leckeres Abendbrot, welches wir uns nach dem notwendigen Pilzeputzen zubereiten und voller Appetit verspeisen.

***

Irgendwann in nicht allzu ferner Zukunft möchte ich schon wieder Auto fahren. Erstens gehöre ich zu den Leuten, die gern Auto fahren, und ich möchte von mir behaupten, dass das in der Vergangenheit recht passabel klappte. Von den bevorzugt männlichen Mitmenschen mit der anmaßenden Meinung von der »Frau am Steuer« halte ich, gelinde gesagt, wenig. Manchmal erkenne ich da höchstens ein übersteigertes Selbstbewusstsein nebst bequemem Festhalten an Macho-Klischees. Ich bin ein bekennender Gern-Autofahrer, und so stellt sich für mich die gegenwärtige Situation einfach hart und nicht akzeptabel dar. Außerdem wäre es für meine berufliche Absichten notwendig und günstig, wieder zu fahren. Je mehr Zeit vergeht, umso schlechter steht es um Übung und Sicherheit. Schon wegen des Gesichtsfeldes gibt es jedoch Hindernisse, wobei ich mir aber weiterhin Besserung erhoffe. Mir fehlen ganz gewaltig ein paar Tipps, was man noch unternehmen könnte, außer fleißig lesen und so. Abgesehen von dem Cogpack-Computerprogramm und einigen

Hinweisen aus der Reha gab es an anderer Stelle im Grunde nichts, nur tröstende Worte.

Eine praktische Möglichkeit ist das Üben auf einem großen Einkaufsparkplatz - natürlich am Sonntag, wo da keiner ist. Also los! Und siehe da: Es funktioniert ganz gut. Also: erst einmal das Fahren an sich: Anfahren, Wenden, Einbiegen, Einparken, ohne dass sich irgendjemand anders in der Nähe befindet, den ich gefährden könnte. Doch ich bin einfach froh, dass es so funktioniert. Wenn es ernst wird, wären wohl ein paar Stunden bei einem Fahrlehrer anzuraten.

Bei verschiedenen Erlebnissen im Straßenverkehr komme ich kaum umhin zu sagen:»So, wie manche fahren - das brächte ich auch hin, aber besser!« Auf den praktischen Beweis meinerseits verzichte ich, einfach aus Verantwortung. Mir bleibt da nur die verdammte Hoffnung, die ich nach wie vor nicht aufgeben will.

»Die nicht können, dürfen oft trotzdem, und die können, die dürfen nicht immer.« Das kommt mir oft in den Sinn, wenn ich das Geschehen im Straßenverkehr beobachte.

Kein weiterer Kommentar. Weil ich sonst stocksauer werde.

***

Nun nehmen wir es endlich in Angriff, das Vorrichten unseres Wohnzimmers. Eine Zimmerhälfte, die Essecke mit dem Tisch und den vier Stühlen, ist ja soweit in Ordnung. Die weißen Wände mit der Raufasertapete hatten wir schon vor drei Jahren gestrichen. Im anderen Teil steht seit dem letzten Sommer ein neues Sofa. Bei dem vorherigen waren ein paar Federn kaputt. Das hörte man bei jedem Hinsetzen. Nach etwa fünfzehn Jahren kann man sich wohl etwas Neues anschaffen! Mit den anderen Schränken, das wird noch ein paar Wochen dauern bis zur Lieferung.

Es wird allmählich interessant mit den Veränderungen. Die Korkdecke soll bleiben, aber neu tapezieren wollen wir schon. Bei dem »Wie« entscheiden wir uns, an einer Wand die »alte« Tapete mit Struktur zu lassen und nur zu überstreichen. An die anderen Seiten kommt neue Tapete. Also los - erst die alte Wandverkleidung ab und dann die neue anbringen. Als wir einzogen vor rund fünfzehn Jahren, richteten wir alles selbst vor, und da hatte ich mir diese Tätigkeit allein vorgenommen. Für Ralf standen schließlich noch weitere Tätigkeiten auf dem Programm, zum Beispiel Fliesen legen.

Wie wird das jetzt? Zumindest das Vorbereiten der Tapeten kann ich schon übernehmen, das Zuschneiden und das Einstreichen. Auf die Leiter steigen und alles exakt ankleben, das sollte ich lieber bleiben lassen, schätze ich ein.

Vor dem Tapezieren beginnt erst einmal unsere bisherige Schrankwand »zu verschwinden« (also: Ralf baut selbige Stück für Stück ab, und ich räume die darin befindlichen Sachen in ein anderes Zimmer).

Das Sofa »wandert« anschließend auf die gegenüberliegende Seite.

Mit den neuen Möbeln erleben wir übrigens keine Enttäuschung; sie werden am vereinbarten Termin geliefert. Nun können wir endlich beginnen, richtig Ordnung zu machen im Wohnzimmer und die Schränke wieder einräumen. Natürlich tritt an manchen Stellen Schweigen ein bei der Frage: »Wo befindet sich denn ...«

Aber das ist wahrscheinlich normal so.

Für die Therapeutinnen, die regelmäßig zu mir kommen, gibt das bestimmt interessante Beobachtungen. Praktisch jeden Tag sieht das Wohnzimmer anders aus. Man muss auch dazu erklären, dass insbesondere Ralf darauf achtet, dass sich möglichst täglich etwas verändert. Und ich freue mich schon auf die Blicke um die Ecke herum: ›Was gibt es denn heute wieder Neues??‹

Irgendwie sagen die ständigen Veränderungen ja aus: »Bei uns ist trotz alledem noch nicht alles vorbei!« - Stimmt!

***

Oktober 2006

Die Höhe lag vor uns. Das war immer ein gutes Gefühl: Man ist frisch und voll bei Kräften und weiß: In ein paar Stunden, anstrengenden Stunden, würden wir dort oben angekommen sein. Als schönste Belohnung winkte, aus der erreichten Höhe herabzuschauen auf das Geschaffte und die Gegend ringsum da unten zu betrachten. Wir suchten uns immer Ziele, welche an einem Tag erreichbar waren. Wenn sie sich außerdem in genügender Höhenlage befanden - besonders gut! Kletterseile und andere Hilfen verwendeten wir nie. Da konnte man durchaus an Höhen über 3000 Meter denken. So wie der Piz Boe, unser heutiges Ziel - 3152 Meter hoch.

Es handelte sich um eine günstige Jahreszeit. Gegen Ende Oktober wäre ja unter Umständen viel Schnee denkbar, was uns weniger passen würde. Je nachdem, wie das Jahr eben wettermäßig ausfiel. Und da hatten wir jetzt ausgesprochenes Glück. Denn es herrschte schönes ruhiges und warmes Herbstwetter. Nur mit Herbstnebeln mussten wir verstärkt rechnen. Aber an diesem Tag war das nicht so, denn es schien die Sonne, und Bewölkung hatte man zu suchen.

Die Winterurlauber würden erst später anreisen. Sie kämen erst, wenn mit einiger Sicherheit Schnee läge. Und von den Sommerurlaubern war keine Spur mehr. Also herrschte ziemliche Ruhe im Urlaubsort. Wir merkten es am Betrieb auf den Straßen oder in den Gaststätten - sehr verhalten. Folglich waren von ungefähr zwanzig Lokalen in unserem Ort die meisten geschlossen. Außerdem führte man gegenwärtig die notwendigen Baumaßnahmen an den Straßen durch, rechtzeitig vorm großen Winterbetrieb.

Wir fuhren zunächst zum Paso de Pordoj und stellten dort das Auto ab. Von hier aus gab es eine Seilbahn in eine für uns günstige Richtung. Am Anschlagbrett stand zu lesen, dass sie ausgerechnet heute, am Sonntag, zum letzten Mal in diesem Jahr verkehren würde. Das versprach eine günstige Möglichkeit für den Rückweg, denn beim Bergablaufen stauchte es immer tüchtig in den Knien, so unsere Erfahrung. An das Stauchen auf dem Abwärtsweg sollte man unbedingt denken, um eventuelle spätere Knieschmerzen zu vermeiden.

Zunächst richteten wir den Blick direkt nach oben. Der Gipfel, den wir erreichen wollten, erblickten wir von hier aus noch nicht; denn er befand hinter einem Absatz. Der erste Teil des Weges war sanft ansteigend und führte über Wiesen, bis hin zum Beginn der Geröllstrecke. Wir konnten den weiteren Verlauf gut erkennen. An den Stellen, wo ständig die Leute unterwegs waren, hatten die Steine eine andere Farbe angenommen. Der Pfad schlängelte sich hin - unerträglich weit hoch. Da oben erspähten wir eine Art Absatz. Bis dahin würde es recht mühsam werden. Danach verliefe die Strecke hoffentlich flacher weiter. Wären wir nur bereits angekommen! Ganz oben, kurz vor dem Absatz, erkannten wir drei oder vier sich bewegende Pünktchen. Offensichtlich Leute, die uns schon weit voraus waren. Dort wollten wir noch hin!

Ein Glück, dass wir die Wanderstöcke mitgenommen hatten. Das versprach ein bisschen Halt auf dem Geröll. Bei jedem Schritt mussten wir aufpassen, dass wir vorankamen und nicht etwa mit den Steinen gemeinsam ein paar Meter unsanft abwärts rutschten. Zwischendrin Blicke zurück machten uns bewusst, dass wir vorwärts kamen. Und der Abhang hinter uns sah verflixt steil aus! Da wieder hinunter?? Eigentlich nicht! Besser erschien da die Alternative Seilbahn! Und es tauchten eben in diesem Moment viel weiter unten Menschlein auf, die ebenfalls noch hinauf wollten. Und die vor uns hatten inzwischen den Absatz so gut wie erreicht ...

Sehr, sehr lang erschien die Zeit, in der wir schrittweise stiegen und stiegen, zwischendurch Trinkpausen einlegten, bis der Absatz immer näher rückte, Meter um Meter. Und dann lag es endlich direkt vor uns, dieses Teilziel. Vorerst mussten wir erwartungsgemäß nicht mehr steil bergauf steigen; offenbar war das nun vorbei. Ganz unten, dort, wo wir herkamen, konnte man die Häuser erahnen unweit unseres Autos. Hier oben eröffnete sich ein neuer Blick. Vor uns eine Hütte mit der Weggabelung. Nach links um die Ecke herum gelangte man zur Seilbahn, die uns am Ende zurückbringen sollte. Geradeaus setzten wir jetzt unseren Weg weiter fort über große Felsstücke. In der Höhe vor uns entdeckten wir den Piz Boe. Hier im Schattengebiet erspähten wir einige Schneereste über den Steinen auf dem Weg. Also aufpassen wegen der Glätte! Außerdem war der Weg ständig etwas anders schräg.

Nach einer weiteren, anstrengenden Klettertour erreichen wir schließlich den Gipfel in wunderbarer Sonne - von Wärme sollte man hier lieber nicht reden. Wir schauten auf die umliegenden Dolomitengipfel. Einfach nur schön, dieses Panorama!

Nach ein paar Gipfelfotos traten wir den Rückweg an und fuhren wie geplant mit der Seilbahn talwärts, wobei wir unter der Gondel den Aufstiegsweg sehen konnten, auf dem sich weiterhin Menschlein gen Gipfel bewegten.

***

Oktober 2010

Der bayrische Wald ist ein lohnendes Ziel, und wir hoffen auf gutes Wetter. Die Annonce mit der dortigen Unterkunft stöberten wir vor einiger Zeit in einer Zeitung auf, und zusammen mit unseren Nachbarn beschlossen wir, übers Wochenende dorthin zu fahren. Nach etwa zwei Stunden erreichen wir das Quartier, eine schöne Pension mit freundlichen Wirtsleuten, und schauen uns hier gleich etwas um. Von Weitem ist der große Arber zu sehen, das morgige Ziel, übrigens auch von unseren Zimmern aus. Bezüglich des Wetters können wir uns nicht beschweren - wolkenlos und klar. Die Nacht verspricht allerdings kalt zu werden. Am Abend gibt es in der Pension ein gutes, reichliches und liebevoll zubereitetes Abendbrot.

Am folgenden Morgen fahren wir gen Brennes, dem Startpunkt der Wanderung. Zunächst führt der Weg den »gläsernen Steig« entlang zum Kleinen Arbersee. Wir können nun unser Ziel gut erkennen -

»schön« weit oben. Auf einer solchen Tour benutze ich natürlich die Nordic-Walking-Stöcke.

Wir wandern weiter, ständig schweißtreibend bergauf, hin zum Kleinen Arber, wo sich eine Hütte befindet. Auf einer Bank in der Nähe packen wir unser mitgebrachtes Picknick aus, eine Stärkung vorm letzten und steilsten Teil der Strecke. Schließlich kommen wir der Kuppel immer näher und genießen, als wir angelangt sind, den herrlichen Ausblick auf die Umgebung. Wir haben es mit dem Wetter wirklich glücklich getroffen - bei sehr guter Sicht und in angenehmer Herbstsonne.

Bis zum Gipfelkreuz trennen uns nur wenige Schritte. Aber ich entdecke kaum etwas zum Festhalten. Eigentlich sollte ich mich zufrieden geben. Schließlich sind wir nun oben, und auf die paar Meter kommt es jetzt nicht mehr an! Doch dorthin zum Gipfelkreuz muss ich einfach noch, das wissen auch meine Begleiter. Also sagen sie mir, wo ich am besten entlanggehen müsste, und geleiten mich. Auf den letzten Schritten hänge ich mich sicherheitshalber ein, weil dort die Nordic-Walking-Stöcke nichts mehr nützen. So erreichen wir schließlich das Gipfelkreuz und setzen uns hin. Von hier oben schweift der Blick in die Runde - schön - wie immer. Wie immer??

In diesem Moment ist es bei mir vorbei. Sonst äußerst selten, nun aber wahr: Die Tränen kann ich nicht mehr zurückzuhalten und bin eine Zeit lang nicht ansprechbar. Fassen, dass ich das bis hierher geschafft habe - nein, das will mir nicht in den Kopf. Zumal ich annehmen musste, so etwas sei vorbei für immer.

FÜR IMMER?!? Eben nicht!

Da mag jemand sagen: Naaaa jaaaa, die bisschen 1456 Meter Höhe, was ist denn das eigentlich ... Für mich ist das momentan äußerst viel. So viel, das kann sich gar keiner vorstellen.

Was mag den Leuten durch den Kopf gehen, die uns hier beobachten? Ist egal, aber interessant zu wissen fände ich es schon.

Eine Frau erbietet sich bereitwillig, ein Foto von und uns zu machen, bei dem ich übrigens weder an »Cheeeeese« denke noch überhaupt in die Linse schaue.

***

Winter 2010/2011

Wie im vorigen Jahr steht wieder das Skilaufen mit auf dem Programm. Beim diesjährigen Dezember handelt es sich um einen Wintermonat mit viel Schnee, und zeitweise fällt die Temperatur bis um die minus 20°C. So müssen wir auch oft Schnee schippen. Ärgerlich wird es, wenn es beispielsweise Sonntag Nacht schneit. Dann muss sich Ralf früh zumindest erst einmal den Weg freischaufeln, damit er in die Schule fahren kann. Den Rest mache ich in Ruhe am Vormittag. Dieses Wegschieben und Wegtransportieren des Schnees fällt mir leicht. Ohne Zeitdruck stellt sich das auch ganz anders dar.

Die Runden auf den Skiern können übrigens jetzt größer sein als voriges Jahr. Und irgendwann stehe ich unvermittelt vor einem Abfahrtsberg. Augen zu und durch - dass wird kaum funktionieren, vermute ich. Schließlich weiß ich nicht zu sagen, wie es gekommen ist: Jedenfalls bin ich unten angelangt, ohne in den Schnee zu fallen, aber natürlich mit diesem Super-Anfängergefühl.

Ich kann es ebenso wenig sagen wie Ralf, der sich meine Künste anschaut. Die ganze Zeit beobachtet er das Geschehen, vielleicht mit dem Gedanken: Jetzt ... jetzt ... jetzt ...

Nein, es gibt diesmal keine Schneelandung! So macht das Skilaufen allmählich wieder mehr Spaß und bringt nicht nur Stress und Anstrengung.

***

Frühjahr 2011

Die regelmäßigen Besuche vier- oder fünfmal monatlich im Fitnessstudio tun uns beiden gut.

Irgendwann (warum eigentlich nicht schon eher??) komme ich auf die Idee, die Haltung beim Gehen vor dem großen Spiegel, der sich an der einen Wand befindet, zu kontrollieren. Ralfs Bemerkungen wie »Irgendwie läufst du anders. ... Man bemerkt, dass da etwas verändert ist.« beschäftigen mich seit langem. Er sagt mir das auf meine Frage hin und um mir zu helfen. Konkret zu sagen, WAS denn da anders ist, erweist sich offensichtlich als schwierig. Deshalb kann ich damit wenig anfangen außer festzustellen, dass es keineswegs »wieder normal« ist.

Daher meine ständige Unzufriedenheit. Und dann endlich dieser Gedanke, der doch vielleicht etwas bringen könnte.

Also gehe ich mehrfach ein Stück und beobachte dabei, wie ich mich auf den Spiegel zu bewege. Die Schultern sind nicht symmetrisch; die linke hängt tiefer. Es wäre wohl das Günstigste, die andere Schulter ein bisschen herunterzuziehen, damit die Höhe beidseitig gleich aussieht. Doch das ständig zu beachten - wie soll denn das funktionieren? Und das Pendeln der Arme an der Seite - jeder würde sagen: »Das geht automatisch!« Bei mir stimmt das so nicht. Rechts ja, aber durch die Spastik links steht dieser Arm dauernd unter Spannung. Ich kann nur immer besonders darauf achten und hoffen, dass sich das ganz allmählich und möglichst vollständig behebt. Prognosen sind wieder einmal schlecht denkbar. Da gibt es nur eines: Ständig beharrlich daran arbeiten, nur so gelangen Erfolge in Aussicht, EVENTUELLE!

Ein günstiges Gerät ist übrigens der »Wackelstab«. Man muss ihn im richtigen Rhythmus hin und her schwingen, damit er in Resonanz gerät. Wenn ich das mit rechts probiere, kann ich sehen, wie es funktioniert. Und mit links arbeite ich daran, das ähnlich hinzubekommen. Ja, und was soll ich sagen? Zuerst ging links so gut wie gar nichts, und jetzt, nach ungefähr drei Monaten, klappt es schon ganz gut. Vollständig gut - nein. Aber immerhin ...

Bei den Gewichten, die ich an den Geräten einrichte, verzeichne ich eine Entwicklung. Zunächst begann ich mit geringen Werten, und inzwischen bin ich bei den Einstellungen annähernd dort angelangt, wie es war vor meinem Unfall. Das heißt: Mit der Kraft sieht es allmählich zufriedenstellend aus.

In größeren Abständen wird von den Betreuerinnen ein neuer Trainingsplan erstellt. Da hilft man mir also gleichfalls. So nebenbei registriere ich, dass ich kaum nachschauen muss, welche Übungen wir ausgewählt haben. Was ich selbst ausprobiere, merke ich mir offensichtlich ganz gut. Ein Kontra der verflixten Vergesslichkeit!

Günstig ist auch das Trampolin. Beim Aufstellen muss ich nur beachten, dass ich mich während des Springens irgendwo festhalten kann, um unsanfte Landungen zu vermeiden. Und nach höchstens zwei oder drei Minuten genügt es, dann bin ich fertig und schwitze sehr. Aber mir ist schon von mehreren Seiten bekannt geworden, dass es sich mit dem Trampolin um ein gutes Teil zum Üben handelt, also hole ich es mir ab und zu.

Hier treffe ich auch auf einige ehemalige Schüler. Nach ein paar verwunderten Blicken kommen wir gut ins Gespräch (und nebenbei bemerkt kommt mir die Erinnerung an vieles!). Manchmal schimmert bei meinem Gegenüber der Wunsch durch: Klassentreffen? ›Nur zu‹, denke ich da, denn ich würde mich darüber freuen, zumal man neugierig ist, was so aus jedem wurde. In solchen Momenten schießt es mir übrigens durch den Kopf: ›Wann war das gleich: Vor über fünf Jahren oder vor rund zehn Jahren oder ... Ach, du liebe Güte, wie die Zeit vergeht!

***

Dass zweimal wöchentlich Therapien stattfinden - dabei handelt es sich inzwischen um eine feste Größe bei mir. Und dass nach zehn bzw. zwanzig Behandlungen neue Arztrezepte her müssen, ist eingetaktet. Es existieren nie Probleme mit der Krankenkasse, etwa, weil ich »nur Kassenpatientin« bin. Da gibt es nichts. Meine Überlegung in diesem Falle: »Sicher wollen sie das Gleiche wie ich erreichen: Dass ich wieder im Beruf tätig sein kann.«

Wie steht es jetzt mit mir? Ich glaube, dass meine vielen »Baustellen« schon überschaubarer geworden sind. Aber wenn es hieße: »Morgen ab vor die Klasse!«, gäbe ich mir maximal zwei Tage. Dann könnte man wahrscheinlich kaum mehr von einem ordentlichen Unterricht (was ich darunter verstehe) reden, denn die Kinder hätten inzwischen genau die bestehenden Schwachstellen bei mir ausgemacht - und dabei sehe ich ausdrücklich keinen bösen Willen. So ärgerlich das ist: Es geht eben nicht so! Zu diesem Ergebnis zu gelangen, das ist einfach nur hart. Mehr erspare ich mir; sinnlos, sich da hineinzusteigern.

Vorhersagen macht keiner, weil es niemand kann. Also Stück für Stück immer wieder etwas tun und ständig hoffen: »Vielleicht wird es doch noch??« Und niemals aufgeben!

***

Im Blickpunkt bei der Physiotherapie steht oft die Alltagstauglichkeit. Auf den Therapierezepten taucht der Name »Bobath« auf.

So gab es vor einiger Zeit Proben bei verschiedenen Hantierungen in der Küche: Gegenstände irgendwo ablegen (natürlich auch schön weit oben) bzw. sie von dort holen beispielsweise. Immer wieder fragt die Therapeutin, ob ich die Alltäglichkeiten bewältige. - Ja, das meiste. Bei einer Spazierrunde wird der Laufstil geprüft und korrigiert.

Das Zuspielen großer oder kleiner Bälle in den verschiedensten Varianten - links und rechts, durch die Beine, hintenherum über den Kopf, prellen, Volleyballzuspiel bzw. per Fuß schult immer wieder meine Reaktionsfähigkeit. Bei schönem Wetter findet das alles natürlich draußen statt, und das Wetter spielt in dieser Hinsicht oft mit.

Wir selbst haben noch eine Tischtennisplatte, die Ralfs Eltern vor langer Zeit unseren Kindern schenkten. Also kommt ab und zu Tischtennisspielen auf den Plan. Wer da denkt, das Spiel bestünde nur aus Ballholen, der irrt sich genauso wie ich, denn ich hatte das zuerst vermutet. Es funktioniert sogar recht gut. Nach wie vor bin ich bei diesem Spiel Linkshänder.

Übungen, die vor allem auf Kondition und Balance abzielen, sind auch ab und zu an der Reihe - sowohl drinnen wie ebenfalls draußen auf der Wiese: Sitzen auf dem großen Ball, einen Fuß hoch und halten; über den Ball legen und Bein und Arm diagonal anheben, mehrmals im Wechsel. - Liegestütze. Auf dem nicht ganz ebenen Untergrund eine zusätzliche Anforderung. Bei den Balanceübungen kommt immer wieder dazu: Von verschiedenen Seiten antippen - und ich muss das ausbalancieren.

∗∗∗

Die Ergotherapie beginnt oft mit der Igelballmassage. Anschließend werden die Schultergelenke bewegt - auf und ab, das zugleich oder abwechselnd, und kreisen.

Es folgt meist irgendeine Art von Zuspiel: Luftballon mit Schläger oder Klettball zum Beispiel. Manchmal soll ich währenddessen auf der bekannten Gummimatte stehen.

Dann kommt immer wieder einmal das Solitärspiel dran: mit Kugeln oder auch mit Stecknadeln. Die nächste Schwierigkeitsstufe beim

Solitär mit den Holzsteckern ist die, dass ich die Holzstecker nicht mit der Hand, sondern mit einer Wäscheklammer anfassen soll.

Varianten sind weiterhin der bekannte »Stürzende Turm« oder Mikado. Dabei gilt logischerweise: »Das mache ich mit links!«, mit der betroffenen Seite. Apropos: Bei der ganzen Lage der Dinge ist es von großem Vorteil, dass ich Linkshänderin bin, denn ich will ja sowieso diese Seite wieder trainieren. Ein Umlernen auf rechts macht für mich überhaupt keinen Sinn.

Ansonsten kann ich nur raten, die betroffene Seite unter keinen Umständen zu vernachlässigen ...

***

Eine Grundübung in der Logopädie stellt nach wie vor das intensive Üben von Lauten durch Vor- und Nachsprechen dar. Werden Wörter mit einem bestimmten Anfangsbuchstaben wechselseitig genannt, bis man keine mehr findet (vielleicht zusätzlich auf ein Thema eingeschränkt), ist dazu noch der »Grips« gefragt. Andere Variante: Einer beginnt mit einem Wort, und der Endbuchstabe dieses Wortes stellt den erste Buchstabe des nächsten Wortes dar.

Weil ich über viel Zeit verfüge, lege ich Wortlisten an mit Wortanfängen wie Fr, Tr, Pfl, Kr, Schl, Schr oder so weiter. Dabei finde ich als Ergebnis eine Anzahl gebräuchlicher Wörter wie Pflasterschachtel, Kryptonlicht, Schreckschraube, Schluckspecht. Es entstehen weiterhin Kreationen wie zum Beispiel: Rückenverbreiterungsgerät (= Kleiderbügel), Frühlingsflüchtling (= Schneemann), transportables Regendach (= Regenschirm) ...

Und natürlich sind auch irgendwann wieder einmal Zungenbrecher gefragt. Dabei stelle ich fest, dass vieles vor langer Zeit bedeutend langsamer und mühsamer funktionierte. Wenn man so ab und zu Besserungen bemerkt, kann das nur gut sein! So etwas wird nie von heute auf morgen, sondern nur in größeren Abständen.

Was mir aus anderen Zusammenhängen bekannt ist, ist die aktive Entspannung nach Jacobsen. Ich hatte das schon vor längerer Zeit selbst ausprobiert und für günstig befunden, den gesamten Körper betreffend (also zum Beispiel den linken Arm intensiv ein paar Sekunden voll anspannen und danach richtig entspannen, weiter mit dem rechten Arm, den Rückenmuskeln und so fort). Nun kommt auf diese Art und Weise besonders der Kehlkopf- und Schulterbereich an die Reihe.

Übrigens: Verschiedene Personen äußern beim Telefonieren, ich würde mich doch »ganz normal« anhören. Da sage ich mir: Irgendwie scheint etwas Wahres dran zu sein, wenn es mehrere Leute unabhängig voneinander feststellen. Müssten sie ja sonst nicht tun ...

***

Eines hat sich eingebürgert: Im Anschluss an die Logopädie, die immer am Morgen acht oder neun Uhr stattfindet, gehe ich joggen. Besser gesagt: Die Therapeutin nimmt mich ein Stück mit ihrem Auto mit, und ich jogge bis nach Hause, was etwa einer halben Stunde Waldlauf entspricht. Für irgendwelche (unerwünschte, zum Glück auch nie auftretende) Notfälle habe ich das Handy einstecken.

Entscheidend im Ansatz ist die Vereinbarung mit mir selbst, dass sich die Antwort »Nein« verbietet auf die Frage der Therapeutin »Läufst du heute wieder?« Außer objektiven Hinderungsgründen wie Regenwetter, Schneetreiben oder vielleicht noch so etwas wie ein Handwerkertermin. Sonst gibt es da nichts, denn wenn man einmal damit anfängt, dann erhält der berühmte Schweinehund eine unzulässige Chance. Dem habe ich in den letzten beiden Jahre sowieso wenig Möglichkeiten gegeben und glaube, dass das viel mit zu dem beigetragen hat, was ich erreichen konnte.

***

In der Logopädie nehmen wir auch ab und zu solche Dinge auf wie etwa eine zu lesende Passage oder Ähnliches. Das geht bloß dann schief, wenn der Sachverhalt unglücklich gewählt ist.

???

Es gibt da zum Beispiel die Geschichte von dem armen Mann, der einen Arbeitsunfall erlitt, als er eine Kiste voll Ziegel über eine Seilrolle vom Dachgerüst herunter in den Hof befördern wollte, und die Kiste war jedoch zu schwer ... Weil ich mir das ganze Drama bildlich vorstellen muss, ist hier bald das Maß meiner Selbstbeherrschung überschritten, und es geht nichts mehr.

Also wählen wir ein anderes Thema, zum Beispiel ein Gedicht oder eine kurze Geschichte. Wenn man das Gleiche im Abstand von ein paar Wochen auf Diktiergerät aufnimmt, ermöglicht das einen guten Vergleich, und man erkennt Veränderungen ... natürlich Verbesserungen!

Zu ähnlichem Zwecke nehme ich mir unsere Videokamera her, schraube sie aufs Stativ und mache Selbstaufnahmen. Wie soll ich sonst herausbekommen, wie ich auf andere wirke? Im Hinterkopf spukt doch immer noch die Vorstellung vom Unterricht herum.

Die erste derartige Selbstprobe nimmt sich hinterher schrecklich aus. Da sehe ich nicht jemanden, der ruhig dasteht und etwas erzählt - so, wie ich mir das jetzt denke. Nein, da steht eine Person, die dermaßen mit dem Armen wedelt beim Reden - Hilfe! Das kann keiner ansehen! Meine Erwartungen sahen günstiger aus ...

Deprimiert räume ich die Sachen wieder weg und wiederhole den Versuch nach ein paar Tagen. Dabei achte ich besonders auf meine Bewegungen während des Sprechens.

Es wird besser .. Etwas zumindest.

***

DER SINN DES LEBENS BESTEHT DARIN, EINE AUFGABE

FÜR SICH ZU FINDEN.

(Wolfgang Stumph)

Die nächste konkrete Aufgabe in dieser Hinsicht lautet, zum eigenen runden Geburtstag in naher Zukunft eine Art Rede zu konzipieren. Das lasse ich mir trotz der Widrigkeiten nicht nehmen.

Und hier mache ich etwas, das ich bei solchen Gelegenheiten sonst kaum tat: Ich schreibe mir auf, was ich sagen will. Außerdem muss ich das alles sinnvoll ordnen. Die aufgeschriebene Rede soll aber nur die Gedankenstütze im Hintergrund sein. Vom Zettel ablesen, das möchte ich vermeiden. Frei zu sprechen ist mein Ziel, unbedingt.

So wird es dann auch. Es handelt ja um eine gute Chance, vor einem wohlwollenden Publikum und erstmals nach langer, langer Zeit etwas zu sagen. Die Gelegenheit ist anscheinend am günstigsten vor dem Kaffeetrinken, schätze ich ein. Als ich mich erhebe, gibt es erst einmal ein paar verwunderte Blicke, weil man damit nicht gerechnet hat. Machen wir es kurz: Ich bringe alles recht verständlich und zusammenhängend herüber, komme nicht ins Stocken und benötige keinen »Spickzettel«.

Doch: Als ich fertig bin, stelle ich fest, dass ich bedeutend länger gebraucht habe als ursprünglich gedacht. Ich merke es an der Temperatur des Kaffees, den wir bereits vor meiner Rede eingegossen hatten - kalt!

Und die Qualität des Gesagten - darüber kann man streiten. Ich komme schon zu einem Ende und breche nicht unvermittelt ab, aber so richtig gut erscheint mir das alles trotzdem nicht. Zum Beispiel kam viel zu oft das Wort »Krankenhaus« vor und ähnliche Themen.

Doch das ist trotzdem zweitrangig ...

***

Es naht Ostern, und das bedeutet für uns: Familienurlaub. Man kann es schon eine Art Tradition nennen. Das muss ja mit zwei erwachsenen Kindern nicht unbedingt selbstverständlich sein, aber für uns gehört es seit einigen Jahren fest dazu, dass wir zu viert über die Ostertage irgendwohin fahren. Darauf sind wir alle stolz und freuen uns, diese Zeit miteinander zu verbringen.

Nun kommt noch etwas Besonderes hinzu: Beim vergangenen Osterurlaub vor zwei Jahren war ich »normal« drauf. 2010 ging logischerweise nichts Derartiges. Aber nun haben wir als Ziel Schweden ausersehen, wo Benny gerade sein Praktikum absolviert. Die Fähre »Stenaline« bringt Ralf und mich gemeinsam mit dem Auto von Kiel nach Göteborg, wo uns Lisa und Benny schon am Hafen erwarten. Zu viert machen wir uns dann auf zur Ferienhütte, die Benny gebucht hat. Die folgenden Tage bringen bei sonnigem Wetter Wanderungen über die Schären, durch schwieriges, felsiges, bewaldetes Gelände und durch Lysekil, eine wunderschöne schwedische Stadt.

Achtung: Es ist ja Ostern! Also müssen selbst bei über zwanzigjährigen Kindern noch einige Süßigkeiten versteckt werden - das gehört einfach nach wie vor dazu. Unser Erfolgserlebnis als Eltern: ein Versteck zu finden, welches die beiden nicht ohne Weiteres entdecken. Bei dieser Hütte ist uns das Glück hold. Hier gibt es nämlich eine Standuhr mit einem Uhrkasten - wie in dem Märchen! Also sitzt dort drin anstelle des siebten Geißleins ein Milka-Osterhase, und der muss etwas Geduld haben, bis er entdeckt und verspeist wird ...

Vier wunderschöne Tage, dann geht es leider schon wieder nach Hause.

***

Es war doch ausgemacht: Wir wollten uns wiedersehen, die Runde, die sich im vergangenen Herbst Reha-Klinik zusammenfand! Und so wird es auch: Zu ihrem Geburtstag lädt Renate die ganze Runde zu sich nach Hause ins schöne Thüringen ein. Ralf fährt mich natürlich hin, und unsere Nachbarn begleiten uns.

Zunächst einmal müssen wir unser Ziel in dem zwar kleinen, jedoch kompliziert verzweigten thüringischen Ort ausfindig machen. Da, dort an der Straße steht Renate! Und sie ist richtig gut drauf. Beiderseitige große Wiedersehensfreude! Ich verabschiede meine Begleiter, die inzwischen zu einer Wanderung aufbrechen, und wir beiden gehen hinein und gesellen uns den anderen, die es ermöglichen konnten zu kommen - Beate, Karen, Eva und Christian! Jeder ist ein Stückchen weitergekommen mit der Bewältigung seiner Krankheitsfolgen, und alle freuen sich so. Die Folgezeit gestaltet sich kurzweilig und vergeht viel zu schnell.

Meine Begleiter kehren von ihrer Wanderung zurück und ergänzen die Runde mit einem originellen Erlebnisbericht von ihrer Tour.

Die einzige negative Wirkung im Nachhinein: Muskelkater im Bauch, weil es natürlich wieder überhaupt nicht ernst zuging ...

***

Herbst 2012

Die Verbindung zu meinem Kollegium, aus dem ich mich so herausgesprengt hatte, ist nie abgerissen, insbesondere zu den Fachkollegen. Darüber freue ich mich wahnsinnig. In größeren Abständen gibt regelmäßig Zusammenkünfte. Wie gerne möchte ich zurück dorthin, und gebraucht werde ich ja! Aber das ist einfach unmöglich, trotz aller Bemühungen (noch nicht???).

Nebenbei ist mir aufgefallen, dass man von verschiedensten Seiten vermittelt bekommt: Das bisschen Lehrer, das schafft man doch ... Bereits damals schwieg ich bestenfalls in so einem Moment. Aber keinesfalls, um jemand, der so etwas äußert, Recht zu geben. Nein! Weil ich es besser weiß. Jeder Job, so halt auch dieser, hat seine Feinheiten und Anforderungen - das muss man eben wissen.

Und gegenwärtig? Keine Chance bei mir - vor einer Klasse, das sollte ich mir gar nicht versuchen vorzustellen. So viel Realismus muss ich halt leider aufbringen.

Da rebelliert es ziemlich in mir: Warum kann das nicht endlich alles vorbei sein? Es reicht jetzt! Was ich die gesamte Zeit seit dem Unfall unternommen habe, um Besserungen zu erreichen, sollte allmählich genügen!

Aufgeben ist für mich jedoch ein Fremdwort, weil es einfach null Sinn macht. Aber das Schicksal kennt nun einmal keine Gnade (anders herum: Es zeigte doch schon genügend Nachsicht - was will ich denn noch?).

Also was!?

Eine Kollegin vermittelt mir eine Verbindung zu einem Kreis von Personen, die Kurzgeschichten schreiben. Monatlich wird ein Thema vereinbart, und in Abständen von ein paar Wochen treffen wir uns, und jeder trägt sein Resultat vor, was man sich in der Zeit bis dahin ausgedacht hat. Und die anderen geben Hinweise, ob es so gut war, was zu verbessern wäre, oder man erhält interessante Anregungen. Ralf fährt mich dorthin, soweit die Termine der öffentlichen Verkehrsmittel nichts hergeben. Ich betrachte das als eine geeignete Übung auch im Hinblick darauf, meine ganze Geschichte der letzten Jahre aufzuschreiben. Und so entstand, nebenbei bemerkt, in langer, langer Zeit dieses Buch.

***

Es ergibt sich außerdem die Möglichkeit des Nachhilfeunterrichts in Mathematik für mich. Ich fahre wöchentlich einmal mit dem Bus in die nahe gelegene Stadt zu der Schule, in der Ralf unterrichtet. Dort übe ich mit einigen Zehntklässlern Mathematik für die große BLF-Arbeit (BLF = Besondere Leistungsfeststellung), die sie im Juni schreiben werden. Nachdem ich ihnen kurz erklärt habe, was mit mir los ist, wird das eine recht angenehme Zusammenarbeit (schätzen beide Seiten ein). Ich selbst registriere, dass ich keinen Unsinn erzähle, und die Schüler sind dankbar für die Hilfe. Dazu bin ich offenbar noch ganz gut in der Lage, zum Glück! Auf dieser Schiene soll es weitergehen.

***

Da ich jetzt - verdammt nochmal - über Zeit ohne Ende verfüge, lese ich natürlich viel. Das geht wesentlich besser als damals, zum Beispiel mit dem Durchblick bei Handlung und Personen. Bei dieser Gelegenheit begegnet mir auch das unliebsame Wort »Schlaganfall«. Namen bekannter Leute, denen das unglücklicherweise ebenfalls widerfuhr. So habe ich mit Interesse die Berichte von Gabi Köster und Peer Augustinski gelesen, das sind ja nur zwei Beispiele. Meine Feststellung: Jeder geht anders an das Thema heran; von jedem kann man sich etwas anderes entnehmen.

Ebenso findet man in solchem Zusammenhang einige Erfahrungen von »normalen« (Entschuldigung, »weniger bekannten« ist besser) Leuten. Interessant: Was hat derjenige gemacht und gedacht und unternommen? Wie passierte das eigentlich? Was hilft bei der Bewältigung? Und ich denke, anderen ergeht das ähnlich. An dieser Stelle wünsche ich jedem Betroffenen und (keinesfalls zu vergessen!!) ebenso allen Helfern Durchhaltevermögen, Elan und zuallererst Optimismus und Zuversicht. Nicht vergessen: Ja nicht den Humor verlieren! »Aufgeben« muss ein Fremdwort sein!!! Das ist, wie schon gesagt, ein Hauptgedanke beim Verfassen des vorliegenden Buches.

***

Wie sieht es jetzt, drei Jahre später, aus?
Fakt ist: Etwa vier Stunden Zeit zwischen Schlaganfall und gezielten Gegenmaßnahmen bleiben nicht ohne Folgen. Das war bei mir entschieden zuviel.
Auf dem Minuskonto muss ich den Verlust meiner normalen beruflichen Tätigkeit verbuchen, und das empfinde ich einfach nur als ärgerlich. Eine Garantie, dass das wieder wird, kann mir niemand

geben. Mit dem Autofahren sieht das auch wenig rosig aus. Das ist nicht so ohne. Ich suche weiterhin nach akzeptablen Alternativen.

Auf dem Pluskonto steht zuallererst die Unterstützung meiner Familie, ebenso die von Bekannten und Therapeuten. Typisch für mich scheint zu sein, dass mir in Situationen oft ein passendes Zitat einfällt, also - hier ist es: »In guten Zeiten kennen uns unsere Freunde, in schlechten Zeiten lernen wir sie kennen.« (Collins)

Viele Alltagstätigkeiten sind mir glücklicherweise möglich, versehen mit einer Portion Vorsicht, an die ich mich gewöhnen musste. Es waren auch wieder verschiedenartige Urlaube möglich - Familienurlaube wie zu Ostern, ebenso Wanderurlaube oder Zelturlaube zu zweit.

Fakt: Jedes Ablegen von Einschränkungen muss erkämpft werden. Erstens: Einschränkungen nicht akzeptieren! Dann kann man sehen, ob da etwas zu machen geht. Wie heißt es so schön:

»Nicht immer, aber immer öfter«.

***

Wie ist es überhaupt mit so einem Schlaganfallpatienten? Ich versuche, es aus der eigenen Erfahrung zu beantworten und das einem »normalen« Menschen plausibel zu machen.

Die Person ist keinesfalls schwer von Begriff. Doch der Schlag stülpt gewissermaßen seine hässlichen Handicaps über, die da wären: Hinderungen beim Gehen, Sprechen, Sehen, der gesamten Körperhaltung ... Man steckt wie in einer Grube, so zu verstehen: Ich kann mich nicht (gut) bewegen, bei mir gibt es Hindernisse beim Sprechen, mein Denken ist verlangsamt und lückenhaft ...

Das nur einiges von dem, was da leider auftreten kann. Je nachdem, wie stark die vorhandenen Handicaps sind (und wie alt man ist), hat man als Betroffener die Möglichkeit, dagegen vorzugehen. Und das sollte man unbedingt!! »Danke« an jeden, der einen dabei unterstützt! Und - jetzt kommt die andere Seite: Die gebotene Hilfe sollte auch angenommen werden. Das ist zugegebenermaßen oft schwierig, doch von selbst wird gar nichts, und bei falschem Stolz handelt es sich um einen schlechter Ratgeber!

Man frage mich aber lieber nicht nach meiner Meinung über die superperfekten Leute, die das zweifellose Glück haben, gesund zu sein, und die auf andere herabschauen, die das nicht sind, als ob es deren Schuld wäre. Da gibt es genügend, die dann lieber weiter mit ihren Nichtigkeiten (wer geht nächstens ins Dschungelcamp, um sich wieder einmal ins Gespräch zu bringen; welche Fingernagellänge ist die aktuelle; wer hat die Pole-Position bei der Formel-1? ...) ihre Zeit verbringen. Und die gern einmal an grenzenloser Überschätzung leiden - zum Beispiel, wenn das bisschen Gehirn im Fuß fürs Gaspedal landen musste ...

Es ist übrigens wahr, was ich schon oft lesen konnte, nämlich, dass man vieles anders und bewusster wahrnimmt. Denn wir - unsere ganze Familie - sehen einiges mit verändertem Blick! Aber da sind wir wieder beim Anfang: Wofür hat man seine Lebenszeit und wo fängt das Verschwenden und Verschleudern von Zeit an? Wer hat eigentlich das Recht (ich meine nicht: die Macht!), anderen ihre Zeit zu rauben, einfach so?

Man sollte auch einmal nachdenken über den Satz »Jeder ist ersetzbar« ...

Da finde ich die Botschaft, die mir meine Kinder, untermalt von geeigneten Fotos, zum runden Geburtstag im Video mitgeteilt haben (aus einem Lied des von uns ziemlich verehrten Udo Jürgens), welches ich mir nach wie vor nicht ohne Tränen ansehen kann, immer wieder treffend:

»Heute beginnt der Rest deines Lebens.

Heute fängt an, was du daraus machst!

Geh' durch die Nacht, dem Morgen entgegen,

als ob du neu erwachst.«

***

UNGLÜCK IST AUCH GUT. ICH HABE VIEL IN DER

KRANKHEIT GELERNT, DAS ICH NIRGENDS IN MEINEM

LEBEN HÄTTE LERNEN KÖNNEN.

(Johann Wolfgang von Goethe)

Fazit 2017

Alles Weitere betrachte ich aus meiner gewonnenen Erfahrung heraus. Ich teile folgende Gedanken mit Dr. Jill Taylor, welche ich in ihrem Buch »Mit einem Schlag« lesen konnte:
- dass ich erleichtert darüber bin, am Leben geblieben zu sein,
- dass ich allen, die mich bei der Genesung unterstützt haben (ob direkt oder indirekt), sehr dafür danke,
- dass ich froh bin, meine Erfahrungen anderen mitteilen zu können (auch wenn ich das als Laie tue).
Die promovierte Neurologin Jill Taylor erlitt mit nicht einmal vierzig Jahren eine Hirnblutung (= Ironie des Schicksals??), konnte anfangs richtiggehend das Nachlassen ihrer Hirnfunktionen verfolgen und sich gerade so retten. Sie kämpfte sich nach einer umfangreichen Hirnoperation (mit intensiver Unterstützung ihrer Mutter) wieder ins Leben zurück.
Feststellen konnte sie: »Nach dieser unerwarteten Reise in die Tiefen meines Gehirns bin ich dankbar und verwundert darüber, dass ich physisch, kognitiv, emotional und spirituell völlig wiederhergestellt bin.«

***

Natürlich habe ich mir ähnliche Fragen gestellt:
Wie ist es eigentlich mit mir? Welche Fähigkeiten habe ich wieder erlangt, welche nicht? Das soll aber keine umfassende Bilanz werden.
Vorweg das wohl Wichtigste: Ich kann mich immer auf die familiäre Unterstützung verlassen - welches mich andererseits auch verpflichtet, nicht nachzulassen. Und das kann nur gut sein, und ich sehe das als eine äußerst wertvolle Tatsache an.

Nicht zu vergessen sind die neuen und teilweise »alten« (gebliebenen) Freundschaften, die ich nicht missen möchte.

Und dann wäre da die berufliche Tätigkeit. Hier muss ich leider bilanzieren, dass für mich eine »normale« Lehrertätigkeit nicht mehr in Frage kommt. Den Anforderungen würde ich schon recht bald nicht genügen können (bewiesen durch eine Gutachterdiagnose).

Die Nachhilfetätigkeit in Mathematik, die ich schon seit Jahren in verschiedenen Klassenstufen praktiziere, funktioniert, und das zur beiderseitigen Zufriedenheit. Darüber sollte ich froh sein.

Vom Autofahren allein irgendwohin habe ich mich vernünftigerweise verabschiedet. Denn es würde zu viele besorgte Überlegungen verursachen, und ich selbst hätte dabei ebenfalls kein gutes Gefühl.

***

Weiter zu einigen eher offensichtlichen Dingen.

- Laufen und Bewegen / Gleichgewicht -

Da denke ich an den Spätsommer 2009 zurück, wo ich manchmal für mich überlegte: ›Wirst du jemals wieder aus dem Bett herauskommen?‹ - Oder etwas später: ›Rollstuhl oder Rollator bleiben dir wohl erhalten ...‹ - Oder so ein verrückter Gedanke, der mir ab und an kam: ›Einfach eine Treppe hinunter rennen - das war einmal ... !‹

Mit Letzterem würde ich zweifellos meine Koordination überfordern. Jedoch Bett, Rollstuhl und Rollator sind glücklicherweise für mich eine Erfahrung geblieben.

Den Alltag mit seinen verschiedenartigen Anforderungen bewältige ich seit langem weitestgehend selbst, vor allem anderen dank des vernünftigen Umgangs mit meinem Problem in der Familie. Außerdem bin ich mir dessen bewusst, dass es um diese »Alltagstauglichkeit« ohne die jahrelangen Übungen in den Therapien sehr viel schlechter bestellt wäre.

Zu berücksichtigen war für mich über lange Zeit beispielsweise die Balance beim Gehen. Auf die Beschaffenheit des Untergrunds musste ich ständig besonders achten. Ein Richtungswechsel beim Gehen brachte große Probleme. Beim Laufen nach der Seite zu schauen, ist für mich inzwischen möglich, während das 2009 undenkbar war.

Geblieben: eine ständige Vorsicht.

Selbstständiges Laufen, Wandern, auch auf Berge - ich freue mich, dazu »ja« sagen zu können. Sogar beim Joggen, Skilanglauf, Schwimmen handelt es sich sämtlich um Dinge, die ich mir wieder erkämpft habe.

Natürlich nach dem Motto: »Von nichts kommt nichts«!

Denn alles will neu errungen sein. Von selbst stellen sich keine Erfolge ein. Das sei immer wieder betont.

Nebenbei bemerkt, war es wohl Glück im Unglück für mich, dass ich Linkshänderin bin und meine betroffene linke Seite trainieren muss. In jedem Fall muss die problematische Seite trainiert werden, auch wenn es anfangs sehr schwer fällt. Denn ein Arm bzw. ein Bein soll ja schließlich nicht nur ein vorhandenes Anhängsel sein, oder? Erfolgsgarantien kann allerdings keiner liefern ...

***

- Sprechen, Schreiben, Hören -

Dass ich mich sprachlich recht gut ausdrücken kann, dahinter steckt jahrelange Arbeit auf logopädischem Gebiet. Als Vorteil sehe ich an dieser Stelle meine berufliche Ausbildung in der Vergangenheit.

Die Begriffe waren übrigens nach dem Schlaganfall immer bei mir im Kopf bereits korrekt vorhanden. Keine Selbstverständlichkeit, wie ich inzwischen weiß. Das Problem bestand eher darin, das auch auszusprechen, was ich sagen wollte. Sprechen war anfangs nicht Mittel zum Zweck, sondern etwas, worauf ich mich äußerst konzentrieren musste.

Unglaublich?? Kann schon sein. So war es aber eine Zeitlang.

Ein Umlernen beim Schreiben machte sich bei mir glücklicherweise nicht erforderlich, da meine rechte Seite ja funktioniert und somit auch das Schreiben.

Bei der Akustik haben wir einen Bereich, der offensichtlich bei mir heil blieb.

***

Banal klingt Folgendes: »Seit dem Herbst 2009 kann ich wieder normal essen.« Für mich stellte das damals eine Lektion von einigen Wochen dar. Die automatisch richtige Zuordnung des Körpers von Speise- und Luftröhre ist ja im Grunde sooooo einfach ...

Was Schluckstörungen sind, durfte ich ziemlich intensiv erfahren. Wem das unglaublich erscheint, dem sage ich nur:»Schön, wenn es unglaublich ist.«

Im Ergebnis finde ich es gut, dass ich solche Missstände als Erfahrung in die Vergangenheit befördern kann.

***

Zu weniger Offensichtlichem:

ich sehe es als sehr positiv an, dass ich bemerke, dass meine anfängliche starke Vergesslichkeit keine Dauererscheinung wurde. Aber erreicht habe ich diesen Zustand eben nur durch ständiges Training. - Vergangen ist die ärgerliche Tatsache, dass kleinste Ablenkungen dazu führten, dass ich gewissermaßen meine Gedanken vergaß. - Oder dass ich nach dem Anschauen eines Filmes kaum noch etwas wusste von den Fakten und Zusammenhängen.

Das ist nun deutlich anders - besser.

Kurz zu Fragen der Orientierung und der Übersicht: In einem Gebäude, etwa einem Einkaufszentrum, konnte ich anfangs nicht angeben, wo sich Ausgang oder Kassen befanden. Genauso stellte sich anschließend die Situation auf dem (nicht zu großen) Parkplatz dar, als ich zunächst vergeblich unser Auto suchte ... Und das ist nur ein Beispiel.

Nun benutze ich selbstverständlich die Nahverkehrsmittel und weiß auch genau, wenn ich mich irgendwohin begebe, wo ich mich momentan befinde.

***

Die Passagen im Buch, in denen ich Therapien und Tätigkeiten beschreibe, habe ich aufgenommen mit dem Hintergedanken, so vielleicht hier und da jemandem Hilfen bzw. Impulse zu liefern, was man denn noch unternehmen könne.

Ich betrachte das Schreiben eines solchen Buches sowieso immer weniger als Selbstzweck.

Wie kam ich überhaupt dazu, das zu tun? Der Beginn war, dass ich im Jahre 2010 die Tagebuchaufzeichnungen meines Mannes aus der Zeit des Unfalls in den Computer übertrug (etwas, was er sonst nie macht; das ist ein Hinweis darauf, um welche belastende Ausnahmesituation es sich damals auch für ihn handelte).

Dann entstand bei mir der Gedanke: ›Eigentlich musst du nun deine eigene Sicht hinzufügen.‹ Schon deshalb, weil man selbst bei solchen einschneidenden Ereignissen später vieles unwiederbringlich vergisst ...

Ermutigungen hier und da bestärkten mich bei dem Vorhaben.

Ja, und dann dachte ich: ›Wenn ich schon überhaupt in der Lage bin, darüber zu berichten, sollte ich das wohl auch tun! Nutzen kann man da bestimmt jemandem bringen.‹

Das stellte sich übrigens sogar als ein äußerst naiver Gedanke heraus, wie ich manchmal erkennen musste.

Kaum zu glauben, aber leider wahr.

Also bemühe ich mich darum, so gut wie möglich wirksam zu werden, um vielleicht andere zu unterstützen.

Denn ist da die Situation, dass etwas Unvorhersehbares und Schlimmes geschieht, taucht urplötzlich die Frage auf: Was jetzt!? Wer oder was hilft am besten?

Ich bin im übrigen überzeugt, nicht die einzige zu sein, der so etwas widerfährt. Es war für mich selbst ganz sicher auch eine Art Therapie, dies alles hier niederzulegen. Doch nicht nur, wie gesagt.

In den letzten Jahren konnte ich verschiedenartige Reaktionen auf mein Buch erleben, die mich in meiner Ansicht bestätigten.

Manchmal entstanden mir auch Fragen wie:

Ist es überhaupt wert, dass ich meine Geschichte aufschreibe? Dazu sage ich mittlerweile eindeutig: »Ja!«

Bin ich eventuell ein Bittsteller? - Wohl eher nicht ...

Sollte man es als ein Thema zum Lieber-Totschweigen betrachten und sich lieber verstecken?! - Warum das? - Eindeutig: »Nein!«

Ich konnte jedenfalls erfahren, dass der Mensch oft viel zu wenig über diese Problematik weiß. Fangen wir doch gleich mit meinem Wissensstand darüber von vor rund zehn Jahren an ...

***

Übrigens überarbeitete ich das ursprüngliche Buch sehr intensiv.

Insbesondere die Phase meines Erwachens nach dem Schlaganfall nahm ich genauer unter die Lupe. Ich war in der ursprünglichen Version sehr zurückhaltend, und auch im jetzigen Text steckt noch nicht die gesamte Wahrheit (wer soll die eigentlich angeben können?). Jedenfalls kann ich nicht auf »ein diffuses Licht in der Ferne« oder so etwas Mystisches verweisen, was ich in diese wirren Komazeiten hineindeuten würde. - Ausdrücklich: Nein!

Angaben über eine solche Zeit sind äußerst schwierig. Ich kann zum Beispiel nach wie vor nicht zuordnen, welche Gedanken und Vorstellungen damals real waren. Geschweige denn, dass ich genau angeben könnte: »Dann und dann bin ich aufgewacht.«

Und mein Mann wusste lange nicht, ob ich ihn denn erkannte bzw. wann ich das tat.

Realität und Spinnerei waren miteinander vermischt bei den Ereignissen damals in Spanien. Wirklichkeit oder nicht ... manchmal keine Ahnung!

Ebenfalls arbeitete ich den Text immer wieder bezüglich Richtigkeit und Formulierungen durch. Bei der ersten Version haben mir dabei meine beiden Kinder sehr geholfen. Da ich ausdrücklich ein »Selfpublisher« bin, besteht die Notwendigkeit, den Text selbst vielfach durchzuprüfen und Fehler auszumerzen. An dieser Stelle wird man immer wieder fündig, stelle ich fest. Eine Lehre, die mir aus dem Verfassen eines Buches ständig erwächst.

***

Insgesamt kann ich schon einschätzen, dass ich in meinem »zweiten Leben« angekommen bin. Zu dieser Meinung bin ich bereits seit einigen Jahren gelangt.

Es handelt sich sowieso um eine der wichtigsten Botschaften: Man muss sich mit seiner neuen Situation arrangieren (welcher Art diese auch immer sei).

Fakt ist, dass sich bei meinem Beispiel keiner aufbauen kann mit einer Äußerung der Art: »Na - du hast gut Reden!« - Nein, ich stecke mitten drin in dieser Situation; es ist alles authentisch.

***

Ich gelange oft zu völlig neuen Sichtweisen, zum Beispiel darüber, was im Leben Bedeutung hat und was weniger.

Fest steht: Gesundheit stellt ein sehr hohes Gut dar. (Es muss einem ja nicht erst etwas passieren, ehe man erkennt, dass Gesundheit keine Selbstverständlichkeit ist ...).

Mit der Rücksicht verhält es sich ähnlich.

***

Mein neues Leben wirft auch folgende Fragen auf:

Was ist eigentlich »normal«? - Wofür sollte der Mensch seine Lebenszeit nutzen und wofür nicht? - Wer oder was hilft einem am meisten in solchen schlimmen Situationen?

Wenn man sich aus dem Gelesenen Erkenntnisse für sich entnehmen kann, finde ich es gut.

Sollte der Blick auf die Mitmenschen aufmerksamer und vielseitiger werden - genauso gut.

Wenn ich Betroffenen oder deren Helfern Unterstützung und Mut vermitteln kann - noch besser! Und so hoffe ich, dass das Gelesene unter »Mut-Mach-Büchern« angesiedelt werden kann.

Diese beiden Dinge sollte man jedenfalls nie verlieren:

Den Optimismus und den Humor!